# LA COLOMBA

## ALI DEL WEST: LIBRO DUE

## KRISTY MCCAFFREY

Traduzione di
ROSA LOSACCO

La Colomba

Prima edizione pubblicata da Whiskey Creek Press, 2005.

Seconda edizione
Copyright © 2014 *K. McCaffrey LLC*
*Tutti i diritti riservati*

Titolo originale dell'edizione in lingua inglese: The Dove – Wings of the West Series

Traduzione di Rosa Losacco

Copertina a cura di Earthly Charms

Prima Pubblicazione Italiana 2022

Italian Edition Ebook ISBN: 978-1-952801-24-2

Italian Edition Print ISBN: 978-1-952801-25-9

kmccaffrey.com

kristy@kmccaffrey.com

"Le antiche leggende degli Hopi e degli Havasupai trovano in McCaffrey una nuova voce. La scrittura brillante dona assoluta credibilità al viaggio mistico del personaggio principale in un'altra dimensione e ti spinge a leggere fino a notte fonda." ~ City Sun Times

### IL MERLO

"Antagonisti malvagi, azione a volontà, un'eroina decisa, intrecci, colpi di scena sorprendenti e un seducente cowboy – il tutto sottolineato da una sensuale storia d'amore – in questo western ce n'è per tutti i gusti." ~ Janna Shay, InD'tale Magazine

"… avvincente e intenso… difficile non leggerlo tutto d'un fiato." ~ Chanticleer Book Reviews

### L'UCCELLO AZZURRO

"…una lettura incalzante, con una storia e dei personaggi tanto profondi da mantenere vivo il mio interesse fino all'ultima pagina…" ~ Jo, Romance Junkies

"…carico di avventura e azione che lasciano senza respiro… libro meraviglioso… pressoché impossibile staccarsene!" ~ Maia, The Silver Dagger Scriptorium

"I lettori si scopriranno spesso col fiato sospeso… una lettura veloce ed emozionante!" ~ Belinda Wilson, InD'tale Magazine, a Crowned Heart review

*Ai miei genitori, per avermi permesso di passare le notti a scrivere quando ero bambina.*

*E al mio editor della prima edizione, Karyn Cheatham,
per aver migliorato la storia.*

# CAPITOLO UNO

*Territorio del Nuovo Messico*
*Luglio 1877*

«Le puttane sono molto più carine da quella parte.» Il messicano sdentato fece un largo sorriso e puntò il dito verso Pacific Street.

Riflettendo su quel commento, Logan Ryan legò il cavallo e si avvicinò all'edificio a due piani con la scritta *COLOMBA BIANCA* decorata con motivi floreali in pittura bianca su sfondo rosso. Posò un piede calzato da stivale contro un gradino consunto e si mise con aria disinvolta le mani sui fianchi.

Possibile che Claire Waters fosse lì dentro?

Forse il messicano, che puzzava di whisky, lo aveva frainteso. *Cercate le Waters? Sì, una la trovate lì.* Eppure Logan era sicuro che l'uomo avesse indicato proprio quel posto.

Si spinse il cappello indietro consapevole dell'approssimarsi della notte, così come confermavano la sua stanchezza nonché la maggiore attività all'interno del saloon e sulla strada polverosa alle sue spalle. Il fumo di sigari e il vociare indisciplinato degli uomini nell'edificio riempivano l'aria.

Las Vegas, una cittadina molto animata sul Sentiero di Santa Fe, era la fermata proprio prima di quest'ultima, e con tutto il traffico generato da commercianti, mercanti, allevatori e militari da Fort Union era naturale che abbondasse di saloon e sale da ballo. Forse il messicano aveva semplicemente dato per scontato che Logan volesse divertirsi un po'.

Salì i gradini, stanchissimo ma spronato dalla prospettiva di trovare Claire Waters. Aveva cavalcato a tempo di record fermandosi giusto qualche ora a Fort Sumner per informarsi sullo stato di salute di Lester Williams, il mandriano che l'aveva accompagnata a casa dopo il breve soggiorno all'SR, il ranch della famiglia di Logan. L'anziano, al servizio dei Ryan da anni e ben più di un semplice impiegato, aveva inviato un telegramma in cui sosteneva di essere troppo ammalato per tornare, spingendo così Logan a cercarlo. Per fortuna, la salute di Lester era molto migliorata e presto l'uomo sarebbe stato in grado di tornare in Texas, ma il fatto che la febbre lo avesse costretto a letto per più di due settimane preoccupava Logan, che si chiedeva se anche Claire ne fosse stata colpita. E se proprio in quell'istante una misteriosa malattia la stesse consumando?

Le porte ad ali di pipistrello del saloon si spalancarono con un penetrante cigolio, e un misto di seta nera e pelle nuda lo investì. Prima ancora che Logan potesse aiutarla a ritrovare l'equilibrio, la sagoma dal dolce profumo finì di sedere per terra con un sonoro tonfo.

Curve nei posti giusti e un décolleté capace di tentare qualsiasi uomo… gli occhi di Logan percorsero il corpo femminile in tacita approvazione. Non era tipo da trastullarsi con donnine da saloon, lui, tuttavia quel pensiero acquistava d'improvviso valore, e con un'intensità che lo sorprese. Si chinò verso la donna – chiaramente una delle puttane più carine cui aveva fatto riferimento il messicano – e le offrì aiuto a rialzarsi.

«Perdonatemi, signorina. Tutto bene?» Lanciò un'occhiata

all'interno del saloon, quasi aspettandosi di vedere qualche allupato cliente alle spalle della giovane.

Ma quando quella sollevò gli occhi verso i suoi, le profondità verdi si fecero riconoscere all'istante. Scosso, Logan sentì il respiro abbandonare i polmoni come se lei gli fosse piombata di nuovo contro.

«Claire?» Era sbalordito. I capelli neri lo avevano confuso. Claire Waters aveva la chioma lunga color del sole.

Gli occhi della giovane si spalancarono. «Logan? Che ci fai qui?» chiese con evidente sconcerto.

«Cercavo te» ribatté lui, ignorando la lancinante fitta di delusione che il suo abbigliamento e la finzione gli procuravano: era chiaro che non fosse la donna tranquilla e riservata che aveva conosciuto al ranch dei suoi. A dire il vero, di lei non sapeva quasi niente, ciò nonostante aveva voluto vederla lo stesso, e si era precipitato spinto dalla preoccupazione e dalla speranza.

«Perché? È successo qualcosa? Sta bene Molly?» Ignorò la sua mano e si rimise in piedi da sola. Logan la osservò irritato lisciarsi in tutta fretta il corpetto aderente che metteva in bella mostra i suoi attributi. Quanto aveva trovato quasi irresistibile fino a un attimo prima era adesso sotto gli occhi di tutti. Il che non gli piaceva affatto.

Tese il braccio ad allontanare una lunga ciocca scura che gli impediva di vedere il viso di Claire, ma lei si affrettò a sistemare la parrucca da sé. Così, riluttante, lasciò ricadere la mano.

«No, non è successo niente» rispose. «E Molly sta bene. Ma all'SR era arrivata notizia che Lester stava male e ho voluto accertarmi che *tu* stessi bene.»

«Lester sta male?» ripeté lei. «Non ne avevo idea. Stava benissimo quando mi ha lasciata fuo... ehm... qui vicino. Ha bisogno di un dottore?»

Logan si accigliò. Parlando con Lester, l'uomo non aveva saputo dirgli con certezza dove si trovasse Claire: dietro sua insistenza, l'aveva salutata fuori città tre settimane prima e si era diretto a sudest verso Fort Sumner. Claire lo aveva persuaso che non ci sarebbero stati problemi perché abitava a poca distanza da lì e lui aveva ceduto, tutt'altro che convinto di aver fatto la cosa giusta, ma subito dopo aveva iniziato a tremare e a star tanto male da non reggersi quasi in sella, quindi era caduto preda della febbre.

Avrebbe dovuto essere Logan ad accompagnarla a Las Vegas, solo che Claire non avrebbe potuto scegliere periodo peggiore per tornare a casa. Suo padre e tutti al ranch si stavano preparando per il raduno primaverile e Logan non se l'era sentita di sottrarsi al proprio dovere di figlio.

«No. Sta bene.» Chissà perché era lieto e al tempo stesso infastidito dalla sua preoccupazione per Lester, si chiese sorpreso per quel lampo di gelosia.

Da sotto la ripugnante, incolta massa scura, Claire lo fissava, stretta in quell'abito che qualcuno avrebbe dovuto tagliarle di dosso per liberarla. Era il caso di offrirsi volontario?

Imprecando sottovoce, si fermò brevemente a riflettere su come procedere. I fatti parlavano da soli: Claire era una prostituta. E lui avrebbe potuto farsene una ragione. Molte donne vendevano i propri corpi per sopravvivere. Tuttavia, che altri uomini l'avessero toccata non lo faceva star meglio.

«Sei da solo?» chiese lei.

«Sì. Cale ha cavalcato con me fino a Fort Sumner, poi ha proseguito verso il Territorio dell'Arizona.» Con Cale Walker si erano frequentati soprattutto da ragazzi nel Texas, poi quello si era arruolato nell'esercito contemporaneamente a Matt, il fratello di Logan, e sebbene Logan avesse lasciato l'incarico di vicesceriffo a Virginia City e fosse tornato a casa più di un anno prima, Cale, ormai non più soldato, era rimasto nei territori a cacciare taglie. La scoperta due mesi prima che Cale era, di fatto, il fratello di Molly Hart – cognata di Logan – li aveva riavvicinati.

«Spero stia bene.»

Logan annuì.

«Sei venuto fin qui per trovare me?»

«Sono venuto per Lester.» Incrociò il suo sguardo ansioso, incorniciato da ciglia scure nonostante il biondo naturale dei capelli. Aveva dimenticato quanto bella fosse, quanto gli era piaciuto sedersi a cena al ranch solo perché lei gli stava di fronte. «E sono venuto anche per te.»

Claire lo guardò e le graziose labbra si schiusero come per dire qualcosa tra l'incertezza che le si dipingeva sul viso e...

Il brusco clamore degli uomini che litigavano giocando a carte la fece trasalire.

«Qualcuno ti sta importunando?» chiese Logan.

Con una mano sul petto, Claire sembrò confusa. «No. Che cosa te lo fa pensare? Anzi, ho davvero molta fretta. Mi ha fatto un gran piacere vederti. Porta i miei saluti a Molly, per favore.» Lo superò di corsa e scomparve dietro l'angolo.

Logan la fissò allontanarsi, allibito da quell'improvviso congedo.

Doveva seguirla. Non poteva tornare a casa con informazioni tanto scarne, Molly lo avrebbe preso a calci nel sedere per non aver prolungato la "visita" ... anche se non aveva idea di come avrebbe fatto a metterla a parte della situazione di Claire. Mosse qualche passo deciso in avanti e quasi cadde all'indietro nel vederla apparire da dietro l'angolo del saloon in sella a un cavallo.

«Che ti salta in mente?» ruggì. «Molly si aspetterà ben più di un arrivederci e grazie da te.»

«Non voglio essere scortese» rispose lei, sforzandosi di controllare il castrato vecchio e alquanto nervoso «ma una delle donne lì dentro è nei guai. Devo assolutamente cercare aiuto.»

«Che genere di guai?» Non era la prima volta che gli capitava di cacciarsi in situazioni da evitare.

«Sta male. Sanguina.» Lo sguardo di Claire corse dalla strada al saloon e Logan si chiese perché si preoccupava tanto che qualcuno la vedesse. Per non parlare, poi, di quella orrenda parrucca nera. L'istinto gli diceva che la donna lì dentro non era l'unica in pericolo.

«È in una condizione al di là delle mie capacità» aggiunse Claire. «Devo andare a cercare qualcuno.»

«Il medico locale?» Poteva andarci lui.

Claire scosse la testa. «Non ci viene qui. Nessuno di loro lo farebbe. Ma c'è una donna indiana che vive in collina. Lei ci aiuterà.»

«Vengo con te.» Andò a recuperare Tempesta, la sua giumenta marrone che nonostante giorni e giorni di corsa alle spalle si mosse entusiasta.

«Non è il caso» rispose Claire. «Ci sono già andata centinaia di volte.»

«Così vestita come sei, mi sorprenderei se non fossero i guai a cercare te e colpirti tanto forte da stenderti di nuovo su quel grazioso didietro. Credo che per stasera una volta sola basti» disse montando in sella. «Ti seguo.»

Non ci avrebbe giurato, ma gli occhi di Claire sembrarono rispondere alla sua determinazione con un guizzo di gratitudine. Annuendo, la giovane incitò il proprio animale al galoppo e li guidò dapprima nei vicoli bui oltre Pacific Street e subito dopo attraverso le terre selvagge delle Sangre de Cristo Mountains illuminate dalla luna.

---

Dovunque stessero andando, non era vicino. E poiché quelle zone si somigliavano tutte, Logan aveva difficoltà a marcare nella mente il territorio: rocce friabili, sporadiche macchie di cactus e infiniti gruppi di pini e ginepri con rami che si aggrappavano a gambe e braccia, graffiandole. Il fastidio che procuravano a lui era minimo, ma intuiva già che i lividi e le ferite di Claire al termine di quella rapida cavalcata in salita non lo sarebbero stati affatto. Seminuda com'era, con l'abito succinto che si raccoglieva intorno alle cosce tornite coperte da seducenti calze rosso scuro, non rappresentava altro che una distrazione nel suo terreno mentale. Tuttavia, la donna era determinata e procedeva senza sosta.

La mente di Logan tornò per un attimo al loro primo incontro. Claire era arrivata all'SR con Molly Hart, i cui genitori erano stati vecchi amici di famiglia dei Ryan. Dieci anni prima, uno sconvolgente attacco al ranch degli Hart si era concluso con la morte di Robert e Rosemary Hart e prove convincenti a sostegno dell'assassinio della seconda figlia, Molly. La raccapricciante scoperta del corpo di una bambina – mutilato e bruciato al punto da non essere riconoscibile – aveva lasciato pochi dubbi nelle menti di Logan e dei suoi familiari. Ma un capriccio del destino aveva voluto Molly salva e nelle mani dei Comanche, con i quali aveva vissuto per molti anni finché non era riuscita a tornare a casa. I genitori di Logan l'avevano accolta con le cerimonie riservate a una figlia persa e ritrovata dopo molto tempo, e suo fratello Matt se ne era innamorato perdutamente, tanto che sorprendendo tutti aveva rinunciato ai giorni da Texas Ranger sempre in sella e l'aveva sposata. Per Logan, però, il ritorno di Molly aveva significato qualcos'altro: l'arrivo di Claire all'SR.

Viaggiando da sola, Molly aveva attraversato il Territorio del Nuovo Messico nel tentativo di raggiungere il Texas e la casa che non vedeva da dieci anni. Arrivata poco fuori Albuquerque, per un caso puramente fortuito aveva trovato Claire, massacrata di botte e lasciata a morire in un *arroyo* deserto. Si era presa cura di lei fino alla guarigione e poi l'aveva portata con sé in Texas.

Circostanze, quelle, che Logan aveva appreso da Matt – giacché Claire non ne aveva mai fatto parola durante il breve periodo della loro conoscenza e lui non se l'era sentita di indagare – ma data la stranezza del loro primo incontro, non lo sorprendeva che la giovane non avesse mai provato particolare simpatia per lui.

La notte del loro arrivo all'SR, la madre di Logan aveva ceduto la sua stanza a Claire. Dopotutto il figlio era andato a controllare il confine a sud e la donna era convinta che non sarebbe rientrato prima del mattino. Quasi rassegnato a dormire sotto le stelle e tuttavia allettato dall'idea di un letto soffice e una colazione abbondante, però, Logan era tornato a casa nel mezzo della notte e, come sempre faceva, si era infilato sotto le lenzuola nudo come il giorno in cui era nato. La scoperta di un caldo corpo femminile e il successivo attacco lo avevano sorpreso e spaventato a morte. Claire si era battuta come una lince, catturando al contempo il suo interesse come non capitava da molto tempo.

A quel ricordo, nella sua mente seguì spontanea una domanda: se se ne andava in giro vestita da prostituta, perché il suo comportamento in Texas aveva detto tutt'altro? Prima di tornare a casa avrebbe costretto quella bellezza dai capelli scuri a fare due chiacchiere, decise. Innanzitutto, voleva scoprire perché l'intera faccenda non sembrava che un cumulo di sciocchezze.

La parrucca saltò via dalla testa di Claire e rimase impigliata in un ramo. Passandole accanto, Logan la prese senza fatica, sventolandola quando la proprietaria si girò a guardare visibilmente costernata.

«Recuperata» disse, contento di vedere finalmente la chiara massa di capelli raccolti in uno stretto chignon sulla testa. Chissà se prima di andarsene li avrebbe visti almeno una volta sciolti. *Ma sì, come no, quando il sole sorgerà a ovest!* Avrebbe fatto meglio a controllare le proprie intenzioni con quella donna. Come gli aveva insegnato la sua ex fidanzata, Dee Griffin, buone intenzioni e donne perbene non andavano necessariamente a braccetto. Per quanto si fosse sforzato di compiacerla, infatti, Dee se l'era svignata comunque senza neanche un arrivederci o un *va' all'inferno*. Qualunque altra cosa sarebbe stata preferibile al suo silenzio e alla vile fuga tra le braccia di un altro uomo, invece era andata proprio così.

Superando gli alberi, i cavalli raggiunsero una radura erbosa al limite della quale era visibile una casetta di argilla e paglia. Del fumo s'innalzava dal camino e una pallida luce tremolava attraverso un'unica finestra appannata. Claire smontò da cavallo ancor prima che l'animale fosse del tutto fermo. I tacchi assurdamente alti dei lussuosi stivaletti rimasero incastrati nel terreno mandandola al suolo con un suono strozzato di sorpresa, ma senza aspettare che Logan smontasse e offrisse aiuto si alzò e barcollò verso la capanna.

«Tia! Ci sei?» chiamò, bussando ripetutamente alla porta che si aprì nell'istante in cui arrivava Logan.

Una donna indiana, bassa e robusta, li accolse con un marcato cipiglio sul viso.

«Tia, grazie a Dio» disse in fretta Claire, col fiato corto.

La donna inspirò bruscamente. «*Palomita?* Tu? Tutti dire che morta.»

Claire annuì. «Lo so.»

Visibilmente scossa, Tia le toccò la guancia. «Oh bambina, io pregato *Sin-o'-Wap* che lui preso possesso di tua anima, che tu andata a terra di caccia felice. Mio cuore spezzato per te.»

Claire si abbassò e abbracciò la donna. «Mi dispiace di non essere passata a trovarti prima» sussurrò. «Avevo paura di coinvolgerti, che Sandoval o Griffin mi vedessero, che potessero farti del male.» Tornò a guardarla. «Sono confusa e non so di chi fidarmi, ma ho bisogno di te. È urgente, altrimenti non sarei venuta. Ellie perde troppo sangue e io non so come farla smettere.»

Il nome Griffin catturò l'attenzione di Logan; il collegamento sembrava improbabile, tuttavia… dopo la sua fuga aveva cercato Dee per giorni e settimane, ma le tracce si erano rivelate difficili da seguire fino a perdersi del tutto a Denver. Così, ormai stanco delle donne e della vita in generale, se n'era tornato nel Nevada, aveva lasciato il posto di vicesceriffo di Virginia City e si era rifugiato dai suoi in Texas, trovando conforto nella gestione del ranch con le sue fatiche quotidiane.

«Come ogni donna?» chiese Tia.

«Sì, ma peggio. Molto, molto di più» terminò Claire con un singhiozzo.

«*Sì*, io viene con te.» Tia versò acqua sulla fiamma nel caminetto alveare e, tra il vapore e l'acuto sibilo che subito riempirono la stanza, andò a prendere una grande borsa di pelle. Fu solo uscendo dalla capanna che si accorse di Logan. «E voi chi essere?»

«Logan Ryan, signora» rispose lui toccandosi leggermente il cappello.

Il largo sorriso di Tia fu immediato. Nonostante le striature bianche nelle due trecce nere che pendevano ai lati del viso e la pelle increspata intorno agli occhi, appariva giovane, quasi frivola. Spinse indietro la testa. «Voi molto alto. Ma fare da guardia a *Palomita*?» Senza aspettare la risposta, annuì. «Essere ora che qualcuno proteggere lei. Ora che voi arrivare.»

«Non è come pensi tu» s'intromise Claire.

Tia sorrise. «Forse non per te.» Tese a Logan una mano dalle dita tozze e aggiunse: «Voi chiamare me Tia Anita.»

Logan gliela strinse. La curiosità dell'indiana, giustificata com'era dall'evidente affetto per Claire, non lo infastidiva. «Avete un cavallo?» le chiese.

«*Sí*, ma lui molto lento.»

«Puoi cavalcare con me» disse Claire, spingendola verso i due animali in attesa alle loro spalle.

Tia respinse l'idea con un gesto della mano. «Reverend troppo vecchio per portare due pesi. Guarda, lui già stanco. Andare tranquillo e noi fortunate di arrivare il giorno dopo domani.»

Logan accarezzò il muso del cavallo. Il manto grigiastro era lungo e trasandato ma gli occhi apparivano limpidi e nerissimi. Che non fosse abituato a un vigoroso e costante esercizio era fin troppo chiaro, ciò nonostante c'era ancora fervore in lui. Lo guardò annuendo in tacita approvazione, consapevole del fatto che anche l'animale lo stesse scrutando così come aveva fatto Tia qualche attimo prima.

Che dire? Claire si circondava di creature risolute; chissà se quella bellezza bionda e riservata aveva anche delle convinzioni proprie. D'improvviso si sentì assalito dal desiderio di conoscerla meglio. Sebbene avesse pensato spesso a lei da quando aveva lasciato l'SR, e fosse andato lì con l'intenzione di trovarla – anche se fino a quel momento non lo avrebbe ammesso – la verità era più che altro un problema per lui. Adesso che l'aveva di fronte, infatti, la trovava ancora più attraente, affascinante e interessante di prima.

E per giunta una potenziale prostituta.

Il suo talento nello scegliersi le donne era impagabile.

«Claire può cavalcare con me» disse, aiutando Tia a montare in groppa a Reverend, quindi si mise in sella a Tempesta e afferrando Claire per la mano la tirò su dietro di sé. Strattonò via dal pomo la parrucca, si girò e le calcò la massa scura sulla testa.

«Grazie» mormorò lei, sfiorandogli le mani nel tentativo di sistemarsi la chioma posticcia.

«Stai meglio bionda.» Il suo sguardo confuso, in risposta a un semplice complimento, lo divertì, ma fu solo dopo essersi girato, tornando a guardare in avanti, che le labbra si distesero in un sorriso. Era ovvio che Claire non sapesse comportarsi da ragazza da saloon e Logan intravide il primo barlume di speranza: forse le cose non stavano così come apparivano.

«Voi conoscere strada?» chiese Tia.

«Sarà meglio che andiate avanti voi.» Non voleva rischiare di sbagliare. Ogni minuto doveva essere prezioso per quella povera Ellie.

«Reggiti» intimò a Claire, afferrandole entrambe le mani e attirandola quanto più possibile a sé. Per la sua sicurezza, naturalmente.

Ma a chi voleva darla a bere!

# CAPITOLO DUE

Un brivido provocato dal crescendo di urla che riempivano la piccola stanza serpeggiò lungo la spina dorsale di Claire. Con il viso inondato di lacrime miste al sudore che le inzuppava il corpo, Ellie Hicks singhiozzava e ansimava. Lungi dall'essere una mammola, la donna sulla quarantina era ben temprata da anni trascorsi a vendere il proprio corpo a qualsiasi uomo glielo chiedesse. Claire non aveva mai visto la vigorosa, impassibile Ellie tanto distrutta, con i capelli rossi e argento in una matassa ingarbugliata che aderiva a guance e collo. E il sangue. Buon Dio, era dappertutto.

Chiuse gli occhi un istante per calmarsi. Che aiuto avrebbe potuto offrire a Tia se non riusciva neanche a tenere i nervi saldi? Il suo era un sogno folle ma voleva diventare dottore, e la propria reazione di fronte alla condizione di Ellie la lasciava sgomenta.

«Altre coperte» ordinò Tia.

«Il dolore» gemette Ellie con la testa contro il cuscino. Persino le labbra erano esangui. «Sto per morire?» piagnucolò.

«Ssh» la tranquillizzò Tia. «Non stanotte.»

Nel corridoio c'era Betsy Williams. «Mi servono altre coperte» disse Claire alla giovane dai capelli castani.

«Sta bene?» chiese quella, con occhi enormi di preoccupazione.

Era al *Colomba Bianca* da cinque mesi, serviva bevande e dava una mano con il resto. La madre di Claire si aspettava che, prima o poi, tutte le donne servissero i clienti passando per il secondo piano, ma lei si chiedeva se Betsy ne avesse davvero l'indole. Magari, con l'età, Maggie Waters si stava ammorbidendo. Solo in un'altra occasione era stata disposta a chiudere un occhio: con la propria figlia.

Il giorno del suo sedicesimo compleanno, Claire aveva tremato all'idea della conclusione scontata di doversi guadagnare da vivere all'antica, ma grazie alla sua abilità con cure e medicine sua madre le aveva concesso un periodo di tregua. Nei tre anni successivi, Claire aveva fatto del proprio meglio per aiutare le donne del *Colomba Bianca*, tuttavia negli ultimi tempi Maggie si era detta alquanto scontenta che la figlia soccorresse qualunque prostituta bussasse alla loro porta.

«Lo spero» rispose Claire, con una stretta incoraggiante al braccio. «Mi porti le coperte, adesso?»

La giovane annuì e tornò poco dopo. «Se aveste bisogno di me…»

«Te lo farò sapere» l'anticipò Claire. «Per ora, tu e le altre assicuratevi che tutto fili liscio al piano di sotto. Non vogliamo che i clienti si allarmino.» La verità era che, essendo ormai rimaste solo Louisa Pérez e Alice May a ricevere e intrattenere, l'affluenza semplicemente non era più quella del passato. Claire era giunta alla conclusione che con Ellie fuori scena e senza più Maggie, gli uomini andavano altrove. *Fascino del Sud* era a una breve passeggiata da loro e Claire sapeva che la proprietaria, Belle Mason, aveva a disposizione almeno una dozzina di ragazze.

Chiuse la porta e aiutò Tia a ripulire Ellie, ammonticchiando lenzuola e stracci insanguinati in un angolo. Sebbene il materasso fosse ormai irrecuperabile, lo coprirono – per lo più Tia, perché Ellie si aggrappava dolorante alla spalla di Claire – con una coperta pulita.

«Penso che lei perdere bambino» disse piano l'indiana dopo averla invitata sul lato opposto della stanza. «Suo corpo prova di aiutare, ma non veloce abbastanza.» Si chinò, estrasse una borsa di cuoio dalla sacca e la passò a Claire. «Tu prende questa *cuipa de sabina* e prepara molto tè. Io aiuta a spingere fuori bambino. Lei perdere troppo sangue. No più tempo.»

Claire annuì e lasciò la stanza. Usando la scala posteriore si diresse in cucina, sollevata all'idea di non dover passare per il saloon nonostante lo scarso numero di avventori. Un fatto di cui Louisa, i cui tratti messicani e l'esperienza dietro le porte chiuse ne avevano fatto una delle attrazioni più popolari del *Colomba Bianca*, si era più di una volta lamentata. Col passare dei giorni, le preoccupanti condizioni in cui versavano le finanze del saloon, come pure l'assenza di sua madre, gravavano su Claire sempre più. Le ragazze le avevano detto che Maggie aveva portato Jimmy – il fratellino di Claire – a Cimarron. E poiché un viaggio a nord non era un fatto insolito, lei se n'era rimasta zitta e buona in attesa del loro ritorno, quando gli avrebbe spiegato di persona il perché della propria prolungata assenza. Ignorando la fitta di amarezza al pensiero che quel giorno sua madre avesse in qualche modo permesso a Sandoval di assalire la diligenza, ricordò la maniera in cui l'uomo l'aveva tirata fuori, tra le urla di Jimmy – che riecheggiavano ancora disperate nella mente – mentre si batteva per salvare sua sorella come solo un bambino di otto anni spinto dalla propria imprudenza oserebbe fare contro un gruppo di uomini armati.

Stava giusto entrando nell'angusta cucina quando intravide la propria mano: uno spettacolo inquietante di pelle insanguinata e unghie bordate di scuro. Invasa da un'ondata di paura, si chiese quali fossero le sue reali probabilità di diventare dottore. Ma una cosa era certa: le mani degli uomini che praticavano in città e si occupavano della popolazione in generale non tremavano come foglie al vento. Sbatté le palpebre per frenare le lacrime e provò a calmarsi con un profondo respiro.

La stufa era già bollente, avendola caricata lei stessa quando la condizione di Ellie aveva iniziato a peggiorare. Prese del sapone e una spazzola e strofinò le mani come meglio poté, schizzando acqua sulla superficie di legno intorno al catino. In fretta, afferrò un panno bianco che pendeva dalla parete e le asciugò, quindi prese un grosso bollitore da uno scaffale e lo riempì d'acqua da un secchio vicino alla porta sul retro. Alle prese con il pesante utensile, non si accorse della mano virile che superandole la spalla si affrettava ad alleggerire le sue braccia dal peso. Allarmata, incrociò gli occhi verdazzurri di Logan e sentì il cuore impennarsi.

«Come sta Ellie?»

Sotto lo sguardo attento di Claire, posò senza sforzo il bollitore sulla stufa di ferro battuto, quindi aprì lo sportellino in basso per controllare il fuoco e aggiunse parecchi pezzi di legno da una catasta nell'angolo.

«Non bene» rispose lei, chiedendosi perché la sua voce le sembrasse così diversa, tanto più profonda e più guardinga del solito. Si sentiva sfinita, in tutti i sensi. E l'improvvisa attenzione di Logan era quel tanto che sarebbe bastato a spingerla oltre il punto di rottura definitiva.

L'aveva trovata sui gradini del saloon di sua madre, conciata come una delle donne che trascorrevano la maggior parte del tempo in posizione orizzontale o, stando a quanto raccontava Louisa, da sedute, pensò arrossendo. E benché lei non avesse alcuna contezza diretta di simili faccende, gli occhi di Logan puntati addosso riflettevano tutt'altra convinzione.

L'idea, seppur umiliante, era però sorprendentemente controbilanciata dalla feroce voglia di esplorare Logan alla stessa maniera in cui Louisa e le altre ragazze sostenevano di fare con i propri clienti. La brama era così intensa da sconcertarla, tanto che Claire indietreggiò e afferrò il bordo dell'unico tavolo nella stanza.

*Che tipo di donna sceglieva, Logan, come compagna di letto?*

Mai si sarebbe aspettata di rivederlo – una convinzione che l'aveva più volte assillata da quando aveva lasciato il Texas – e invece eccolo lì, che alto e robusto occupava quasi tutto lo spazio dell'angusta cucina.

Le si fece incontro, con il cappello che gettava un'ombra sul viso tanto familiare quanto indecifrabile. Claire ricordava bene la maniera in cui i capelli scurissimi si arricciavano appena alla base del collo, le volte in cui lo aveva sorpreso a guardarla durante il soggiorno all'SR, il modo in cui quello sguardo aveva indotto la sua mente a vagare verso possibilità mai immaginate prima.

Ormai torreggiante su di lei, Logan fece per toccarle la guancia, ma Claire si curvò indietro in un gesto involontario. «Hai il viso sporco di sangue» le disse piano, passando delicatamente il pollice caldo su un punto accanto al naso.

Incapace di trovare la voce, Claire fissò il collo della camicia azzurra con i bottoni slacciati che lasciavano intravedere la pelle abbronzata e un accenno di peluria. Era pronta a scommettere che questa non si fermasse al petto, ma di sicuro non avrebbe mai avuto modo di appurarlo.

La mano di Logan scese verso le spalle, a sollevarle con cura alcune ciocche nere scivolate dalla parrucca che le procurava un insopportabile prurito. «Dobbiamo parlare» disse.

Il bollitore, intanto, aveva preso a fischiare, sprigionando verso l'alto uno spesso fiotto di vapore. Claire corse verso la stufa ma Logan la precedette, prese lo strofinaccio che reggeva e sollevò il pesante utensile. *Accidenti a queste mani che tremano*, si rimproverò lei, armeggiando rumorosamente con una teiera di porcellana bianca e il rispettivo coperchio.

Dispose una manciata di scaglie di cedro in un pezzo di garza da setaccio, lo legò alla buona e lo mise nella teiera. A quanta più distanza possibile da Logan, in modo da evitare di sfiorarlo anche solo per caso, versò l'acqua e aspettò, quindi per tenersi occupata prese un malridotto vassoio di legno e vi sistemò su una tazzina di latta e il tè in infusione.

«Ci vorrà un po'» disse con un'occhiata nella sua direzione. Perché mai la presenza di Logan la innervosiva tanto?

«Aspetterò.»

Claire fu sul punto di dirgli che non era il caso e che sicuramente aveva di meglio da fare piuttosto che starsene lì ad aspettare lei, ma sapeva che avrebbe sprecato del tempo prezioso: Ellie aveva bisogno del tè.

Annuì, prese il vassoio e uscì, con la sensazione di avere gli occhi di Logan incollati addosso. Era contenta di vederlo, ciò nonostante non sapeva davvero cosa pensare della propria reazione.

Varcò la soglia della camera di Ellie e in quello stesso istante ogni pensiero di sguardi tenebrosi e spalle larghe svanì, sostituito dall'arduo compito di aiutare la donna a partorire un bambino già morto.

---

Scossa da un lieve colpo alla porta, Claire, che riposava esausta su una sedia accanto al letto di Ellie, si affrettò a controllarne la condizione: grazie al cielo era ancora addormentata. Le avevano fasciato l'addome diverse ore prima e sembrava che stesse funzionando, perché l'emorragia si era arrestata. Dai piedi del letto e in prossimità della finestra, un lieve russare tradì la presenza di Tia. Era supina sul pavimento in una posizione che sembrava davvero scomoda, pensò Claire, osservando attraverso le logore tende bianche il pallido azzurro del cielo che indicava l'arrivo di un nuovo giorno.

Louisa fece capolino dalla porta. «Stare meglio Ellie?» chiese, fissandola con quei suoi occhi furbi e scuri come pece contro la carnagione perfetta.

Claire si massaggiò il collo rigido; incredibile come quella donna dai capelli nerissimi riuscisse ad apparire graziosa e in ordine già di primo mattino. E dire che non ci era neanche andata, a letto – se non per lavoro con la sua fedele clientela, naturalmente – infatti indossava ancora l'abito di seta rossa della sera prima, che le metteva in risalto la pelle scura e che la messicana aveva confezionato con le sue stesse mani, così come aveva fatto con l'aderente abito nero con cui Claire si era travestita e da cui non vedeva l'ora di uscire.

Si alzò, memore dell'audace scollatura che le accentuava il seno dalla diafana pelle in netto contrasto con la bellezza sensuale di Louisa. Una parte di sé, tanto piccola da non meritare quasi attenzione, aveva gioito nell'infilarsi a fatica in quell'abito, nello scoprirsi donna e dotata delle stesse fattezze delle altre. Abituata com'era a considerare il corpo umano in termini di cure, o come uno strumento di appagamento maschile, non aveva mai ritenuto i propri attributi femminili belli o desiderabili. *Chissà se Logan ha apprezzato ciò che ha visto...*

No! I pensieri di Logan non importavano.

«Sì» rispose.

«Io dispiace di disturbare. Tutti i clienti, loro andare tranne uno, e lui chiedere solo di te.» Louisa strinse le labbra in una linea sottile e scosse la testa. «Io detto lui che tu non vedere clienti stasera, ma lui non andare. Offrire me stessa – molte volte – ma lui dire no. E allora io pensare che…» fece un timido sorriso «tu mi dare indietro vestito.»

Stanca, la mente di Claire riuscì a concentrarsi solo su due fatti: Logan era ancora lì e Louisa stava sfoderando il proprio fascino, un pensiero che scatenò la sua gelosia. Mai, prima di allora, era stata invidiosa del corpo formoso della messicana o della sua sessualità disinvolta, ma la sola idea che si lavorasse Logan era una minaccia.

«Sei sicura che sia solo?» chiese, superandola e fermandosi sulla soglia.

«*Sí*. Ma tu non andare così. Serve parrucca.»

Non volendo spiegarle il perché ciò *non* fosse necessario, Claire annuì. «Mandalo nella stanza di Maggie» disse, decidendo d'ignorare l'occhiata sorpresa di Louisa.

Avrebbe potuto incontrarlo dabbasso, nel saloon, ma l'istinto le diceva che in privato sarebbe stato meglio. Quantomeno non avrebbe dovuto contendersi la sua attenzione con Louisa. Certo, avrebbe potuto invitarlo nella stanza alle spalle del *Colomba Bianca* – una capanna a parte che Maggie aveva costruito apposta per Claire e Jimmy – ma il pensiero di ammetterlo nel proprio spazio personale la turbava.

Andò in fondo al corridoio ed entrò nella stanza di sua madre, con lo scrittoio a ribalta, i comodini coperti da uno strato di polvere e il letto ben rifatto con la coperta di pizzo bianco. Sciolse i capelli e si grattò la testa, interrogandosi su cosa dire. Avrebbe potuto spiegare tutto – cominciando dalla sua stessa vita, maledizione – ma dubitava che Logan volesse ascoltare. Meglio raccontare il meno possibile. Tanto di lì a poco se ne sarebbe tornato in Texas.

Dalla porta socchiusa giunse il suono di stivali sul pavimento di legno, e un moto di eccitazione la travolse.

———

Logan diede un paio di colpetti alla porta aperta, si tolse il cappello ed entrò. Era seduta su una poltrona ai piedi del letto e indossava ancora l'aderente abito nero che lasciava scoperte le spalle e la protuberanza dei seni, a sfiorargli la mente come un'ammiccante brezza in un caldo giorno d'estate. Con i capelli lunghi fino ai fianchi era, nonostante il vestito, un'immagine di naturalezza e schiettezza, una donna capace di riempire il mondo di un uomo e connetterlo alla vita nel senso più primitivo. Quella visione lo sconvolse e lo spinse al contempo a fare un calcolo mentale del denaro che aveva in tasca, mentre si chiedeva quale fosse la sua tariffa. Accidenti se era nei guai!

«Non riesco a credere tu sia ancora qui» disse Claire.

I fiotti di luce solare che entravano dalla finestra alle sue spalle le illuminavano d'oro i capelli… sciolti, notò Logan, pensando che un primo desiderio era appena stato esaudito e chiedendosi quanti altri si sarebbero avverati.

«Già, non ho l'abitudine di trascorrere notti intere nei saloon.» Chiuse la porta, vi si appoggiò contro e incrociò le braccia. «Come sta la tua amica?»

«Penso che se la caverà. Ma tu per primo dovresti dormire un po'. Sei arrivato direttamente dal Texas?»

Logan fece cenno di sì. Anche lei aveva bisogno di riposare, pensò notando i segni scuri sotto gli occhi.

«Come sta la tua famiglia?»

«Bene. Matt e Molly si sono sposati.»

«Davvero?» Claire spalancò gli occhi per la sorpresa.

«Era inevitabile» rispose lui, con un sorriso che gli sollevò un angolo della bocca. «Ci hanno solo messo un po' a capirlo.»

Un'espressione malinconica attraversò il viso di Claire. «Sono molto felice per loro.»

«E tu che racconti? Hai sempre lavorato in posti come questo?»

Il sorriso svanì. «Sono al *Colomba Bianca* sin da bambina.»

Turbato, Logan non seppe che cosa dire. Durante i suoi turni a Virginia City aveva avuto a che fare con la sua buona parte di sgualdrine e donne scostumate – la cittadina mineraria era invasa da saloon, sale da ballo e bordelli – ma neanche l'esperienza lo aiutava di fronte alla notizia che Claire aveva vissuto, *e ancora viveva*, quel genere di vita.

Impose alla propria mente di concentrarsi su qualcos'altro, tipo la sua sicurezza.

«Sei nei guai?»

«Perché me lo chiedi?»

«Solo una sensazione.»

Si spinse indietro i capelli con una mano e lo guardò seria. «Mai stata meglio.» Sollevò le braccia in un gesto che comprendeva tutt'intorno e le lasciò ricadere ai lati. «So che cosa pensi.»

«Tu non hai idea di ciò che penso» rispose lui, chiedendosi perché lo colpisse tanto. Non era solo attrazione fisica – sebbene Dio sapesse che gli piaceva in ogni senso, dal rigonfiamento dei seni alla curva dei fianchi e agli indimenticabili capelli d'oro – sotto sotto c'era dell'altro: Logan aveva il forte presentimento che dietro l'apparenza Claire nascondesse qualcosa. Ragion per cui doveva indurla a raccontargli tutto: perché si prostituiva, perché continuava a vivere a quel modo e perché era nei guai. Ma voleva davvero accorciare le distanze fino al punto di rischiare di nuovo il cuore? Il buonsenso gli diceva di no.

«Spero che… sarai discreto nel riferire ai tuoi di questa visita» disse. «Sono stati molto cari con me.»

«Potresti tornare in Texas.» Le parole vennero fuori prima ancora che se ne rendesse conto. «Sono certo che Molly sarebbe felice di rivederti, e mia madre potrebbe aiutarti a trovare qualcosa di buono da fare.»

Negli occhi di Claire si accese un lampo di stupore subito celato dietro un opaco sguardo di scuse, ma a Logan, che la osservava da vicino, il primo non sfuggì.

«Grazie per l'offerta» disse piano. «Ma ho dei doveri qui.»

Nel vederla alzarsi, i pensieri di Logan si spostarono riluttanti verso il letto. Protrarre l'incontro tra un groviglio di lenzuola, però, avrebbe solo peggiorato le cose. E lui lo sapeva. Ciò nonostante, l'idea indugiò comunque nella mente.

«Pensi di ripartire oggi?» chiese lei.

«Immagino di sì.» A parte la donna che gli stava di fronte, non aveva ragione di restare.

«Tia sarà sveglia ormai, devo riaccompagnarla a casa» ribatté Claire, accorciando la distanza che li separava.

Deluso, Logan la guardò dirigersi verso la porta. Aveva creduto stesse andando da lui. *Maledizione, devo essere più stanco di quanto pensassi.*

«Ce la porto io.»

A quelle parole, Claire si fermò di scatto. Una piccola vittoria che la portava a meno di un braccio da lui e gli regalava un attimo per memorizzare quei suoi incredibili occhi verdi. «Sembri esausta.

Dovresti riposare un po'.» L'impulso di baciarla era forte. «E sarai sempre la benvenuta all'SR.»

Gli occhi di Claire si riempirono di lacrime e Logan fu sul punto di toccarla ma lei abbassò il viso, negandogli la possibilità. «Ti sarei davvero molto grata se volessi riaccompagnare Tia. E, per favore, porta a Molly i miei più cari auguri per il suo matrimonio.»

Seppure a malincuore, Logan si fece da parte. Lei allungò il braccio verso il pomello della porta e si girò esitante a guardarlo. «Buon viaggio» aggiunse.

E per la seconda volta Logan guardò Claire uscire dalla sua vita.

# CAPITOLO TRE

«P erché chiamate Claire *Palomita*?»
Cavalcando l'uno di fianco all'altra, Logan e Tia
superavano i fabbricati di mattoni cotti al sole che costituivano
gran numero degli edifici di Las Vegas, parecchi con portici e altri
a più piani. In città l'opulenza gareggiava con la povertà, e il
*Colomba Bianca* appariva più orientato verso la seconda. La sera
prima, mentre aspettava Claire, Logan aveva notato lo stato
fatiscente del saloon e la scelta limitata al bar. E quella mattina
aveva intravisto l'esterno dell'edificio sopraffatto da erbacce e
cespugli.

«Prima volta che io visto lei» disse Tia, assottigliando lo
sguardo contro lo splendente sole del mattino «io visto una
colombella. Claire, lei piccola, forse otto o nove inverni. Trovato lei
là» aggiunse, puntando un dito verso i monti. «Lei non parlare,
non si muovere. Una colomba si fermare con lei. E loro restare
insieme molto tempo. Allora io pensare che strano. Ma no strano
adesso. Claire, lei sempre così. Chiusa.» Tia indicò la propria testa.
«Pensare che lei sbagliata. Lo vedere, *sì*? Lo *sentire*» aggiunse con
maggior fervore.

Logan lanciò un'occhiata alla robusta donna indiana. «Forse» mormorò.

Tia sorrise. «Perché voi qui, Logan Ryan?»

«Ero preoccupato per lei» rispose sincero. «Ma si direbbe che la gente premurosa non le interessi.»

«*Palomita* nascondere vera natura.»

«Già» ribatté lui «non è ciò che fanno tutti?» Passando accanto alle case, osservava i peperoncini rossi e verdi che appesi alle travi di legno dei portici ondeggiavano nel vento. Bambine e bambini ispanici correvano avanti e indietro, svagandosi nel giorno assolato.

Tia rise. «Che problema voi? Venuto da lontano per trovarla?»

«Texas.»

Tia annuì, senza mai spronare il vecchio castrato di Claire a un'andatura più spedita. Il passo lento non sembrava preoccuparla, pertanto Logan si rassegnò alla lunga cavalcata. Magari la donna avrebbe potuto fare un po' di chiarezza sulla situazione di Claire. Meglio andare subito al sodo.

«Da quanto tempo fa la prostituta?»

Tia sollevò un sopracciglio e schioccò la lingua. «Questo problema tra voi due?»

Il commento lo lasciò brevemente senza parole. La donna minimizzava una questione tutt'altro che banale, almeno nella sua mente.

«Era solo una domanda.» Si passò una mano tra i capelli e riposizionò il cappello.

Tia fece una risatina e scosse la testa. «Io non piace di ficcare naso in faccende di altri, specialmente *Palomita*, ma no idea perché lei vi allontanare. Suoi occhi guardare il mondo tra ombre di vita passata al *Colomba Bianca*.» Fece una pausa carica di significato, quindi aggiunse: «Claire non si vendere. E se guardare dentro vostro cuore, lui sapere già» concluse, puntandogli con forza un dito contro il petto.

Logan emise un respiro di sollievo. Ma che fosse dannato se

l'idea di saperla una mercenaria gli era andata giù anche per un solo istante. «E allora perché resta?»

«Maggie Waters sempre molto ambiziosa. Venire qui tanti inverni fa con figlia, Claire. Lei bambina piccola e dolce ma suoi occhi già molto saggi, troppo per sua età. Maggie non avere marito così lei vendere corpo e guadagnare bene, ma non abbastanza. Presto lei trovare ragazze e vendere anche loro. Poi aprire saloon. *Palomita* figlia rispettosa, lei restare per dovere.»

«Dov'è Maggie?»

«Tre lune piene da quando Maggie tornata in città con solo Jimmy.»

Logan le rivolse uno sguardo interrogativo. «Lui altro figlio di Maggie, nato qui» spiegò Tia. «Io sentire voci che Claire nei guai, così andare da Maggie per sapere, ma lei no bene. Suo spirito piangere e io capire che lui cattivo.»

«Chi picchiò Claire? Sandoval? Griffin?»

La donna lo fissò, la sua espressione ermetica, imperturbabile. «Questo ciò che accaduto?» chiese in tono neutro, ma non abbastanza da mascherare il lampo di rabbia che le attraversò gli occhi. «Maggie non dire mai.» Distolse lo sguardo e borbottò qualcosa d'incomprensibile, quindi di nuovo rivolta a lui dichiarò: «Se dovere fare un nome, io dire Raul Sandoval. Griffin, lui serpente ma non piacere di sporcarsi mani. Io no chiesto Claire, solo contenta che lei tornata. Tia non capire Maggie, ma suo cuore spezzato quando Claire sparita. Lei andata via con Jimmy... non sapere dove. Ma io credere che lei pronta a ringraziare un dio che neanche venerare per vedere figlia vivere ancora.»

Lasciandosi la cittadina alle spalle si avviarono verso le colline – con Tia a far da guida sullo stretto sentiero – e appena raggiunta l'abitazione, Logan smontò da cavallo e aiutò la donna a scendere dal proprio. Dalla capanna emerse una figura.

«Jack!» esultò Tia con voce stridula, andando subito ad abbracciare l'uomo. Indossava un vecchio abito sbrindellato, con il tessuto scuro sbiadito dal sole e dalla polvere, e lunghi capelli corvini gli coprivano le spalle come una ragnatela. L'enorme cappello nero nascondeva quasi del tutto il suo viso come pure quello di Tia mentre i due si salutavano in maniera ben più che amichevole.

«Dove sei stata?» chiese l'uomo, sporgendosi indietro per guardarla.

«Al *Colomba Bianca*» rispose lei. «Ecco, questo Logan Ryan.» Senza attendere risposta, afferrò Jack per un braccio e lo trascinò da lui, che intanto si era tenuto discretamente a distanza.

«Io sono Jack Un Occhio» disse l'uomo, sorridendo e tendendogli la mano.

Logan la strinse. «Piacere di conoscervi, signore.»

Benché una benda gli coprisse uno degli occhi, lo sguardo di Jack, che aveva addosso un distinto odore di liquore, era caloroso. E scaltro. Da una tasca della giacca spuntava una Bibbia e Logan sospettava che l'immagine di un indiano di scarsa intelligenza, fedele osservatore dei principi della fede cristiana, fosse quella che Jack *voleva* dare. Mai mostrare la propria natura. Una massima che anche Claire sembrava aver abbracciato, nonché una tattica che Logan stesso aveva fin troppo di frequente usato durante i suoi giorni da vicesceriffo. Forse lui e Claire non erano poi tanto diversi.

«Io dare buona notizia.» Tia fece un largo sorriso. «*Palomita* vive.»

Jack la fissò sorpreso. «L'hai vista?»

«*Sí*. Lei bene, e salva. Logan Ryan venire ad aiutarla.»

«In quel caso, giovanotto» disse Jack «è un vero piacere incontrarvi. La voce che era scomparsa ci spezzò il cuore. In città la davano tutti per morta e sepolta.»

«Così sembra» replicò Logan. «Ieri sera, Claire ha nominato una persona: Griffin. È un uomo o una donna?» Ripensò a Dee con i capelli castani e lo sguardo velato di mistero. Il tempo ne aveva offuscato l'immagine nella mente rafforzando però alcuni ricordi, come la sua tendenza a troncare le discussioni accecandolo con la promessa di un po' di spasso fra le lenzuola.

«*Señor* Griffin… uomo» rispose Tia. «Lui e Raul Sandoval molto vicini. Dove essere uno si trovare anche l'altro.»

«E il nome?»

«Frank» disse la donna.

Dee gli aveva forse accennato di un fratello chiamato Frank? Logan non ricordava bene, ma non escludeva la possibilità. «Ha una sorella?» chiese.

«Sorella?» ripeté l'indiana, soffermandosi a pensare. «Possibile. Molte lune fa io visto lui con donna, ma lei sotto braccio di gran canaglia Luttrell.» Jack annuì in aperta condivisione di quell'ultimo commento.

Dee aveva lasciato il Nevada proprio in compagnia di un certo Teddy Luttrell! Logan si sentì attraversare da un lampo di anticipazione, proprio come gli era sempre accaduto nel mettere un fuggiasco dietro le sbarre.

«Che aspetto aveva la donna?» chiese.

«Capelli scuri, quasi come Griffin.»

Era la pista migliore in cui si fosse imbattuto da quando Dee era scomparsa dalla sua vita. Avendo deciso di limitare i danni, aveva smesso da tempo di cercarla. Che senso avrebbe avuto confrontarla adesso? Esisteva forse una qualche spiegazione in grado di alleviare il bruciore del tradimento?

«Voi conoscere questa donna?» chiese Tia.

Logan esitò. «In un certo senso.» Non se la sentiva di rinvangare il passato.

Tia scosse la testa. «Se lei una Griffin, voi non dare pena.»

Più facile a dirsi che a farsi. Gli interessi di Logan erano in conflitto, ma tenne per sé quella lotta interiore. «Dov'è Luttrell ora?»

«Morto» rispose Jack in tono neutro. «È successo l'anno scorso, in inverno.»

Addio pista da seguire. Con tutta probabilità, Dee se n'era già andata da un pezzo.

«Fu un po' sospetta, la sua morte» proseguì Jack. «Niente ferite e girava la voce che fosse stato avvelenato. Ma da quanto ho sentito io, nessuno ha pagato per il crimine.

Logan spinse da parte l'accenno di preoccupazione per Dee. Quale che fosse la situazione in cui si era cacciata, se l'era cercata lei. La sua responsabilità nei confronti della donna era venuta a cessare nello stesso istante in cui lo aveva lasciato, eppure…

«Voi entrare» lo invitò Tia. «Io prepara tè per tutti e due.»

«Sarà meglio che torni indietro» replicò Logan.

«Restare solo poco tempo» insistette Tia, tirandolo per il braccio. «Venire. Io mostrare una cosa.»

Riluttante, Logan si lasciò sospingere verso la capanna mentre Jack, alle sue spalle, sorrideva. Una volta dentro, aspettò che gli occhi si abituassero all'ambiente. Vari tipi di cesti di salice occupavano diversi scaffali lungo le pareti. Sul pavimento, nei pressi del caminetto alveare, c'era una cesta a forma di urna rivestita con uno strato di resina di pino. Doveva fungere da brocca per l'acqua, pensò Logan, per niente sorpreso quando Tia la usò per riempire una teiera di ferro battuto.

In un grosso canestro accanto alla porta, poi, erano disposti parecchi oggetti ricavati da pelli non conciate. Decorati con grani gialli, blu e verdi, sembravano comprendere borse di svariate dimensioni, bracciali e mocassini che, probabilmente, Tia produceva da sé per poi venderli in città. A giudicare da quanto vedeva, la fattura era eccellente.

Mentre la donna attizzava il fuoco e scaldava l'acqua, lui e Jack sedettero su coperte colorate, un misto di blu, marrone e rosso sul pavimento di terra. Ci fu un breve silenzio, quindi Tia si avvicinò con del liquido fumante in due tazze di ottone ossidato. Stava per darne una in particolare a Logan ma cambiò idea e gli porse l'altra.

«Grazie» disse lui.

«Tia.» C'era una nota di rimprovero nel tono di Jack. «Che stai combinando?»

«Non capire.»

«Che genere di tè hai dato al signor Ryan?»

La donna sollevò il mento e si mise le mani sui fianchi. «Trillio» si decise a rispondere. «Essere buono tè» aggiunse in propria difesa. «Portare *Señor* Ryan fortuna *e* proteggere suoi denti.»

Logan sollevò un sopracciglio. Era la prima volta che una donna si preoccupava dei suoi denti. Il bisogno di finire quella tazza di liquido amarognolo e andarsene si fece impellente. Se il suo istinto non sbagliava, di lì a poco Tia e Jack avrebbero litigato.

«Non l'hai usato come filtro d'amore?» insistette Jack.

Logan quasi si strozzò. «Come cosa?» Si alzò, continuando a tossire.

«No.» Tia fissò Jack. «No filtro di amore» rispose, quindi riportò lo sguardo su Logan. «Ma se essere, chi preferire? E non nominare quella Griffin.»

Logan le puntò gli occhi addosso. Si era sempre considerato scaltro con le donne, ma poi era arrivata Dee e la sua astuzia doveva averlo abbandonato una volta per tutte, diversamente non gli sarebbe sfuggito il tenero che Tia aveva sviluppato per lui.

Prendendo del tempo, disse piano: «Chi vorreste che preferissi?»

La donna restituì lo sguardo fisso, quindi si batté una mano sulla gamba e prese a ridere. «*Señor* Ryan, voi essere buffo. Jack, lui pensare che *io* volere lui.» Scosse la testa e ridacchiò tra sé, quindi si protese in avanti. «Io stare con Jack. Ma voi cosa pensare di Claire?»

Logan tirò un sospiro di sollievo e prima di pentirsene disse onestamente: «È una donna difficile da dimenticare.»

Tia annuì silenziosa. «Ecco.» Gli tese una figurina di legno intagliato. Facendola rotolare avanti e indietro sul palmo, Logan si accorse che sembrava un uccellino.

«Claire fatto questa quando lei bambina» disse Tia. «Lei dare me ma io sapere che non per me. Voi prendere.»

Quel lavoretto così infantile lo incuriosì, come pure il fatto che fosse riconducibile alla bambina che Claire era stata. Solo che non gli sembrava giusto tenerlo per sé. «Perché non lo ridate a lei?» disse, cercando invano di restituire la figurina a Tia.

«No. Non essere neanche per lei» dichiarò la donna. «Voi tenere. Se poi non volere più, allora riportare indietro. Va bene?»

Logan esitò un attimo, quindi annuì piano. Tia era determinata e non gli sembrò il caso di insistere. E poi, con tutta probabilità Claire aveva dimenticato la figurina nello stesso istante in cui l'aveva data a Tia, pensò ignorando la sensazione di vicinanza che provava nel reggerla in mano… vicinanza alla donna che le aveva dato forma.

«Va bene» acconsentì.

Tia sorrise. «Finalmente la colombella spiccare suo volo.»

Lo sguardo di Logan tornò ancora una volta alla figurina. Non era un uccellino qualunque, quello che Claire aveva intagliato, bensì una colomba.

---

ERA pomeriggio inoltrato quando Claire andò ad accertarsi ancora una volta che Ellie stesse bene. Grazie al cielo, la donna dormiva ancora. Scese al piano di sotto e rivolse un cenno di saluto a Louisa e Betsy che armate di stracci e secchi d'acqua pulivano i tavoli.

Lieta di indossare nuovamente i suoi abiti – una vivace gonna messicana e una camicia bianca – andò dietro il bancone del bar e da un armadietto ben custodito tirò fuori un libro mastro rilegato in pelle. Parecchi giorni prima aveva trovato la chiave in camera di sua madre e, sforzandosi di comprendere le voci di quel registro, ne aveva scorso le pagine in un paio di occasioni. Sedette su uno sgabello, posò il libro sul bancone e provò di nuovo a capirci qualcosa.

Una volta deciso di prendere Jimmy e partire alla volta di Cimarron, sua madre aveva lasciato l'attività, e un contante inferiore a cinquanta dollari, nella mani di Ellie. Il *Colomba Bianca* registrava entrate serali regolari, ma da un semplice calcolo era chiaro che entro una settimana o giù di lì i conti sarebbero stati pari. La scorta di liquori era bassa e, pur non avendone trovato traccia nel libro mastro, Claire si chiese per la prima volta se la proprietà fosse gravata da un mutuo. Era sempre stata sua madre a occuparsi della gestione del saloon e di quanto lo riguardava. Persino adesso, temendo la sua reazione quando infine fosse tornata, Claire era riluttante a scavare troppo in profondità nella situazione finanziaria del *Colomba Bianca*, ma con Ellie convalescente al piano di sopra non c'era nessun altro a risolvere i problemi urgenti per tenere il saloon a galla.

Preoccupata dal recente calo nel numero di clienti, Claire guardò accigliata gli incassi e le spese, incapace di determinare una causa dai numeri inseriti a matita in ciascuna colonna.

«Perché gli affari vanno così male?» chiese.

Louisa e Betsy sospesero per un attimo le pulizie.

«Forse gli uomini si tengono alla larga perché Maggie è andata via» suggerì Betsy.

Claire annuì. Era una possibilità concreta. Sua madre intratteneva personalmente una selezionata clientela. Ma attenzioni del genere non erano forse mirate a fidelizzare i clienti? Apparentemente no.

«C'è concorrenza in città» disse Louisa. «Qualcun altro è più bravo.»

Claire la guardò. «*Fascino del Sud?*»

«Forse sì. Forse no» replicò Louisa con un'alzata di spalle.

Possibile che Belle Mason stesse approfittando dell'assenza di Maggie? Era un fatto risaputo che le due litigavano e si detestavano a vicenda, sebbene l'esatta ragione non fosse mai stata chiara, almeno non a Claire. Nel rapporto con sua madre non c'era mai stato posto per segreti intimi, o fiducia, ed era scoraggiante non poter confidare nelle intenzioni della donna. Un desiderio improvviso s'impossessò di Claire: poteva semplicemente andar via. Lo aveva già fatto, quando aveva seguito Molly in Texas, ma la coscienza e il senso del dovere non ci avevano messo molto a trascinarla di nuovo a Las Vegas. Il tempo trascorso con i Ryan le aveva dato un assaggio della vita di una persona "normale", e adesso una piccola parte di lei anelava a cose semplici come una vera casa, rispettabilità, un uomo da amare. Il bel viso di Logan si affacciò spontaneo alla mente.

Aveva già diciannove anni. Più si fermava al *Colomba*, più correva il rischio di ritrovarsi a servire da bere e salire le scale che portavano alle stanze del secondo piano.

Entrando dalla cucina, Alice May si fermò di scatto, evidentemente sorpresa, alla vista di Claire. Con indosso una sobria gonna scura e camicetta bianca, dava l'impressione di essere appena tornata dal centro.

«È successo qualcosa?» chiese Claire.

Alice lanciò un'occhiata titubante a Louisa che, ancora una volta, abbandonò le pulizie.

Sulla trentina, Alice era una donna ambiziosa – così aveva sentito dire Claire – seria nell'aspirare a cose ben più importanti e migliori. Con un bel viso incorniciato da boccoli biondo ramato e una figura più formosa rispetto alla maggior parte delle altre ragazze, Alice non nascondeva il fatto che Las Vegas fosse solo una fermata nel suo viaggio verso Denver.

«Beh» disse piano. «Spero tu non la prenda male, Claire, ma sono appena tornata da un incontro con Belle.»

Claire aveva la sensazione di sapere già quanto sarebbe seguito. «Ti ha fatto un'offerta?»

Alice fece cenno di sì. «Sono riconoscente a Maggie, ma chi può dire quando tornerà. Non posso permettermi di perdere altro denaro. E Belle ha rimesso a nuovo il *Fascino del Sud*. Detesto dirlo, ma è un bel passo avanti.»

Un tempo, il *Colomba Bianca* era stato semplicemente un bordello. Poi, per aumentare i profitti, Maggie vi aveva aggiunto il saloon in modo da soddisfare anche quanti volevano bere e giocare d'azzardo oltre agli uomini che desideravano qualcosa in più dalle donne che li servivano.

«Perché pensi che Maggie non tornerà presto?» chiese Claire.

«Bell mi ha detto che a Cimarron non si è vista.»

«Ma io credevo ci avesse portato Jimmy. Sei stata proprio tu a dirmelo.»

Alice sollevò le mani in segno di difesa. «Non incolpare me. Così ci aveva detto Maggie prima di partire. Ma se non è a Cimarron, e non è qui, allora dov'è? Senti, so che non era la stessa dopo la tua scomparsa, e siccome tutti noi temevamo che fossi morta, sono certa che anche lei deve averlo pensato. Non la rimprovero per aver provato ad andare via, ma col passare dei giorni ho sempre più l'impressione che abbia abbandonato l'attività dimenticandosi, però, di dircelo. È possibile che Ellie si faccia avanti e la compri, ma io non ho intenzione di restare vincolata fino a quel punto. Mi serve giusto qualche altro mese di lavoro continuo e poi posso far bagagli e via.»

Uno scomodo sospetto s'insinuò in Claire. «Dove sono stati visti di recente Griffin e Sandoval?»

Alice sospirò. «Beh, l'altro giorno Rusty Simmons mi ha detto che sono stati a Cimarron. Pensi che ci sia un collegamento?»

Già, ma non aveva alcuna intenzione di condividere i propri pensieri con Alice o chiunque delle altre ragazze. Non gli aveva detto che era stato Sandoval ad attaccarla, e nessuna aveva fatto intendere di essere a conoscenza dei fatti, così Claire aveva concluso che Maggie non ne avesse parlato con loro, né con altri visto che Sandoval era ancora un uomo libero. Sua madre doveva aver avuto una ragione per non far scontare a Raul Sandoval ciò che aveva fatto; Claire doveva credere che fosse così. Il panico indotto dall'alternativa, infatti – la possibilità che a sua madre semplicemente non importasse – le faceva schizzare il cuore in gola.

«Non so» rispose. «Era solo una curiosità.»

«Forse non dovresti nasconderti» suggerì Alice. «Se Maggie venisse a sapere che sei qui, magari tornerebbe.»

«Possibile.» Claire non sapeva più cosa pensare. Se sua madre era invischiata con Griffin e Sandoval, allora con tutta probabilità era messa male. Sapeva di non poter esercitare alcuna influenza su Maggie Waters, ma c'era di mezzo Jimmy. Era troppo piccolo per decidere del corso della propria vita e toccava a Claire prendersene cura perché, Dio le era testimone, Maggie non ne era mai stata capace.

Si alzò e prese il libro mastro. «Vado in camera mia.»

«C'è un'altra cosa» la fermò Alice, senza riuscire a guardarla negli occhi. «Belle vuole anche Louisa.»

Claire lanciò uno sguardo alla sensuale messicana, ma il viso di quella rimase impassibile. Fu allora che comprese che non era stata Belle ad andare dalle due, bensì loro a presentarsi al *Fascino del Sud* con la propria offerta.

«Capisco.» Consapevole che il saloon era ormai finito, passò accanto ad Alice, si diresse verso la porta sul retro e attraversò sgomenta il cortile che portava alla sua capanna. Alice e Louise erano le uniche due prostitute ancora attive al *Colomba Bianca*. Ellie non era in condizione di riprendere il lavoro e a meno di convincere Betsy a spogliarsi e aprire le gambe... dentro di sé Claire fece una smorfia per quella volgare immagine mentale. L'unica rimasta a tenere in piedi il saloon era lei stessa.

No... No. Non avrebbe potuto.

*Dove diamine ti trovi, Maggie?*

Entrò nella capanna e si sbatté frustrata la porta alle spalle.

---

«Venite dal Texas, *Señor?*»

Sollevando lo sguardo dal piatto di prosciutto affumicato, patate e carote, Logan incrociò quello della donna ispanica che gli aveva parlato. «Sì.»

«Sono la *Señora* Chavez.»

Logan si pulì le dita con un tovagliolo e si alzò, quindi prese la mano che quella gli tendeva e la strinse. Con indosso un bell'abito nero con bottoni dorati fino al collo e i capelli altrettanto neri raccolti ordinatamente in un nodo sulla testa, la donna gli rivolse un sorriso cortese.

«Logan Ryan.»

«Mi dispiace interrompere la vostra cena, *Señor* Ryan, ma parlando con la mia amica *Señora* Baca, in fondo alla strada, ho saputo che oggi è passato un uomo a chiedere dei Griffin.»

«Sì, è vero. Prego, accomodatevi» disse, invitandola con un gesto della mano a occupare la sedia di fronte.

Aveva trascorso la giornata a indagare su Dee e suo fratello riuscendo a racimolare solo le informazioni più ovvie. Vivevano lì la maggior parte del tempo, ma al momento erano via; Frank aveva diverse imprese in città, ma la sua reputazione era per lo più cattiva; e la gente provava un pizzico di compassione per Dee che subito dopo Natale aveva improvvisamente perso il marito. Fermandosi a mangiare al *Graaf City Forno e Ristorazione*, Logan si chiedeva se volesse davvero continuare a cercare Dee. Nei recessi della mente indugiavano ancora il pensiero di Claire e l'intenso desiderio di rivederla, anche se non riusciva a trovare alcuna ragione legittima per tornare al *Colomba Bianca* se non per bere e giocare d'azzardo. Forse era il caso di abbandonarsi a un paio di vizi.

«Siete un uomo di legge?» chiese la *Señora* Chavez.

«Un tempo. Adesso aiuto mio padre ad allevare bestiame in Texas.»

«Siete in affari con il *Señor* Griffin?»

«No. Sono un vecchio amico di sua sorella. Speravo di riuscire a salutarla.»

La *Señora* Chavez annuì e tamburellò con le dita sul tavolo, quindi con un gesto della mano allontanò una giovane che si avvicinava a prendere il suo ordine.

«Io, invece, speravo che foste qui per indagare su di lui. Sarò schietta: il *Señor* Griffin ha distrutto le finanze di mio marito. E Dee Luttrell, Griffin o come si fa chiamare adesso, non è migliore delle sgualdrine in servizio nei saloon e nei disgustosi bordelli del posto.»

Logan prese atto dello sdegno della donna verso la parte più sordida della città.

«State dicendo che la signora Griffin è una prostituta?» chiese cauto.

«Oh, questo non lo so, non mi sembra, si direbbe che voglia bene al figlioletto. Ma non ha una volontà propria. Non è forse uguale?»

Dee aveva un figlio? La consapevolezza che lei avesse proseguito per la propria strada, senza mai voltarsi indietro, lo ferì.

«Siete sicuro di non avere nessuna autorità da queste parti?» insistette la *Señora* Chavez. La sua espressione seria lo riportò alla conversazione.

«Abbastanza. Ma perché non vi siete rivolta ai funzionari locali?»

Prima di rispondere la donna si guardò intorno e abbassò la voce. «Il *Señor* Griffin li tiene in pugno – non mi chiedete come, non lo so – è inutile andare dallo sceriffo.»

«E Raul Sandoval? È coinvolto anche lui?»

Un lampo di orrore le attraversò gli occhi. «*¡Póngote las cruces!*» esclamò segnandosi, quindi in un sussurro aggiunse: «*El maldito.*» Scosse la testa e spiegò: «Un demonio.»

«Sapete dove si trovano adesso Frank e Dee Griffin?»

La *Señora* Chavez alzò le spalle e le abbassò in un gesto di sconfitta. «Cimarron, forse. Ma di loro non m'importa, spero solo che terrete presente quanto vi ho detto e, magari, rendiate giustizia a quanti di noi non meritano questo destino.»

Un'ardua impresa. *Dite a vostro marito di smetterla di fidarsi di uomini disonesti* avrebbe voluto rispondere Logan, ma lui per primo, un tempo, si era fidato di Dee. Un caso di malriposta fiducia poteva capitare a chiunque. «Lo terrò a mente, signora.»

SEDENDO nella capanna di una sola stanza, gli occhi di Claire scorsero rapidi lo scaffale sopra il letto. Si diceva che i dottori dell'esercito dovessero superare esami di matematica e latino, così nel corso degli ultimi anni aveva raccolto diversi libri su quelle materie. E quante notti aveva passato a leggerli fino a farsi dolere gli occhi e la testa nel tentativo di comprendere il gran numero di simboli e formule, che erano stati spesso motivo di frustrazione ma che infine era riuscita a decifrare. Per un istante valutò l'idea di provare a cavarsela con qualche problema di matematica avanzata, ma sarebbe riuscita a concentrarsi così poco che non ne sarebbe valso la pena.

Col pensiero tornò a Logan, chiedendosi se fosse già ripartito e… nella sua mente si affollarono immagini che non aveva il diritto di evocare. Mai prima di allora si era sentita tanto attratta da un uomo. La sua presenza l'aveva turbata sin dal primo incontro in Texas, quando nudo dalla testa ai piedi, nell'oscurità della camera da letto, l'aveva spaventata, scatenando in lei l'istinto di allontanarsi. Con tutte le interminabili notti a indugiare su quell'incontro, però, i sogni avevano distorto i fatti dando vita a una scena in cui, lungi dal correre goffamente a rifugiarsi in un angolo e ordinargli di uscire, Claire gli permetteva di restare e lui, silenzioso, l'assecondava. Le ombre della stanza non le consentivano di memorizzare ogni dettaglio del suo corpo, ma la risposta del proprio era terrificante e al tempo stesso eccitante. Peccato svegliarsi sempre prima che lui la toccasse…

Si scrollò il sogno di dosso e ancora una volta ricordò a se stessa la propria situazione: viveva in un saloon e la sua condizione sociale era equiparabile allo sterco di un cavallo. Aprirsi agli altri, anche in una mera amicizia, le avrebbe procurato solo dolore. E intraprendere qualcosa in più, poi, non era proprio accettabile. Aveva visto con i propri occhi ciò che il sesso, al di fuori del matrimonio, poteva fare a una donna.

Ma neanche quella consapevolezza alleggeriva la tristezza quasi opprimente di fronte al fatto che quel giorno Logan sarebbe ripartito. L'uomo era riuscito a scompigliarle i pensieri e lei si chiedeva se sarebbero mai tornati in ordine.

A tutto ciò si sommavano il problema del dove si trovasse Maggie e il fatto che il giorno dopo Claire sarebbe stata costretta a chiudere il *Colomba Bianca* o, quantomeno, a mandarlo avanti senza "intrattenimenti".

Ripensò a Jimmy. Lo aveva allevato come un figlio piuttosto che un fratello. Doveva assolutamente trovarlo.

E per riuscirci, sembrava ormai ovvio che non potesse continuare a nascondersi.

All'imbrunire sarebbe partita per Cimarron.

---

NEL CREPUSCOLO che scendeva sulla piazza, Logan si appoggiò contro un palo e passò un pollice sulla colomba di legno che reggeva in mano.

Perché l'idea di lasciarsi dietro Claire lo infastidiva tanto?

«Avete l'aria di un uomo che non sa bene dove andare.» Al suo fianco apparve Jack Un Occhio.

«Pensavo, tutto qui» rispose Logan stringendogli la mano.

«Capita anche a me, qualche volta. Tia dice che è così che mi procuro i mal di testa.» Si appoggiò anche lui al palo e incrociò le braccia.

Insieme, osservarono il viavai di uomini e donne, carri scoperti per il trasporto di merci, calessi, cavalli e di tanto in tanto un cane.

Interamente circoscritta da edifici commerciali a uno e due piani, con i loro mattoni seccati al sole, la *plaza* era l'arteria principale del Sentiero di Santa Fe, che la attraversava da est a ovest. A delinearne il perimetro erano diversi negozietti di articoli vari, due alberghi, un ferramenta, il *Graaf City Forno e Ristorazione* e una banca. Proprio lì di fianco c'era anche un saloon con tavoli da biliardo, ma l'unico che interessasse a Logan era un altro.

Al centro della *plaza*, poi, si ergeva un grosso mulino dalla sagoma strana, costituito da due piattaforme, una sull'altra, che rendevano la struttura incredibilmente alta. Girava voce che fosse servito più di una volta per le impiccagioni e Logan, cui era capitato d'imbattersi in un paio di linciaggi, non faticava a crederlo… anche se in entrambi i casi era arrivato troppo tardi per salvare i giustiziati.

Ripercorse con lo sguardo la *plaza*. Portici dalle colonne imbiancate cingevano tutte le vetrine e le facciate dei negozi a livello di strada, come pure qualcuna al secondo piano, conferendo un senso d'infinita unità tra gli edifici.

Dall'altra parte della strada, osservò la folla andare su e giù davanti ai resti anneriti di parecchi fabbricati.

«Il palazzo dei Romero» disse Jack. «L'incendio è partito da lì, poi ha attaccato gli altri due stabili. È successo qualche settimana fa.»

«Feriti?» chiese Logan, scorgendo un uomo a cavallo avvolto in un'ampia coperta messicana e con in testa un sombrero a falda larga e floscia.

«Grazie al cielo, no.»

*Macché uomo e uomo, è una donna!*

«Maledizione!»

«Penso che lo ricostruiranno» continuò Jack. «I Romero hanno sempre guadagnato bene in città.»

«È Claire, quella?» chiese Logan. Il cavallo era senza dubbio il vecchio Reverend. Quella mattina ce lo aveva riportato lui stesso, al saloon.

Jack assottigliò lo sguardo puntandolo nella sua stessa direzione. «E che cosa ve lo fa pensare? Tia mi ha detto che sarebbe rimasta nascosta fino al ritorno della madre. E le ho dovuto giurare di mantenere il segreto.» Il suono che emise subito dopo, però, esprimeva perplessità. «Quel cappello, in effetti, è piuttosto grande.»

«Dove sta andando?»

«È la strada che porta fuori città. I soldati la usano per andare e tornare da Fort Union. Arriva fino a Cimarron.»

«Sta andando via» disse Logan, abbastanza avvilito all'improvvisa idea di non rivederla mai più.

«Mm... Claire è una ragazza forte, l'ho sempre pensato» rispose Jack, guardandolo. «Ma è anche molto testarda. Come tutte le donne. Con Tia ci siamo presi quanta più cura possibile di lei, ma stiamo invecchiando. Se aveste intenzione di darci una mano, ve ne saremmo molto grati.»

«Pensate che sia nei guai?»

Jack spostò lo sguardo sul cielo che si scuriva. «Penso che stia per scendere la notte.» I suoi occhi incrociarono quelli di Logan. «Seguitela, figliolo. Tanto è ciò che volete. O devo forse spedirvici a calci nel sedere?»

«Forse» rispose Logan con un mezzo sorriso.

«Piantatela di parlare e schiodatevi da qui.»

Logan si sistemò il cappello. «Sissignore.» E con un cenno di saluto a Jack, corse a recuperare la sua roba dall'albergo e Tempesta dalla stalla.

# CAPITOLO QUATTRO

Claire sapeva che il piano più logico da seguire sarebbe stato aspettare che facesse giorno prima di avviarsi, ma la copertura della notte le serviva, decise. E poi, nonostante quella, indossava comunque un nuovo travestimento.

Il cielo si tinse di nero mentre, lasciandosi alle spalle la periferia della città, si dirigeva a nord lungo il battuto Sentiero di Santa Fe. Attraverso le pianure aperte, la via formava un notevole solco dell'ampiezza di parecchi carri, con macchie gialle di erba grama su entrambi i lati. A ovest, il distinto profilo delle Sangre de Cristo Mountains marcava l'orizzonte. E, stranamente, era visibile anche l'Hermit's Peak, un importante punto di riferimento poco fuori città. Spuntando dal suolo, il monte era un pallido contrasto di rocce a strapiombo e distese piatte che si ergeva di traverso come se la terra avesse provato a cacciarlo fuori dalle proprie viscere in un'enorme esplosione geologica. Claire lo vedeva come una sorgente di luce sempre pronta a ricordarle i quattordici anni di vita trascorsi in quel posto, i momenti belli e brutti, i sogni e le speranze che le avevano riempito la testa quando la realtà si faceva insopportabile.

Nonostante la dedizione alla propria attività, succedeva che di tanto in tanto, così di punto in bianco, Maggie portasse Claire – e, una volta nato, anche Jimmy – tra la natura selvaggia e nel suo posto preferito ai piedi dell'Hermit's Peak. Se l'infanzia di Claire aveva conosciuto dei momenti di felicità, questi erano in gran parte legati a quelle *pause* nella loro vita da reiette della società. Con sua madre accendevano un fuoco, preparavano uno stufato di coniglio e patate e dormivano sotto le stelle. Erano state quelle le uniche occasioni in cui Maggie le aveva parlato della propria vita prima che Claire nascesse, dell'infanzia a Charleston e di come la famiglia non aveva approvato la gravidanza illegittima.

«I tramonti sono diversi sulla costa est» le raccontava sua madre. «Non come qui, tutti arancione e fiamme di fuoco nel cielo. Mio padre mi portava spesso in montagna e ricordo le volte quando arrivata la sera Dio dipingeva il mondo di lavanda e viola.»

Un senso di colpa pervase Claire. Sua madre aveva avuto una vita difficile dopo aver lasciato da sola la Carolina del Sud per avviarsi verso ovest, ma si era prodigata al meglio affinché Claire e Jimmy avessero un tetto sulla testa e cibo nei piatti. Sarebbe stato sbagliato da parte sua voltare le spalle al frutto del duro lavoro di Maggie. Che riuscisse o meno a ritrovare sua madre, Claire sapeva che al ritorno da Cimarron doveva fare il possibile per salvare il *Colomba Bianca*.

Si tolse la pesante coperta e la legò dietro di sé ma adesso che il cavallo aveva accelerato l'andatura tenere l'ingombrante cappello sulla testa era difficile. Aspettò di trovarsi a sufficiente distanza dalla città, quindi si tolse il sombrero e lasciò che la bionda treccia le ricadesse lungo la spalla.

Consapevole del fatto che Reverend avrebbe potuto decidere repentinamente di non voler procedere oltre, lo incitò alla massima velocità che pensava riuscisse a sostenere. Col passare degli anni, infatti, il cavallo si era fatto più ostinato. Ma Cimarron era a circa cinquanta miglia verso nord e, sebbene dubitasse di arrivare lontano quella sera, sperava di riuscire a porre una discreta distanza tra sé e la città prima di doversi accampare.

Deviando dal sentiero principale, cercò una migliore copertura in prossimità delle colline. La notte ammantava la terra e una spolverata di stelle riempiva il cielo. Claire inspirò a fondo, accorgendosi di quanto bene le facesse uscire dai confini del saloon. Là fuori, in quello spazio aperto, con l'unica compagnia del vento tra gli alberi e il penetrante profumo di pino, si sentiva a casa come non le capitava da tempo. Una fugace occhiata verso l'alto la indusse a chiedersi se Logan – sicuramente a miglia da lei, sulla via del ritorno in Texas – stesse guardando la stessa chiazza scintillante di stelle. Fece un altro profondo respiro e si sforzò di allontanarlo dalla mente.

Magari, un giorno non troppo distante, sarebbe tornata all'SR per far visita a Molly. E, senza dubbio, Logan avrebbe già avuto moglie e una casa piena di figli. Il pensiero la rattristò.

*Non è per te, Claire, lascia stare.*

L'avvicinarsi di qualcuno a cavallo la gelò, ponendo l'accento sulla sua vulnerabilità, da sola com'era in quel posto sperduto. Stava giusto pensando a come eludere l'incontro quando l'uomo la vide, stroncando di fatto ogni possibilità di riuscita. Con il cuore impazzito, Claire incitò Reverend a procedere a un'andatura costante nella speranza di superare il tutto senza problemi. Man mano che si avvicinavano, l'uomo girò il proprio cavallo e la costrinse a fermarsi.

«Che ci fate qui?»

Pentendosi di aver tolto la coperta e il sombrero, Claire si sentiva esposta senza la protezione del travestimento. Indossava dei pantaloni e una camicia da uomo – la cui identità era un mistero – trovata nella stanza di Maggie, ma i capelli la tradivano.

Il viso barbuto aveva un'aria familiare, pensò, sperando solo che non la riconoscesse per averla vista al saloon e la lasciasse passare.

«Non cerco guai» disse in tono calmo. «Se non vi dispiace, proseguirò per la mia strada.»

«Viaggiate da sola, dolcezza?»

«No, mio marito mi aspetta all'Ocate Crossing» rispose, con un sussulto interiore per la bugia. Quel posto si trovava ad altre venti miglia da lì, troppo distante per intimorire l'uomo con la minaccia di un marito che non esisteva.

«Mm, un bel po' di strada, eh? Che razza di uomo lascia cavalcare la moglie sola di notte?»

«Grazie per la premura, ma adesso devo proprio andare.» Guidò il cavallo in modo da aggirare l'ostacolo e… d'un tratto ricordò chi era: Harry Myers, uno degli uomini di Frank Griffin, che a lei non era mai piaciuto nonostante la lunga storia con sua madre. O forse proprio per quella ragione. A ogni modo, non aveva alcuna intenzione di far sapere a Griffin che era viva e di nuovo in città. Con tutta probabilità lo avrebbe riferito a Sandoval. Il pensiero dello scaltro messicano e della brutale aggressione che l'aveva quasi ammazzata fece riaffiorare un profondo senso di paura.

«Penso che dovreste lasciarvi aiutare, signorina» disse Harry, allungando un braccio per afferrarla.

Claire provò a sottrarsi alla presa, ma l'altro le teneva stretto il polso e iniziò a tirarla verso di sé. «Lasciatemi andare» disse lei, e con uno strattone liberò il braccio.

Adesso che si era fatto più vicino, l'uomo prese a fissarla con maggiore intensità. «Somigliate molto a quella Waters. Non sarete mica sua figlia?»

«Sono solo di passaggio qui.» Fece per spronare il cavallo, ma lui l'afferrò ancora una volta. «Lasciatemi!»

Harry intensificò la stretta, al punto che Claire scivolò dalla sella e intontita dalla caduta si morse la lingua. Con il sapore metallico del sangue che le riempiva la bocca, rotolò sulle ginocchia e sentendolo smontare da cavallo iniziò a correre.

«Maledizione, vieni qui!» Le abbrancò i fianchi e, nonostante Claire si sforzasse di restare in piedi, la spinse per terra. «Perché mi respingi così? Non mi costringere a farti male. Voglio solo spassarmela un po'.»

Claire atterrò sulla schiena con l'uomo a sovrastarla. Girò la mano, liberandola, e gli colpì forte il viso. Il dolore s'irradiò dalle dita fino al gomito e, in un istante, rivide l'aggressione di Sandoval.

In preda alla rabbia e al terrore, scalciando, urlando e graffiando, si accanì contro Myers. Tra le lacrime che le inondavano il viso e la furia che la consumava si batté finché... le braccia e le gambe si agitarono contro il niente. L'uomo non c'era più. Un respiro affannoso le riempiva le orecchie ma... era il proprio. Si raddrizzò e sbatté freneticamente le palpebre per mettere a fuoco la vista. Stava forse sognando?

*Logan!*

Lo guardò piantare uno stivale nella schiena di Harry, costringendolo a faccia in giù, e torcergli dolorosamente un braccio indietro. Poi gli puntò una pistola alla testa. «Brutto pezzo di merda» disse «hai l'abitudine di aggredire donne indifese?»

«Non volevo farle del male» ansimò Harry. «Pensavo che il marito fosse una bugia.»

«Se ora ti ammazzo e butto il corpo tra le colline, ne passerà di tempo prima che ti ritrovino.»

«Cristo» imprecò Harry tutto d'un fiato. «Ho sbagliato, va bene?»

Logan lo tirò su con uno strattone. «Ho la memoria lunga, io» disse mentre quello raggiungeva con falcate goffe il cavallo, montava in sella e partiva lasciandosi dietro una nuvola di polvere.

Rinfoderò la pistola e andò da Claire. «Stai bene?» chiese, inginocchiandosi.

Lei annuì, ancora stordita. «Che ci fai qui?» sussurrò.

«Ti seguivo.»

«Perché?»

«Che sia dannato se lo so.» La aiutò a rimettersi in piedi. «Ma sono arrivato al momento giusto. Lo conoscevi?»

Claire tirò su col naso e si asciugò il viso. «Sì» rispose alquanto imbarazzata «ma non bene. Si chiama Harry Myers. Non penso che mi abbia riconosciuta... o meglio, ha intuito chi fossi» chiarì, accigliata. «Ma forse lo dimenticherà. Sei stato molto persuasivo.»

«Da chi ti nascondi? Sandoval?»

Quel nome tirato non troppo a caso la sorprese.

«In realtà me l'ha suggerito Tia» disse Logan. «Accampiamoci, e poi mi racconti come stanno realmente le cose.»

«Saresti già quasi in Texas, ormai» ribatté Claire, contentissima che non lo fosse.

«Già, ma il paesaggio qui intorno inizia a piacermi.»

I suoi occhi si riempirono nuovamente di lacrime, ma prima che Logan potesse notarlo, si girò verso il cavallo e montò in sella. Sapeva che non avrebbe dovuto coinvolgerlo nei suoi problemi, ma l'impulso di gettarglisi fra le braccia era più forte. Per una volta, voleva sentirsi al sicuro. Voleva fidarsi di qualcuno. E voleva credere che gli uomini fossero migliori di quelli che frequentavano il *Colomba Bianca*. Un punto difficile da dimostrare, persino per uno come Logan.

«Togliamoci dalla strada» intimò lui dal proprio cavallo, quindi la guardò e in tono più dolce aggiunse: «Dovresti mangiare qualcosa. Le frittelle sono la mia specialità.»

«L'ora di colazione è passata da un bel po'.»

«E allora dovrò cucinare per te due volte.»

Non mancava mai di coglierla leggermente impreparata. «Penso sia la prima volta che un uomo cucina per me.»

«Vedrai che bella sorpresa.»

E la prima volta che un uomo le faceva una *bella* sorpresa.

Lo seguì nell'oscurità.

---

Il fuoco tra di loro scoppiettava. Da un'occhiata veloce a Claire, seduta su una coperta di fronte a lui, Logan dedusse che non si era portata dietro granché e concluse che l'averla seguita fosse stato un gran bene. Era abituato ad aiutare il prossimo − sua madre gli aveva più volte ripetuto che quella era la sua vocazione sulla terra – e con Claire non stava facendo altro, si disse. Aiutava semplicemente una donna in difficoltà, che appariva chiaramente turbata dall'aggressione di Myers.

L'impulso innaturale di sparare a quel bastardo gli aveva incendiato le vene, sorprendendolo con la sua intensità. Non era tipo da portare rancore, lui, ma la vista di Myers che s'imponeva con la forza su Claire non gli era andata giù. Per niente. A salvarlo era stato solo il ricordo ancora vivo dei giorni da vicesceriffo. Non sopportava l'idea di uccidere un uomo a sangue freddo, tuttavia, se non ci fosse stata Claire, l'avrebbe sicuramente conciato per le feste.

Adesso che era riuscito a farle mangiare e bere qualcosa, sembrava più calma e di colorito decisamente migliore.

«Stai andando a Cimarron?» chiese.

Claire fece cenno di sì.

«Qualche ragione in particolare?»

«Trovare mia madre.» Sedeva a gambe incrociate e reggeva tra le mani una tazza di latta con del caffè.

L'aria era piuttosto fresca, ma dormire all'addiaccio non sarebbe stato scomodo. E poi, Logan aveva in mente di offrirle la sua coperta di scorta.

«È nei guai?»

«Si direbbe tu non riesca ad associarmi ad altre parole» replicò lei con una risata triste.

«Guai? No, mi preoccupa solo il tuo benessere, Claire, e ho come la sensazione che non ci sia mai stato nessuno a prendersi cura di te. Dov'è tuo padre?»

Claire si strinse nelle spalle. «Non lo so. Non l'ho mai conosciuto. Ci trasferimmo qui quando avevo cinque anni.»

«E hai vissuto tutto questo tempo al *Colomba Bianca?*»

«Per la maggior parte.»

«Tia mi ha detto che non ti prostituisci.»

La testa di Claire scattò in su. «E questa sottigliezza fa differenza per te?»

«Non è forse così?»

«Resta il fatto che vivo nella parte sbagliata della città, e che frequento gente poco raccomandabile.»

«Potresti scegliere di andartene» ribatté lui in tono pratico.

«Sì, ci ho pensato, molte volte. Ma non è così semplice.»

Logan gettò un altro pezzo di legna sul fuoco. «E invece, per esperienza, ti dico che nella maggior parte dei casi è davvero tanto semplice. Se il giro di carte che ti è capitato non ti piace, mischi il mazzo e ricominci. Perché non mi dici che sta succedendo?»

Claire mandò giù dell'altro caffè e fissò le fiamme. «Diversi mesi fa, mio fratello Jimmy e io eravamo con nostra madre su una diligenza diretta ad Albuquerque. Ci fu un agguato.»

«Da parte di chi?»

«Un gruppo di uomini» rispose lei. «Tra cui uno che conoscevo.»

«Sandoval?»

Claire annuì.

«Vi derubarono?»

Un'espressione addolorata le attraversò il viso. «Quello fu il primo pensiero di mia madre. Ci disse di non resistere, di dargli ciò che volevano. Ma si trattava di qualcos'altro. Glielo lessi negli occhi appena si accorse che tra loro c'era anche Sandoval.»

«Che cosa accadde?»

Il colore abbandonò il viso di Claire. «Mi prese e mi consigliò di non reagire. Se stavo buona non avrebbe fatto male a mia madre e a Jimmy» ricordò con voce rotta. «Così disse.»

In preda a un senso di irrequietezza, Logan sollevò lo sguardo sulle stelle. «Non devi per forza dirmi quello che fece.» Era in grado di ricostruire la scena da sé, e da qualunque parte la guardasse non era piacevole.

Claire fece una lunga pausa. «Mi picchiò finché non fu sicuro che sarei morta.» Le mani stringevano la tazza di latta al punto da imbiancare le nocche.

«E nessuno lo fermò?» L'immagine gli vorticava nella mente, accompagnata dal rumore secco del fuoco che consumava la legna. Il bisogno di fargliela pagare gli sgorgò dentro come una piena improvvisa. In un mondo perfetto, gli sarebbe bastata una sola notte per sistemare Myers e Sandoval, traendone pure soddisfazione. Ma il mondo non era perfetto, e il male andava a braccetto con i vivi. Una verità cui era impossibile sottrarsi.

«No.»

«E non ti trovò nessuno?»

Lei scosse la testa. «Solo Molly. I dettagli mi sfuggono… quanto tempo rimasi lì, quanto con Sandoval… non so. Alla fine mi lasciò nel deserto.» Inspirò a fondo. «E quando vidi Molly cavalcare verso di me pensai che fosse il mio angelo custode.»

«Perché la seguisti in Texas? Perché non tornasti in città a denunciarlo?»

Claire spostò le gambe, rifiutandosi d'incrociare il suo sguardo. «Un po' per vigliaccheria, un po' per rabbia, immagino. Avevo la sensazione che ci fosse dietro qualcosa, che in qualche modo…» la sua voce si fece incerta «… che forse mia madre sapesse» disse, scuotendo la testa. «Volevo solo andar via da tutto e Molly mi offriva un'occasione; la colsi al volo. Forse non avrei dovuto, ma se non l'avessi fatto di sicuro non saresti qui, adesso.»

«Già.» Eppure, nonostante la breve indecisione sul seguirla o meno, non riusciva a immaginarsi in nessun altro posto. «Cosa ti fa pensare che tua madre sapesse delle intenzioni di Sandoval riguardo a te?»

«Niente, non penso che lo sapesse o fosse d'accordo con lui. Ma ebbi l'impressione che non fosse sorpresa di vederlo. E perché, poi, quell'attacco a viso scoperto? Voleva farle sapere che era proprio lui.» Posò la tazza e si sfregò le braccia. «E voleva che lo sapessi anch'io.»

Logan si alzò e prese una delle sue coperte. La scosse, girò intorno al fuoco e gliela sistemò sulle spalle, indugiando nel tocco e beandosi della sensazione che quel contatto gli procurava. Poi, rendendosi conto di essersi trattenuto più del dovuto, le diede una pacca amichevole sul braccio e tornò al suo posto accanto al fuoco, frustrato dal desiderio di qualcosa in più.

Non era al braccio che si sarebbe limitato, voleva baciarla, e quel contatto aveva solo accresciuto l'urgenza. Ma sentiva che una sua mossa avrebbe rischiato d'infastidirla al punto da intimargli di lasciarla stare.

«Perché?» le chiese.

Claire si strinse la coperta addosso. «Una volta ci provò con me.»

Logan si sforzò di restare in silenzio così che lei potesse continuare, ma un pensiero affiorò brusco alla mente: se solo avesse incontrato Claire prima di tutto questo. Forse avrebbe potuto impedire che accadesse.

«Lo ingannai» proseguì lei, con un'occhiata furtiva «gli aggiunsi un intruglio nel bicchiere di whisky che gli fece tanto male da metterlo fuori uso.»

Logan sbatté le palpebre, chiedendosi se avesse sentito bene, quindi le rivolse un cenno di comprensione. «Buon per te.»

«Forse… ma lui non lo dimenticò. Avevo fretta e non badai alla quantità. Insomma, se la vide brutta per giorni.»

«Se l'era cercata.» Logan considerò quanto gli aveva detto. «Così Sandoval ti aggredì per vendicarsi?»

«Possibile che fosse una delle ragioni. Ma mia madre frequenta Frank Griffin da anni, e Sandoval è il suo…» non riusciva a trovare la parola giusta.

«Leccapiedi? È lui a fare il lavoro sporco di Frank?»

Claire si limitò a un cenno di assenso.

«Che genere di rapporto ha Maggie con Frank?»

«S'incontrarono a Denver quando avevo cinque anni e lo seguì qui. Lo ama – immagino si possa dire così – ma è più che altro un'ossessione. Dice che Jimmy è figlio suo. Frank veniva spesso da noi, ma molto meno nell'ultimo anno; ed è allora che mia madre ha iniziato a comportarsi in modo strano. Verso Natale, la sorella di Frank – credo si chiami Dee – ha perso il marito. Io ci ho pensato e ripensato, ed è proprio in quel periodo che mia madre è diventata… nervosa, anche un po' fissata.»

Logan sorvolò sul riferimento a Dee. Forse avrebbe dovuto spiegarle il proprio rapporto con la sorella di Frank, ma per qualche ragione non se la sentì di rinvangare il passato. Claire si stava aprendo con lui e proprio non gli andava di soffocare quell'impulso… né la sua fiducia.

«Pensi che ci sia un legame tra la morte del tipo e quanto ti ha fatto Sandoval?» In realtà, Logan si chiedeva anche se Maggie Waters fosse coinvolta nella scomparsa di Teddy Luttrell, tuttavia, non volendo spingere Claire sulla difensiva, decise di tacere quel sospetto.

«Non saprei» rispose lei, con una stretta di spalle «ma alla fine mamma disse che ci saremmo presi un periodo di vacanza ad Albuquerque e caricò me e Jimmy sulla diligenza. Sembrava che stesse fuggendo via da qualcosa e, come sempre, non volesse parlarne.»

«Stai andando a Cimarron a cercarla?»

Claire annuì. «Le ragazze del saloon hanno detto che era diretta a nord con Jimmy. Ed è logico che sia andata a Cimarron. È lì che sono stati visti Frank e Sandoval.»

«Così, hai pensato bene di andare a dare un'occhiata.»

«E cos'altro potrei fare?» Un lampo di disappunto le attraversò gli occhi e Logan intravide la donna decisa che Claire teneva ben nascosta.

«Ti rendi conto di quanto avventato sia andare a cercare tua madre e Jimmy da sola?»

«Beh, in caso non te ne fossi accorto, non c'era nessun altro che potesse accompagnarmi.» Il suo corpo s'irrigidì e la rabbia riempì lo spazio che li separava.

«Avresti potuto chiedere il mio aiuto.» Accidenti, sembrava risentito.

«No.»

Logan aspettò che si decidesse ad approfondire le ragioni e poiché non lo fece aggiunse 'testarda' all'elenco dei suoi tratti caratteriali.

«Ma ormai ci sono» disse frustrato «alla luce di tutto quanto mi hai raccontato, una spalla ti tornerebbe utile.» E prima che lo interrompesse aggiunse: «Farai meglio a dormire un po'. Partiamo all'alba.»

Claire lo guardò. «Perché lo stai facendo, Logan? Perché sei qui?»

*Perché i tuoi occhi mi ricordano la primavera nel Montana, perché i tuoi capelli splendono come il sole che scalda le pianure del Texas, perché la tua presenza mi fa pensare a fame e appagamento, a dolci brezze e possibilità infinite.*

«Per aiutarti» fu la semplice risposta.

# CAPITOLO CINQUE

Poco dopo il levar del sole, Claire indossò un abito di cotone azzurro, spiegazzato ma ancora presentabile, e con Logan riprese il viaggio verso Cimarron. Avendo dormito solo a tratti, si chiese per l'ennesima volta perché lui fosse lì. Avvertiva l'attrazione reciproca – difficile ignorarla – e non riusciva davvero a credere che Logan avesse abbandonato le responsabilità verso la propria famiglia per assicurarsi che lei fosse al sicuro. Ma una parte di sé era così sollevata di averlo accanto che le ragioni dietro quella scelta non le importavano.

Come in un sogno, d'improvviso aveva al suo fianco un uomo che era, a detta di tutti, giusto, buono e laborioso. Un uomo con una rispettabile famiglia di allevatori e... che avrebbe fatto meglio a ignorare gente come lei. Claire non si era mai venduta, ma la sua reputazione era stata segnata già all'età di cinque anni, quando sua madre aveva iniziato a soddisfare uomini nella piccola capanna che occupavano ai limiti della città. E lei non ci aveva messo molto ad accorgersi di essere diversa, di non poter frequentare la stessa scuola degli altri bambini, andare nella stessa chiesa o anche solo partecipare alle stesse attività. Nei suoi diciannove anni di vita, non aveva mai stretto amicizia con nessun'altra ragazza.

Finché non era arrivata Molly.

Durante il periodo trascorso insieme, Claire si era resa conto che anche la sua nuova amica aveva attraversato le sfumature grigie della vita, che comprendeva come la sopravvivenza inducesse a scelte difficili e rendesse necessario aggrapparsi a sogni di un futuro migliore. E Claire ne aveva, di aspirazioni per il proprio domani, ma la dura realtà della vita le trascinava spesso al suolo. Così, quei desideri restavano traguardi irraggiungibili, fantasie, come nelle leggende di cavalieri e principesse che raccontava a Jimmy per farlo addormentare.

Immaginare un futuro con un uomo come Logan era sicuramente il desiderio più stravagante che avesse mai nutrito. Facile dar via il proprio corpo – glielo aveva ben dimostrato sua madre – ma il cuore era tutt'altra faccenda. Claire non avrebbe mai ceduto né l'uno né l'altro, a meno di non essere assolutamente certa dell'esito; ma quale uomo avrebbe aspettato abbastanza da permetterle di decidere?

Cavalcarono senza sosta fin oltre Fort Union – con i suoi edifici e gli uomini ben visibili anche a distanza, situato com'era nel mezzo di un'aperta pianura – quindi si fermarono all'ombra di un albero e fecero riposare i cavalli, mentre Logan dispensava l'acqua che aveva con sé.

«Sei sempre così preparato?» chiese Claire, mettendosi in testa il grosso cappello messicano per ripararsi gli occhi dal sole.

«Mai tralasciare di portarsi dietro lo stretto necessario. Acqua, razioni, coperte… armi» aggiunse, fissandola dritto negli occhi.

Sembrava quasi un rimprovero, pensò Claire. «Stai cercando di dirmi qualcosa?»

Logan aprì la bocca per rispondere ma subito la richiuse e sbuffò. Poi, girandosi verso di lei, si mise disinvolto le mani sui fianchi snelli e la guardò. «Scommetto che non sai neanche come difenderti.»

Con gli occhi ridotti a due fessure, Claire strinse le labbra in una linea sottile. «Beh, al saloon c'è una pistola. Serve a tenere a bada i clienti molesti.»

«La sai usare?»

«Mm, no. La teniamo scarica, ma l'ho toccata un paio di volte.» Claire si rese conto di quanto patetica sembrasse quell'affermazione. «Mamma temeva che fosse troppo pericolosa con i proiettili, che una delle ragazze potesse ferirsi. E anche se gli affari di solito andavano bene, non voleva sprecare denaro per qualcosa di meglio o delle munizioni. C'erano già i mercanti a farle pagare più del dovuto per liquori e cibo. Per non parlare, poi, delle multe quando le ragazze finivano in prigione per adescamento. Non che ci fossero un nesso o una logica, ma quando erano i cittadini più in vista a lamentarsi, tutto sembrava peggiorare.

«Cittadini come la *Señora* Chavez?»

Claire annuì, sorpresa. «La conosci?»

«Ci ho scambiato un paio di chiacchiere.»

La *Señora* Chavez si era sempre opposta con fervore a tutti i saloon, le case da gioco e le sale da ballo della città. Claire si era spesso chiesta come facesse, quella donna, a ficcare il naso negli affari di tutta quella gente e trovare anche il tempo di accudire la famiglia.

«Le piace procurare noie» disse Claire. «Maggie sceglieva sempre con cura le ragazze, ma nessuna di loro aveva dimestichezza con le armi. E poi gli uomini non venivano al saloon a cercare donne che sapessero sparare… avevano la testa in ben altri posti» aggiunse, pentendosi all'istante di quelle parole affrettate.

Logan la guardava; i suoi occhi penetranti, insistenti, erano indecifrabili. Vedendolo flettere la mandibola, Claire fu assalita da un'idea folle: possibile che stesse pensando a lei come facevano gli uomini quando avevano la testa in *ben altri posti*? si chiese leggermente stordita.

«Dovresti sapere almeno l'essenziale. Ti insegno io.» Logan

estrasse la pistola e si avvicinò. «Questa è una "Colt Army" calibro .44, conosciuta anche come pacificatrice o M1873.»

«Per cosa sta il quarantaquattro?» chiese Claire, osservando la lunga canna.

«È la dimensione della cartuccia. Posso usare le stesse anche con il Winchester, così è più facile e non devo portarmi dietro due tipi diversi di proiettili.»

«C'è un tamburo a sei colpi» proseguì lui, mentre le abili dita facevano scattare uno sportellino a molla sul lato dell'arma. «Questo è parte dello scudo di rinculo, ma per inserire le cartucce devi spostarlo di lato.» Estrasse in fretta i proiettili già caricati e continuò: «C'è un eiettore a bacchetta che ti aiuta a togliere le cartucce non usate o vuote.» Si mise i proiettili nella tasca della camicia, richiuse lo sportellino e le passò il revolver. «Del cappello possiamo fare a meno» disse piano, e gettò per terra l'enorme sombrero.

«Ehi, stacci attento» si ribellò lei, provando a toglierglielo dalle mani e sforzandosi altresì di ignorare la sua vicinanza. «È un regalo.»

«Meno male. Temevo di doverti spiegare come vestono le signore. Sei troppo carina per continuare a nasconderti con questi travestimenti.»

«Non sono una signora» mormorò lei.

«Non l'avrei mai detto» ribatté Logan con un sorriso. Nei suoi occhi passò anche un lampo di qualcosa che andava oltre il divertimento, notò Claire. O lo aveva solo immaginato?

Concentrandosi sulla pesante arma che reggeva, preferì tacere piuttosto che finire nei guai con qualche commento sciocco.

«Arma il grilletto; così.» Alle sue spalle, Logan portò in avanti le braccia e le sfiorò le dita, mentre con il pollice tirava indietro il cane della pistola e lo faceva scattare in posizione. «Prendi la mira allineando il bersaglio con questo solco qui» disse, facendo scorrere il dito sulla fresatura nella parte posteriore del castello «e poi, lo fai corrispondere con questo mirino» concluse, indicando la tacca di mira sull'estremità della canna.

Claire faceva del proprio meglio per ignorare lui e concentrarsi sull'arma, ma non senza difficoltà. Il persistente odore del caffè e del fuoco per la colazione si univa a quello più invitante dell'uomo. Fece una breve pausa per ricomporsi.

Logan, intanto, guidava l'altra mano verso la rivoltella e le raddrizzava le braccia. «Questa pistola è pesante, perciò ti conviene usarla a due mani. Appena possibile te ne prendo una più piccola. Allinea bersaglio e mirino, ma se non ci fosse tempo mira semplicemente al petto dell'uomo. Da qualche parte lo colpirai, rallentandolo. Perché non fai un po' di pratica?» Si allontanò di qualche passo e Claire avvertì subito la mancanza del suo tocco, seppure distaccato.

Quando ebbe finito di esercitarsi, Logan le prese la rivoltella dalle mani e inserì due pallottole. «Una volta carica avrà un certo contraccolpo, perciò sii pronta. E siccome non sei poi tanto minuta, se mantieni la posizione non dovrebbero esserci problemi.»

Minute… Claire si chiese se le preferisse così, le donne.

«Allontaniamoci dai cavalli» continuò lui. «Il mio non si spaventerà, ma dubito che il tuo sia abituato agli spari.»

Lo seguì a qualche centinaio di piedi verso le colline, dove le indicò un pino con un grande tronco. «Ecco il tuo bersaglio.»

Claire sollevò il revolver, divaricò le gambe, armò il cane e provò a prendere la mira. Quando premette il grilletto, però, la forza d'urto la spinse indietro, contro il saldo torace di Logan.

«Non male» disse lui, reggendola per i fianchi e aprendosi in una sorprendente risata. «Te la sei cavata abbastanza bene con l'equilibrio. Riprova.»

La incoraggiò a sparare diversi colpi e Claire finì col fare centro sette volte. «Hai un buon occhio» disse, mentre tornavano al campo. «Sicura di non avere nessuna esperienza?»

«Sei il primo.» Inorridita dalle sue stesse parole, si sforzò di nascondere l'imbarazzo. *E questo è il risultato, quando trascorri la vita circondata da prostitute.*

«Io non credo di ricordarla, la mia prima volta.»

Claire non era sicura di aver sentito bene. «Scusa?» chiese con una vocina simile a uno squittio, ma dal lampo nei suoi occhi capì che si prendeva gioco di lei e le labbra si distesero in un sorriso.

«La prima volta che ho sparato» chiarì lui. «Avrò avuto sette, otto anni.»

«Ma eri piccolissimo» ribatté Claire; il pensiero di mettere una rivoltella in mano a Jimmy le spense di colpo il sorriso.

«Non direi. I ragazzi sono ragazzi: pistole, cavalli, pugni. Mio padre ha preferito mostrarci la maniera corretta in tutto piuttosto che lasciarci apprendere da soli quella sbagliata. Senza sbottonarsi troppo con le faccende riguardanti l'altro sesso, naturalmente.»

Rendendosi conto che lo stava fissando a bocca aperta, Claire la chiuse di scatto. Le ragazze del *Colomba Bianca* scherzavano spesso sui giovanotti che andavano da loro per la *prima volta*. Ellie sosteneva di essere stata anche con un quattordicenne. E a Claire era bastato immaginare la scena per sentire lo stomaco rivoltarsi. Che razza di genitore permetteva al proprio figlio di imparare il sesso in età così giovane, e per giunta da una donna che avrebbe potuto essere sua madre?

Nonostante l'istruzione ricevuta dalle dipendenti di Maggie, Claire era ancora incredibilmente ingenua a proposito di ciò che accadeva tra uomini e donne, e quanto aveva visto con i propri occhi l'aveva indotta a credere che ai primi servisse solo il sesso. A loro era dato di scegliere e alle donne no. Non le sembrava giusto né equo; si chiedeva che cosa rendesse l'intera faccenda tanto irresistibile e… un'occhiata a Logan le fornì un primo indizio.

«Penso che tuo padre abbia fatto bene a proteggervi» rispose dopo aver evitato delle foglie di fico d'India.

Logan rise. «Già, immagino che un giorno farò lo stesso con la mia prole.»

«Soprattutto se fossero femmine» disse Claire, più che altro a se stessa. Ai suoi figli avrebbe dato una vita del tutto diversa dalla propria. *Semmai* le fosse stato concesso di averne.

«Figlie femmine» ripeté Logan. «Non ci avevo mai pensato... spero di essere pronto.»

«Penso che un giorno sarai un buon padre.»

Lui la guardò, sul suo viso un'espressione divertita. «Accidenti Claire, credo di esserti simpatico.»

«Perché ti ho appena fatto un complimento? Stavo solo restituendo il favore.»

«E quale sarebbe?»

«Hai detto che sto meglio bionda.» Sentiva il viso accaldato ed era certa che fosse rosso. Non avrebbe mai dimenticato quel suo commento e adesso lo sapeva anche lui.

«È vero... Io dico sempre quello che penso.»

Claire si fermò e lo guardò. «Sempre?»

«Assolutamente sì.»

Con gli occhi fissi nei suoi, di un verdazzurro dello stesso luminoso colore di un abete blu, Claire sentì il tempo svanire. Era intrappolata in una rete che loro stessi avevano creato. Il bisogno di andare da lui, di toccarlo in qualche modo, anche solo tenendogli la mano, sfidava il rigido autocontrollo. La mera intensità del desiderio la stordiva: mai aveva provato qualcosa di simile per un uomo. Ogni poro della pelle che le mani di Logan avevano sfiorato nell'insegnarle a usare la pistola ardeva. Dio, se lo voleva di nuovo, quel tocco.

Il suo viso l'aveva tradita, glielo lesse nello sguardo e... d'un tratto fu impossibile non accorgersi di quanto Logan fosse consapevole di ciò che le stava accadendo. Il corpo di Claire rispose a quello sguardo cupo, alla brama famelica che sapeva essere solo fisica, ma il lampo di turbamento che gli attraversò il viso la bloccò di colpo. Neanche Logan voleva quella situazione tra di loro. Era una complicazione di cui non avevano bisogno.

A fatica, spezzò quell'atmosfera rivolgendo lo sguardo a terra e tornò risoluta ai cavalli.

Mantenendo un passo abbastanza lento, per non affaticare gli animali sotto il sole di un limpido cielo turchese, continuarono a cavalcare verso nord. L'alito del vento soffiava dai monti a sinistra, investendo i loro corpi e spingendosi sulla distesa pianeggiante.

«Hai sempre voluto essere allevatore?» Sperava che qualche chiacchiera alleviasse l'imbarazzo della tacita attrazione reciproca.

«No. Sono tornato in Texas per aiutare mio padre solo l'anno scorso.»

«E prima dov'eri?»

«A fare lavoretti qua e là. A diciannove anni guidavo bestiame nel Montana, poi sono diventato esploratore per l'esercito, e dopo ancora ho spostato merci nel Kansas e spaccato legna fuori Denver. Una volta cresciuto, in età e saggezza, sono diventato vicesceriffo di Virginia City.»

«Hai visto così tanto, e sei stato in moltissimi posti.» Claire era decisamente invidiosa.

«Non è poi questa gran cosa» rispose lui. «Mia madre pensa che abbia vagabondato troppo. E forse ha ragione.»

«È tua madre. È normale che si preoccupi per te.»

«Immagino di sì. Ma adesso che Matt si è sposato, il mio vecchio parla di dividere l'SR. E vuole che me ne prenda un pezzo.»

«Sei molto fortunato. I tuoi, chiaramente, hanno lavorato duro per la crescita del ranch.»

Logan le lanciò uno sguardo. «E tu? Non puoi trascorrere il resto della vita in un saloon.»

«No.» Passò le redini da una mano all'altra. «Ma non è così facile. Non ho maniera di supportarmi da sola.»

«Non c'è qualcosa che ti piacerebbe fare? Qualcosa in cui sei brava?» chiese guardandola negli occhi.

Era raro che Claire confidasse ad altri il proprio sogno. Non le sembrava mai il caso. *E Logan? Vale la pena?* Il pensiero affiorò dal nulla. Ma da qualche parte, nei recessi della mente, un sussurro rispose di sì.

«Non vuoi dirmelo?» Logan sorrise. «Non ti mordo, sai. Sotto sotto, sono un gran bravo ragazzo. Non ho mai sminuito i sogni di una donna.»

Lei lo guardò in cagnesco e scosse la testa. «Smetti di punzecchiarmi. Credi che la vita sia semplice? Sei un uomo, tu. E per un uomo tutto è facile» disse, incapace di contenere la stizza nella voce.

Logan finse di cercare il revolver. «Aspetta, fammi accertare che non sia carico, altrimenti finisce che mi spari. Hai imparato più in fretta di quanto pensassi.»

Claire lo trafisse con un'altra occhiataccia, ma lui rise.

«Sul serio, rilassati. Dimmi cosa vuoi fare da grande.»

Lei girò la testa dall'altra parte. La gialla erba grama ondeggiava nel vento e lei si sentiva importante quanto una formica aggrappata a uno di quegli oscillanti steli. «Se proprio insisti, voglio diventare dottore» disse piano.

Logan rispose con un fischio. «Non si può certo dire che miri troppo basso. Che cosa ti fa pensare che non possa accadere?»

Claire lo guardò come se possedesse il senno di un cane della prateria. «Non ho denaro, le scuole che accettano donne sono praticamente inesistenti e, in caso te ne fossi dimenticato, vivo in un bordello.» La frustrazione era tale che la spinse a urlare quell'ultima parte.

Logan sollevò un sopracciglio. «Devo essermene dimenticato. Grazie per avermelo ricordato.» Nei suoi occhi c'era ancora quel dannato luccichio divertito.

Scoraggiata, Claire incitò Reverend al piccolo galoppo; non voleva più discutere dello stato della sua vita. La cosa che più di tutto le bruciava era la prospettiva di dover vendere se stessa semplicemente per sopravvivere. E in quel caso, non vi era dubbio che sarebbe stata costretta ad abbandonare qualsiasi speranza di qualcosa di meglio.

Proseguirono in direzione nord, passando per l'Ocate Crossing e fermandosi ad abbeverare i cavalli a Ravado, un posto di sosta per diligenze con solo una manciata di edifici. Le Sangre de Cristo affiancavano il loro cammino, come una barriera protettiva man mano che il sole si abbassava lentamente dietro le colline. Nel tardo pomeriggio, arrivarono a Cimarron.

La città era situata in una zona pedemontana, con le vette che si stagliavano sul lato sinistro e richiamavano alla mente le speranze minerarie dei tanti che si avventuravano nelle loro viscere. Impressionata dal fascino degli immensi versanti, fortemente delineati dal sole calante, Claire non riusciva a staccare gli occhi dalla promessa di anonimato e tranquillità che le stava di fronte. Chissà se perdersi tra quelle cime avrebbe fatto chiarezza nella sua vita. E le difficoltà? Sarebbero scomparse? Era un'idea allettante, e del tutto campata in aria, ma mise da parte l'immagine per spolverarla all'occorrenza.

Cavalcarono oltre la prigione, un fabbricato circondato da un muro di pietra alto dieci piedi, e guidarono i cavalli alle spalle dell'ufficio diligenze della *Barlow, Sanderson & Company*. Sul lato opposto della strada, Claire notò la *Schwenk's Hall* − che, nata qualche anno prima come birrificio, era adesso saloon e casa da gioco − e oltre quella un edificio quadrato a tre piani con un'insegna su cui si leggeva *Aztec Grist Mill*.

Tornò con lo sguardo alla *Schwenk's Hall* e si disse che presto le donne avrebbero iniziato a vendere i propri corpi a qualsiasi uomo fosse disposto a pagare. Chissà se ci avrebbe trovato sua madre, anche se era più probabile che fosse al *St. James*, di cui le aveva parlato spesso in passato, o in tutt'altra cittadina.

Si avvicinarono all'*Old National Hotel*. Di fronte c'erano un ferramenta e una scuderia e al suo fianco un gazebo che copriva un pozzo. Essendoci già stata un'altra volta, Claire notò che il tutto era rimasto pressoché uguale.

«Vado a controllare dentro» disse, smontando da Reverend con uno strattone alla gonna che si era impigliata nel sombrero legato dietro la sella. «Torno subito.»

Logan annuì.

Non le ci volle molto a verificare che il nome di sua madre non comparivà nel registro dell'hotel, così un'ansiosa Claire se ne tornava verso il portico quando, fissando parecchi uomini sulla destra, uno in particolare catturò la sua attenzione: un messicano alto con una faccia tutta chiazze e cicatrici ombreggiata dalla tesa del cappello. Camminava verso di loro.

*Sandoval.*

La paura si abbatté violenta su di lei. Il cuore raddoppiò i battiti e respirare si fece faticoso.

Logan, che intanto aveva legato i cavalli, salì sul portico e le andò incontro. I loro sguardi s'incrociarono e con un rapido movimento Claire coprì la distanza che li separava, si strinse a lui più che poté e lo baciò.

Le sue labbra erano calde, ma Claire era troppo tesa da non riuscire a fare altro se non starsene rigida, con le mani che gli stringevano con forza le spalle.

---

Non capitava spesso che la vita gli presentasse degli imprevisti, ma che fosse proprio quella donna a strusciarglisi d'improvviso addosso lo lasciò di stucco. Non che il pensiero di baciarla non gli avesse mai attraversato la mente o che quelle labbra deliberatamente incollate alle sue avessero decisamente ben poco a che fare con lui, ciò che più di tutto lo sbalordiva era la totale inesperienza di Claire. «Non sono un pezzo di legno, sai?» disse piano, interrompendo quel momento tutt'altro che romantico.

Spostò il proprio corpo in modo da ripararla alla vista di chiunque per strada e la spinse contro il muro dell'hotel. Se quanto cercava era una finta a uso e consumo di qualcuno, già che c'era le avrebbe insegnato un paio di cose su come baciare un uomo. Assumendo il controllo della situazione, le prese la testa con entrambe le mani e portò le labbra sulle sue. Claire era una tentazione a cui non si era prefissato di cedere, ma data l'opportunità ce la mise tutta. Avrebbe goduto di quel contatto così come aveva desiderato sin dal primo istante in cui l'aveva vista, mesi prima all'SR.

Muovendosi a malapena, Claire teneva gli occhi spalancati. «Rilassati» le sussurrò Logan, e le coprì la bocca con la sua. La risposta fu incerta, sì, ma non del tutto riluttante. Piano, Claire cedette e le labbra iniziarono ad arrendersi, stuzzicandolo con la promessa di molto altro.

Logan assaporò quel contatto intimo, tenero e soffice. Aveva agognato il suo tocco e adesso si chiedeva quanto avrebbe resistito prima del prossimo. Era un uomo capace di controllarsi, ma dannazione se non era vicino a gettare ogni ritegno al vento. Ne era passato di tempo da quando aveva provato qualcosa di simile per una donna.

«Non sono ancora andati via?» chiese piano, continuando a proteggerla con il proprio corpo.

«Cosa?» Il respiro ansante e il viso arrossato di lei tornarono a eccitarlo, a tal punto che Logan dovette imporsi di non passare le mani sulle sue curve. Non le era indifferente, pensò leggermente confortato, a prescindere da quanto lei si sforzasse di fingere il contrario.

«Mi dispiace di essermi gettata fra le tue braccia» disse Claire in un sussurro frenetico. «Avevo visto Sandoval e volevo nascondermi.»

«Puoi nasconderti dietro di me quando vuoi» rispose lui, accarezzandole la guancia con il pollice prima di girarsi a scrutare la strada. Voleva vederlo bene, il bastardo.

«Se n'è andato» lo informò Claire alle sue spalle. «Mia madre non è in questo hotel, ma potrebbe essere ancora in città. Io resto qui stanotte. Ma se tu devi proseguire, capisco.»

«No.» Logan continuava a osservare la strada. «Resto anch'io. Chiederò una stanza per due.»

«Come dici?»

«Non ci penso neanche a lasciarti da sola con Sandoval in giro. Ci faremo passare per una coppia di sposi. Hai un secondo nome?»

Claire sembrava agitata e confusa, e Logan la capiva.

«Margaret» rispose. «Perché?»

«Non va bene» disse lui. «Ci registrerò come Logan e Peggy Ryan.»

Claire annuì, insicura. «Quel bacio» aggiunse «lo sai che… insomma, non t'intratterrò a prescindere da quanto mi offri.»

Logan la guardò, deliziandosi alla vista dei piacevoli tratti del suo viso, del naso piccolo e dritto, degli occhi verdi che d'improvviso lampeggiavano di sfida. Non la considerava una preda, ma se gli avesse ceduto facilmente, con tutta probabilità non sarebbe valsa la pena.

«Mi sembra di ricordare che sei stata tu a gettarti tra le mie braccia, Claire, non il contrario. E poi si vede che sei inesperta.»

*Uh, mi sa che l'ho detta grossa.*

Un lampo di umiliazione le attraversò il viso.

«Claire…» Ma lei scomparve all'interno dell'hotel prima ancora che riuscisse a fermarla.

*Complimenti!*

Entrò anche lui e nel giro di dieci minuti furono registrati come signor e signora Ryan. Poi, in un silenzio inquietante, andarono in camera a darsi una sistemata.

# CAPITOLO SEI

S eduta nella minuscola stanza dell'hotel, Claire aspettava che Logan tornasse. La notte era buia, ma lui si era detto di nuovo convinto che fosse troppo pericoloso per lei uscire a chiedere di Maggie Waters, così l'aveva lasciata poco dopo essere entrati in camera ed era andato da solo a cercare di scoprire qualcosa.

Si alzò e iniziò a camminare avanti e indietro. La stanza era piccola e arredata in modo semplice: accanto a un'ampia finestra erano sistemati una sedia di legno e un comodino stretto con sopra una brocca e un catino; un angolo ospitava con discrezione un vaso da notte, mentre un tavolo, con il piano di marmo su tre gambe affusolate, occupava la parete di fronte al letto matrimoniale. Modesto e coperto da una trapunta di un blu sbiadito, quest'ultimo continuava ad attirare il riluttante sguardo di Claire. Una struttura in ferro battuto nero segnava chiaramente il territorio, affollandole la mente con immagini di Logan, della sua bocca, delle mani e della sua... *presenza*. Al solo ricordo di come l'aveva baciata sul portico, il polso accelerò i battiti e le gambe si fecero molli.

Perché si era stretta a lui a quel modo? Continuava a chiedersi.

Paura.

Sandoval la terrorizzava, e la sua vista l'aveva gettata nel panico. Ricordi vaghi di tutti quei mesi prima le offuscarono i pensieri: lei in un *arroyo* pieno di cactus, il viso nella terra, insanguinato e pesto, la vita che scivolava via. *Quale creatura del deserto avrebbe attaccato per prima dandole il colpo di grazia?*

Quel pomeriggio le gambe l'avevano portata da Logan e l'istinto si era assicurato la sua totale attenzione come solo una donna sapeva fare. Aveva cercato protezione, e lui gliel'avrebbe data. Va da sé che era abbastanza disperata da ricorrere a tutto pur di ottenere quello che cercava, infatti prima gli si era lanciata tra le braccia e poi gli aveva detto di non farsi illusioni.

Claire chiuse gli occhi e chinò la testa. Una brava prostituta avrebbe quantomeno mantenuto la promessa di pagamento. Ci fosse stata sua madre, l'avrebbe quasi certamente rimproverata per aver ignorato il principio più elementare di quell'attività.

Tutti avevano un prezzo. Persino lei.

Spinse da parte quei pensieri. Avrebbe deciso dopo come comportarsi con Logan. Intanto, c'erano faccende di famiglia da considerare.

Starsene nascosta non aveva senso. Logan non conosceva né sua madre né Jimmy, non sapeva neanche che aspetto avessero. E nella sua fretta di andarsene, Claire non era riuscita a dirgli che si era portata dietro la parrucca.

Prese la sacca di cuoio e ne tirò fuori l'incolta massa scura e l'abito nero che le aveva prestato Louisa. Era il caso d'indossarlo? si chiese. L'intenzione era fare un giro al *St. James Saloon.* Ma se un abito come quello avrebbe forse attirato inutili attenzioni, il semplice abito in tela di cotone, scelto come alternativa, non avrebbe dato ancor più nell'occhio? Rimase indecisa per qualche istante, quindi si tolse in fretta i pantaloni e la camicia di qualche taglia più grande e a forza di contorsioni s'infilò nell'abito da saloon.

Avendo dimenticato le calze, spinse non senza dolore i piedi nudi negli eleganti stivali, poi si attorcigliò i lunghi capelli in una crocchia e si calcò in testa la parrucca, sistemandosi le ciocche nere intorno alle spalle in un'acconciatura che sperava risultasse naturale. Un'occhiata veloce al piccolo specchio ovale sulla parete sopra il comodino catturò un'immagine spaventosa: la parrucca non faceva alcun favore al suo incarnato e il vestito spingeva insieme i seni esponendoli in maniera oscena. Afferrò la coperta messicana e se la strinse intorno alle spalle a mo' di scialle. Non un granché ma meglio di prima.

Consapevole, poi, di non poter semplicemente uscire dall'hotel in quello stato, ringraziò sommessamente che la loro stanza al primo piano avesse un affaccio interno. Aprì le tende di pizzo e tra un lamento e l'altro, con i muscoli delle braccia tesi fino allo spasimo, spinse in su la finestra. Si arrampicò sul bordo, girò le gambe in fuori, quindi si piegò in avanti, avvolgendosi come un fagotto, e si lasciò cadere al suolo con un suono smorzato.

---

LOGAN TIRAVA BOCCATE di fumo da un sigaro acquistato alla *Schwenk's Hall* e intanto attraversava la strada diretto verso il *St. James*. A giudicare da quanto aveva sentito dire, la gente in città era abbastanza stizzosa in quegli ultimi tempi. I problemi inerenti alla concessione delle terre di Lucien Maxwell perduravano: gli investitori che le avevano rilevate nel 1870 cercavano di sgombrarle da abusivi e coloni, agendo – se le voci in giro erano attendibili – in maniera subdola. Due anni prima, un certo reverendo Tolby era stato ucciso per essersi espresso in termini alquanto diretti contro le false accuse rivolte ai residenti. Il fatto aveva innescato una catena di eventi che avevano portato alla morte dell'agente locale prima e di altri subito dopo, ragion per cui la gente del posto diffidava ancora di quanti lavoravano come rappresentanti ufficiali della concessione. E la notizia più ghiotta era che Luttrell ne aveva fatto parte.

Logan scosse la testa, due milioni di acri di terra... uno stimolo decisamente troppo forte per non sporcarsi le mani, si disse pensando a Griffin e Sandoval.

Aveva già controllato diversi edifici della città, ma di Maggie Waters e del piccolo Jimmy ancora nessuna traccia. Chissà se al *St. James* avrebbe avuto più fortuna. Lo sperava proprio, perché l'alternativa era tornare all'angusta stanza dell'hotel, dare a Claire notizie che non le avrebbero fatto piacere e sforzarsi, poi, di tenere le mani a posto. Magari qualche bicchierino di roba bella forte gli avrebbe smorzato quell'impulso.

*Come no!*

Ma a come dividere la stanza con Claire ci avrebbe pensato dopo.

Entrò nel saloon e scrutò l'ambiente affollato, quindi si avviò verso il bancone sul fondo e ordinò un bourbon. Stava per berne il primo sorso quando una giovane profumatissima e formosa gli si avvicinò con incedere leggero e un sorriso sulle labbra.

«'sera» disse lui.

«Già, lo è.» Torse il busto così che l'abbondante seno fosse in bella vista.

Indossava uno scollatissimo abito rosso scuro che gli riportò alla mente il costume da saloon di Claire.

«Non vi ho mai visto da queste parti» disse la giovane, riordinando con dei colpetti i folti ricci rossi. «Vi piacerebbe un po' di compagnia questa notte?»

La risposta alla domanda era sì, ma la compagnia che desiderava era quella di Claire. Forse, però, avrebbe potuto ricavare delle informazioni utili. «Cerco una bionda.» Claire gli aveva detto che lei e sua madre sembravano quasi sorelle.

La giovane prese a fare smorfie che la rendevano meno attraente. «Non sarò bionda ma so anch'io come farvi divertire.» Abbassò la voce e ammiccò. «E poi il colore dei capelli è lo stesso anche in altri posti. Non a caso mi chiamano tutti... Red.»

Logan rise e ingollò il bourbon tutto d'un fiato. Non avrebbe mai capito le donne, ma accidenti se erano interessanti. «Sto cercando Maggie Waters. L'hai vista di recente?»

«Forse. Qualche ragione in particolare?»

Logan si strinse nelle spalle. «Che ragione potrebbe avere un uomo per cercare una donna?»

La rossa si guardò tutt'intorno, quindi si fece più vicina. «Solo un consiglio, bello. Alla tipa piace creare problemi. Perché correrle dietro? Ci penso io a voi.» Gli infilò un dito nel collo sbottonato della camicia e stuzzicò la peluria sul petto. «Per tutto il tempo che volete.»

Logan allontanò la mano. La vita gli era sempre fluita intorno con una certa facilità e solo di rado gli faceva saltare la mosca al naso, ma per quanto adulatorio volesse essere, il tocco di Red non gli piaceva granché.

A dire il vero, più che adularlo Red stava semplicemente lavorando. E i pensieri di Logan, nonché il suo desiderio, erano concentrati su una donna molto rigida che sognava di diventare dottore.

Malgrado ciò, era possibile che Red sapesse più di quanto voleva fargli credere, così ordinò un altro bicchierino e si preparò a trascorrere lì del tempo.

---

CLAIRE LO FISSÒ UN'ALTRA VOLTA.

*Dannato uomo, altro che cercare mia madre, è venuto qui a divertirsi!* La rossa gli si strusciava addosso e lui, chiaramente, se la spassava. Un'acuta fitta di disappunto le salì in petto. Per abitudine, Claire la spinse da parte ma senza riuscire a scrollarla via. Era cresciuta in un saloon e ne aveva visti, di uomini, comportarsi allo stesso modo. Era normale, scontato, tuttavia guardare proprio Logan trastullarsi con quella donna la feriva come nient'altro prima di allora.

Con le lacrime agli occhi lasciò di soppiatto il saloon con la stessa velocità con cui era entrata e si perse nell'oscurità dietro l'edificio. Che fare adesso?

«Di notte si piange il figlio. Al tuo posto mi guarderei le spalle.»

Al suono di quella voce dall'accento messicano, Claire s'immobilizzò. *Sandoval.*

«So come badare a Didi, ma questa faccenda con Maggie sta durando troppo.»

*Griffin!*

In silenzio, Claire mosse un altro passo nelle ombre e lanciò uno sguardo oltre l'angolo dell'edificio. Sandoval legava il cavallo mentre l'alta figura di Frank Griffin si teneva di profilo al suo fianco, poi i due scomparvero all'interno del saloon.

La mente di Claire galoppava. Era con loro sua madre? Forse la tenevano in qualche posto, contro la sua volontà. E Jimmy? Lo stomaco si serrò in segno di protesta, ma Claire sapeva ciò che doveva fare. E per quello le sarebbe servito un cavallo.

Corse senza indugi fino alla strada successiva e individuò la scuderia dove con Logan avevano lasciato i cavalli prima di sistemarsi in hotel. Entrò e l'odore di fieno e letame sopraffece i suoi sensi a tal punto che dovette fermarsi a riprendere fiato. Un ragazzo saltò subito in piedi dallo sgabello su cui si era appisolato.

«Vorrei il mio cavallo, per favore» disse Claire. «Ti dispiacerebbe sellarmi quello lì?» E rivolgendo una tacita scusa per il disturbo al vecchio amico, indicò Reverend che sonnecchiava in uno stallo nell'angolo.

«Sissignora» rispose il ragazzo, quindi si strofinò gli occhi e assottigliò lo sguardo. «E il vostro nome sarebbe…?»

«Clai…» Si bloccò all'istante. «Signora Ryan.»

Il ragazzo annuì. «Mi sembra giusto.»

Dopo quella che le sembrò una straziante, lunga attesa, il ragazzo sellò l'animale e glielo portò.

«Grazie.» Claire uscì in fretta dalla stalla e guidò Reverend verso il *St. James.*

Sollevata, vide che i cavalli impastoiati alla staccionata da Sandoval e Griffin non si erano mossi, e ciò suggeriva che i due erano ancora nel saloon. Adesso doveva solo aspettare che uscissero per poi seguirli. Si passò le mani sulla gonna tutta volant dell'abito e attese ansiosa, considerando più e più volte il proprio piano ma decidendo, infine, che era la cosa migliore da fare.

---

GRAZIE ALLA ROSSA, Logan apprese che i due uomini appena entrati nel saloon erano Frank Griffin e Raul Sandoval. *Bel colpo!* Senza prestare molta attenzione a Red, li guardò.

Alto e smilzo, Sandoval si spinse indietro le ciocche grasse di capelli neri e lunghi fino alle spalle, allontanandole dal viso butterato. Neanche se fosse stato ignaro di quanto quell'uomo aveva fatto a Claire, Logan avrebbe mai commesso l'errore di voltargli le spalle. Sandoval sembrava tipo da tradire la propria madre pur di salvarsi la pelle. E a Logan fu chiaro che Claire non avrebbe avuto alcuno scampo contro quel bastardo.

Ma lui sì. L'attesa gli pulsava già nelle vene mentre pregustava lo scontro.

I due gli passarono accanto. Frank Griffin somigliava così tanto a Dee da non lasciare alcun dubbio sul fatto che fossero fratello e sorella: stessi capelli castani — sebbene quelli di Frank si fossero assottigliati — e stessi occhi enigmatici, infossati e magnetici; seducenti quelli di Dee, semplicemente scaltri e pericolosi i suoi.

Griffin e Sandoval sedettero a un tavolo sul lato opposto del saloon e ordinarono da bere. Di tanto in tanto occhieggiavano qualche ragazza, ma più di tutto parlavano. E bevevano, ma senza esagerare. Tipi svegli. Poi, d'improvviso, si alzarono e si avviarono verso l'uscita.

«Non direste?» chiedeva intanto la rossa.

«Certo, come no.» Logan le lanciò un'occhiata e si allontanò dal bancone. «Grazie per le chiacchiere, Red, ma è ora di andar via.»

«Ehi, aspettate» ribatté quella tirandolo per un braccio. «Ho trascorso un'ora buona con voi. Non credete di dovermi pagare il disturbo?»

«E io che pensavo di piacerti.» Si girò, ma dalla finestra riusciva ancora a vedere Griffin e Sandoval che si dirigevano sul lato dell'edificio. «Hai scelto tu di chiacchierare con me.»

«Siete forse scemo? Non voglio ciarlare con voi, io. Cerco di guadagnarmi da vivere.»

«È sempre un azzardo, cara.» Logan si strinse nelle spalle. «Pensavo di essere stato chiaro: ho un debole per le bionde.» *Una in particolare.* E rispondendo con una leggera smorfia alla sequela di improperi che Red gli lanciò dietro, si allontanò senza mai voltarsi.

Svelto, andò alla scuderia in cui aveva lasciato Tempesta, notando subito che Reverend non c'era più. Svegliò il ragazzo con una leggera scossa e chiese: «Dov'è l'altro cavallo che ho portato qui prima?»

«Cosa?» rispose quello, sbattendo più volte le palpebre. «Oh, la signora è venuta a prenderlo.»

«Quale signora?» Logan ebbe un brutto presentimento. E sembrava verificarsi spesso da quando aveva trovato Claire.

«La signora Ryan.»

«Che aspetto aveva?»

«Beh, era davvero bella, anche se forse stava andando in uno di quei saloon.»

«Perché?»

«Per come era vestita.» Il ragazzo si sfregò la massa arruffata di capelli castani. «State avendo problemi coniugali?»

«Sei troppo giovane per parlare così. Di che colore erano i capelli?» chiese, mentre un forte sospetto si faceva strada nelle viscere.

«Neri» rispose il ragazzo. «Così scuri che quasi non sembravano veri.»

«Ma va'?» borbottò Logan. Se lo sarebbe dovuto aspettare che non avrebbe fatto come le aveva detto. E a lui non era mai neanche passato per la mente di frugare tra le sue cose, ma col senno di poi forse avrebbe dovuto. «Hai idea di dove sia andata?»

«No, signore.» Il ragazzo scosse la testa.

Logan tirò fuori una moneta dalla tasca e gliela diede. «Sellami il cavallo e sbrigati.»

«Sissignore» lo ringraziò il garzone affrettandosi.

---

CLAIRE FACEVA del proprio meglio per tenersi a una certa distanza da Griffin e Sandoval così che non la notassero mentre attraversavano a cavallo la città – per due volte li perse quasi di vista – ma per quanto si stringesse la coperta messicana addosso, attirava comunque indesiderate attenzioni maschili. Il tessuto, purtroppo, lasciava scoperte le gambe e via via che superava la restante manciata di stabili quelle apparivano come un falò a qualsiasi uomo nel giro di un quarto di miglio.

A Cimarron ci era già stata la volta in cui aveva accompagnato sua madre per la selezione di nuove ragazze per il saloon. Pur non sentendosi bene, Maggie si era rifiutata di rinviare il viaggio, così Claire aveva insistito nell'accompagnarla in modo da vegliare su di lei. Invece, aveva trascorso gran parte del tempo in hotel – lo stesso in cui adesso aveva la stanza con Logan – a prendersi cura di Jimmy. E alla fine, erano tornati a Las Vegas con una sola ragazza nuova: Louisa Pérez.

Griffin e Sandoval si diressero verso le montagne e via dal gruppo di edifici cittadini. La strada principale era parte del Sentiero di Santa Fe – vera e propria linfa vitale della comunità – che si snodava per il centro della città. Ma doveva esserci dell'altro a parte le attività del sentiero, pensò Claire, muovendosi su terreni sconosciuti.

Aveva aumentato la distanza per timore che i due udissero il suo cavallo. Per fortuna, però, la pista era chiaramente marcata e lei la seguiva sperando di non perdere le tracce e di non essere vista.

*Ma che ci faccio qui?*

Cerchi di scoprire cos'è successo a tua madre e a Jimmy, ricordò a se stessa. Voleva giusto accertarsi che non fossero nel posto in cui Griffin e Sandoval stavano andando. Doveva concentrarsi solo su quell'obiettivo, poi sarebbe tornata all'hotel. E con un pizzico di fortuna Logan non si sarebbe accorto di nulla.

Un'immagine di lui con la testa rossa balenò nella mente. Se si faceva trovare in camera con quella donna… no, di sicuro l'uomo avrebbe avuto più cervello. *Accidenti a lui.* Stringere un legame con Logan era a dir poco stupido.

Stava imboccando una curva quando in lontananza notò il profilo scuro di una casa. Le finestre brillavano di luce e il camino mandava fuori un mulinello di fumo. Fermò Reverend, smontò – questa volta senza cadere, pensò grata – e lo guidò nel sottobosco.

Al riparo dalla vista, lo legò e coprì la sella con la coperta colorata, quindi si avvicinò piano all'edificio. I cavalli di Griffin e Sandoval non si vedevano da nessuna parte. Forse li avevano lasciati sul retro ed erano entrati. Rimase lì per un po', agitata all'idea di accostarsi e tuttavia desiderosa di non perdersi nulla di importante. All'interno della casa non vedeva alcun movimento, né vi era modo di capire chi fossero gli occupanti o dove si trovassero.

Decise di avvicinarsi al lato destro. Il portico anteriore non sembrava una buona idea e quello posteriore era fuori discussione: con tutta probabilità c'erano i cavalli e correva il rischio che segnalassero la sua presenza. Raggiunta l'abitazione, la finestra si rivelò troppo alta per una sbirciatina. Valutò l'idea di prendere il cavallo – in sella a Reverend ci sarebbe riuscita – ma dubitava che sarebbe rimasto calmo. I suoi occhi scrutarono tutt'intorno alla ricerca di un masso o un pezzo di legno su cui salire, ma non vide niente di abbastanza grande.

L'ansia le stringeva lo stomaco. Fece un profondo respiro e

avanzò furtiva sul davanti della casa, quindi salì piano i gradini del portico. Una grande finestra a sinistra dell'ingresso rivelava l'interno, celato da tende semiaperte. Si acquattò e sbirciò. Griffin sedeva a un tavolo di legno sul lato opposto della stanza. Sembrava stesse pulendo una pistola. Poi entrò una donna e Claire si tese per vederla meglio. Era bella e giovane, con i capelli scuri. Doveva essere Dee, la sorella di Griffin, pensò; ci aveva scambiato qualche parola solo un paio di volte negli ultimi anni e il ricordo era alquanto nebuloso.

«Ma guarda un po'.» La voce emerse dall'oscurità alle sue spalle.

Claire s'immobilizzò.

Il suono di stivali sui gradini era sempre più vicino e… l'accento di Sandoval inconfondibile.

Si alzò, con l'istinto che la spronava a correre, ma un dolore le trafisse la spina dorsale: l'uomo le stava spingendo una pistola tra le scapole nude, la canna fredda contro la pelle.

Con la parrucca nera a coprirle i capelli biondi forse Sandoval non l'avrebbe riconosciuta. Aggrappandosi a quel pensiero, alzò le mani, con il viso ancora rivolto dall'altra parte. «Sto cercando Maggie Waters. Mi ha chiesto di venire a Cimarron per lavoro.»

«Ah sì?» rispose lui alle sue spalle. «E te ne vai sempre a spasso di notte?»

«Non è ciò che fanno le ragazze mondane?» Poteva solo sperare che da quel sussurro non trapelasse la disperazione che provava.

Sandoval le affondò la canna della pistola nella schiena e la spinse in avanti. Claire era senza fiato, ma strinse gli occhi e si sforzò di non gridare.

«Stai spiando» disse lui. «Per conto di chi?»

«Non so di che parlate.» Con il viso schiacciato contro le assi grezze sul fianco della casa, sapeva che le sue possibilità di fuga scemavano sempre più.

Sandoval le tirò con forza un braccio facendola girare su se stessa. Le dita si strinsero intorno al collo in una dolorosa morsa e la canna premette contro il lato della testa.

«Chi sei?» chiese, con il viso così vicino al suo che il distinto aroma di tabacco che era solito fumare le riempì le narici. Ricordando l'ultima volta in cui le era stato tanto prossimo, Claire vacillò. *Non mi riconosce*, pensò, aggrappandosi a quelle parole per placare la paura folle che quell'uomo le incuteva fin dentro le ossa.

«Peggy Ryan.» Sussurrò la bugia senza troppe illusioni. Sandoval poteva anche non riconoscerla, ma tanto l'avrebbe uccisa comunque. «Lavoro per Maggie.»

«Balle.» Le fece scorrere un dito sulla spalla nuda, inducendola ad appiattirsi contro l'esterno in legno della casa per sottrarsi al tocco.

«Mi sono fatto tutte le ragazze del *Colomba Bianca*» proseguì lui. «Ma non te, perciò menti.»

Con il cuore che le martellava nelle orecchie, Claire lottò contro un'ondata di panico. Di lì a poco Sandoval avrebbe premuto il grilletto e la sua vita sarebbe terminata. Dio, quanto lo detestava. E quanto detestava il senso d'impotenza e il terrore.

Le lacrime rotolarono lungo le guance e un singhiozzo sfuggì alle labbra che si sforzavano di pregare. Era stata Tia a parlarle di Dio.

*Le Sue ali ti sollevano in alto. La colomba vola sospinta dal Suo alito.*

La mente tornò alla radura nel bosco, al posto in cui si era seduta da bambina. Una colomba bianca come la neve era andata da lei, quasi avesse saputo di trovarla lì, in attesa.

*La colomba.*

Una macchia scura si lanciò fuori dal nulla e torse il braccio di Sandoval. Claire trasalì, quindi urlò: lo sparo l'aveva assordata. Si coprì in fretta le orecchie e cadde in ginocchio tra le schegge che le colpivano il viso, lasciandosi sfuggire un altro grido strozzato quando una sagoma enorme tramortì Sandoval.

«Stai bene?»

Claire vedeva solo il profilo scuro di un uomo. Tra le lacrime e l'acuto fischio nelle orecchie si sentiva tagliata fuori dal mondo. Ma stava forse sognando? Era Logan! Allungò un braccio e sentì la salda forza della mano che afferrava la sua. Il tocco era caldo, sodo… il che doveva significare che era ancora viva. La tirò su e la strinse a sé.

Il clic di un grilletto la fece sussultare. Logan si girò di scatto, con il corpo a farle da scudo, e puntò un'arma di cui Claire non si era neanche accorta alla figura immobile di Sandoval. Frank Griffin, in piedi all'altro capo del portico, teneva un fucile da caccia spianato verso di loro.

«Questa è proprietà privata, idiota» disse. «Mettetela giù oppure sparo alla vostra puttana e la dichiaro legittima difesa.»

«E io ammazzo lui.» La voce di Logan era bassa, pacata.

Claire si sforzò di calmare il respiro.

«Chi diamine siete?» chiese Griffin.

A quel punto Sandoval si mosse e prima ancora che Claire riuscisse a escogitare la maniera di avvisarlo, Logan la spinse sul pavimento del portico e rispose al fuoco aperto dal messicano, poi tirandola con forza per un braccio la trascinò dietro di se giù per le scale. «Stai bassa» le intimò. Estrasse un'altra pistola e continuò a sparare man mano che si spostavano sul lato della casa, quindi si fermò un istante e con strabiliante velocità ricaricò entrambe le pistole.

«Verso gli alberi» disse, indicando il riparo a pochi piedi da loro. Claire scattò, lui sparò e presto si ritrovarono a correre velocissimi tra cactus, pini e cespugli spinosi che si accanivano contro le braccia e le gambe di Claire. Aveva male a un fianco e pensò che un ramo doveva aver graffiato più in profondità.

Inciampò, ma Logan la tirò su e continuò a trascinarsela dietro. Claire non aveva idea di dove fossero e faceva assoluto affidamento su di lui. Quando fu chiaro che nessuno li seguiva, Logan si fermò e concesse a entrambi di recuperare il fiato.

Il dolore bruciante le trafiggeva le costole. Si portò d'istinto una mano sul fianco destro e sentendola umida la fissò sbalordita: era ricoperta da qualcosa di scuro. *Sangue*. Il graffio doveva essere peggiore di quanto pensasse. Sollevò lo sguardo a incontrare quello di Logan e vi lesse ferocia, una rabbia che la spaventava via via che lui accorciava la distanza tra loro.

«Maledizione. Ti hanno colpita!»

Claire avrebbe voluto rispondere, ma l'oscurità le limitava la vista e poi… il nulla.

# CAPITOLO SETTE

Vedendo Claire svenire, Logan la prese tra le braccia, con la mente che urlava contro la realtà. Non l'avrebbe persa. Mai e poi mai. Accovacciandosi, adagiò il corpo sulle gambe e si strappò la camicia di dosso; i bottoni volarono per terra. Abbassò il braccio tra le ginocchia e tirò fuori dallo stivale un coltello.

Con prudenza, tagliò il vestito nero sul fianco per passare poi alla sottoveste intrisa di sangue.

Al buio cercò di esaminare la ferita e, nonostante la scarsa visibilità, ebbe l'impressione che si trattasse di un semplice graffio. Non c'era nessun proiettile, né gli sembrava che la lacerazione fosse tale da indicare una perforazione. Si rilassò, ma solo di poco. Claire perdeva troppo sangue. Prese la camicia e dai lembi ricavò diverse pezze che premette contro le costole fasciandole strette con il restante tessuto.

Fece un profondo respiro per calmarsi, d'un tratto cosciente di quanto poco dignitoso fosse stato il suo comportamento: le aveva letteralmente strappato il vestito di dosso. Ma reggendo quel corpo immobile sentì la paura montargli in petto e un impulso primordiale si radicò in lui. Voleva molto più della semplice carne, voleva *lei* − lo spirito e l'essenza che solo lei incarnava − e aveva bisogno di più tempo per esplorare la possibilità che tra loro nascesse qualcosa. No, non avrebbe permesso a una dannata pallottola di derubarlo di quell'occasione.

Accarezzandole la fronte, disse piano: «Claire, svegliati.»

Lei si mosse appena.

«Dobbiamo recuperare il mio cavallo o non riusciremo a tornare in città. Tesoro, mi senti?»

Claire aprì gli occhi. «Cos'è successo?»

«Ti hanno sparato, ma è una ferita superficiale... ti riprenderai. Adesso, però, dobbiamo andarcene di qui. Ce la fai a camminare se ti aiuto?»

«Sì» rispose lei in un sussurro roco. «Ci proverò.»

Si alzò barcollante e abbassò gli occhi sulla fasciatura improvvisata, quindi provò a celare la seminudità con le braccia. Senza camicia, Logan si rammaricò di non avere altro da offrirle. La seta nera copriva ancora le parti principali e lui non aveva visto niente che non avrebbe dovuto. In realtà non gli era passato neanche per la mente, troppo preoccupato com'era per la sua ferita.

«Non sentirti in imbarazzo» disse. «Ho tagliato solo la parte di vestito accanto alla ferita.»

Claire si riprese in fretta. «Hai fermato la perdita di sangue?»

«Per il momento.» Le cinse la vita con un braccio e strinse il fianco sano contro di sé. Dapprima si mosse piano. Un'occhiata veloce alle stelle e alla zona circostante gli diede un'idea della posizione approssimativa. Sperava solo che Griffin, o la persona che aveva sparato il primo colpo, non trovasse il suo cavallo nascosto dietro una macchia di ginepri a un quarto di miglio abbondante dal ranch.

«Ho dei medicinali in hotel, non chiamare nessun dottore» disse lei, respirando a fatica.

«Perché?»

«Non è il caso di tirarci addosso altre attenzioni. Me lo prometti, vero?»

«Non ti prometterò nulla del genere. Pensiamo a tornare indietro, poi vedremo il da farsi.»

Il respiro di Claire si fece più affannoso e Logan la sollevò tra le braccia, attento a non toccare la ferita.

«Ti stancherai troppo» protestò lei, ma la testa rotolò contro la sua spalla.

Sollevato, Logan trovò Tempesta proprio dove l'aveva lasciata. Con molta cura issò Claire sulla sella e si sistemò alle sue spalle.

«E Reverend?» chiese lei.

«Sta bene dov'è. Tornerò a prenderlo domani.»

Guardandosi alle spalle, Logan evitò la strada e lasciò che Tempesta si orientasse da sola in quella zona deserta. Per un istante considerò di non tornare all'hotel, ma per ora non li seguiva nessuno, perciò avrebbe corso il rischio. Doveva prendersi cura di Claire al più presto.

Appena arrivati all'hotel, legò Tempesta sul retro dell'edificio e si affrettò a trasportare Claire sul davanti, quindi entrò e attraversò l'atrio che, per fortuna, a quell'ora tarda era deserto. Con lunghe falcate percorse il corridoio, estraendo con gesti impacciati la chiave dalla tasca, aprì la porta e s'infilò nella stanza. Adagiò Claire sul letto, prese una trapunta e la coprì, quindi si affrettò a toglierle gli eleganti stivali. Lei fece una smorfia di dolore e chiuse gli occhi. A giudicare dalle orribili vesciche sui talloni, era chiaro che non fosse abituata a portare quel tipo di calzature.

«Nella mia bisaccia troverai una borsa con dello zucchero» disse, massaggiandosi la fronte.

Logan frugò tra le sue cose. «Questa?» Reggeva in alto una piccola sacca di cuoio e il viso pallido di Claire annuì.

«Ti servirà dell'acqua… e altre pezze» continuò con voce roca.

Lui prese la brocca sul comodino – rincuorato dal fatto che fosse piena – e un'altra delle sue camicie. Avrebbe dovuto portarsi dietro una bottiglia di whisky dal *St. James*, pensò rammaricato, ma prima avrebbe solo dato l'impressione di volere Claire ubriaca per approfittare di lei. Ce la stava mettendo davvero tutta per comportarsi al meglio con questa donna, eppure... *Al diavolo!* Mantenere il decoro non lo stava aiutando a proteggerla, e nemmeno lei!

Scostò con cautela il lembo di trapunta che le copriva le spalle e prese a disfare la fasciatura che le aveva applicato prima.

«Tagliala e basta» disse Claire, abbassando lo sguardo sul precedente operato. «Anche il vestito.»

«Non voglio essere accusato di aver provato a denudarti» ribatté lui, pur prendendo il coltello e sbarazzandosi in fretta della fasciatura per passare poi a quel che restava dell'abito.

«Louisa mi ucciderà.»

«La proprietaria?

Lei annuì. Accovacciandosi tra il letto e la finestra, Logan tagliò il tessuto setoso sul fianco destro, sforzandosi tutto il tempo di preservare il pudore di Claire.

«Sono sicura tu abbia già visto una donna nuda prima di oggi. Toglimelo e falla finita» sbottò lei irritata.

«Certo che hai scelto un gran bel momento per civettare con me» borbottò lui, leggermente turbato. Non gli era mai capitato di spogliare una donna se non per le ragioni più ovvie.

«Non sto civettando.» Strinse le labbra in una linea sottile e fissò il soffitto. «Ti ho già visto nudo in Texas, perciò quel punto è ormai superato.»

Logan esitò. Era andata proprio così, durante il loro primo incontro, ma non pensava che Claire avesse fatto caso ad altro se non assicurarsi che lui si tenesse a debita distanza. Al ricordo di quell'episodio una sensazione di calore si diffuse nelle viscere, accendendo la speranza che quanto era accaduto fosse impresso nella mente di Claire quanto lo era nella sua... proprio come il bacio davanti all'hotel.

Le abbassò abito e sottoveste fino agli esili fianchi e, dopo una sbirciatina ai seni dalle punte rosate, tornò a coprirla con la trapunta. Non si era mai ritenuto il tipo capace di approfittare di una donna e, invece, si stava comportando proprio a quel modo. Le sue mani si bloccarono. Era il caso di toglierle tutto?

«So che preferisci le rosse.»

Quell'accenno di gelosia nella voce, per quanto lieve, lo colse di sorpresa. In qualche modo, Claire lo aveva visto con Red. Il polso di Logan si fece più rapido: adesso no che non poteva più spogliarla! E non perché volesse preservarne il pudore.

Soffocando l'impulso di avvalersi di quel vantaggio e sedurla, le sistemò la trapunta intorno alle spalle e provò a concentrarsi su ciò che contava davvero. La vita di Claire. «Ero solo a caccia di informazioni. In realtà le rosse non mi dicono granché.» Strappò diverse strisce dall'altra camicia e immerse il tessuto bianco nel catino sul largo davanzale alle sue spalle. Scostando la coperta quel tanto che bastava per controllare la ferita di striscio, s'impose di tenere il seno coperto. «Riesci a sollevare il braccio?»

Claire ci provò ma la smorfia sul viso tradiva lo sforzo. Dopo parecchi minuti trascorsi a lavare via il sangue incrostato, Logan poté finalmente vedere il punto in cui la pelle era lacerata, umida e aveva ripreso a sanguinare.

«Mettici su dello zucchero.»

«Questo rimedio mi è nuovo» rispose lui, ma aprì la sacca e fece come gli aveva chiesto.

«Asciugherà la ferita e la farà cicatrizzare più in fretta.»

«Sono ancora dell'idea che dovrei procurarmi del whisky per disinfettarla» dichiarò lui.

«Lo zucchero aiuterà anche in quello.»

«Forse farei meglio a darti una ricucita.»

Claire scosse la testa. «No. Visto il punto non ne vale la pena.»

«Potrebbe rimanerti una brutta cicatrice.»

«Preferisco lasciare la ferita aperta per aiutarla a guarire. Mi cambi la medicazione, per favore?»

Costretto a scostare la trapunta per fasciarle di nuovo le costole, Logan iniziò ad apprezzare un tipo di sofferenza mai conosciuta prima. La pelle chiara di Claire, la sua vita sottile e i seni sodi scatenavano in lui una fame tanto feroce da farlo sentire come un ragazzo che intravede per la prima volta un corpo femminile. Ma lui non era un ragazzo, e faticava a credere che Claire fosse una donna di cui non avrebbe potuto fare a meno.

«E il dolore?» chiese con una punta di frustrazione e rabbia nella voce. «Hai qualcosa con te?» Tirò di nuovo su la coperta e si allontanò dal letto... da lei e dalla tentazione.

Il respiro affannoso di Claire echeggiava nella piccola stanza. «Non proprio. Non ho portato tutte le medicine.»

«Va bene se ti lascio sola per qualche minuto?»

«Perché?»

«Devo occuparmi di Tempesta prima che qualcuno la noti, e ti prenderò qualcosa per attenuare il dolore.»

Si chinò e le baciò la fronte, turbato dal suo stesso comportamento. L'ultima cosa che avrebbe dovuto fare era toccarla, ma non era riuscito a impedirselo. «Torno subito.»

Claire annuì.

La parrucca era ormai andata, persa da qualche parte durante la loro fuga, ma per quanto contento di essersene sbarazzato, Logan sapeva di doverla recuperare. Il ritrovamento da parte di qualcun altro, infatti, avrebbe compromesso l'identità di Claire.

«Sta' attento» gli sussurrò.

I loro sguardi s'incrociarono, quindi lui lasciò la stanza – prima di decidere che sarebbe stato meglio restare – e si affrettò a recuperare quanto gli serviva.

---

CLAIRE SI SVEGLIÒ. La pulsante sensazione di bruciore che le tormentava il fianco la lasciava senza respiro. Si mosse appena, mordendosi il labbro per il dolore lancinante. Logan sonnecchiava sulla sedia, con una spalla appoggiata alla parete e le gambe allungate sulla pediera del letto. Le braccia stringevano un fucile.

*Avrebbe potuto dormire con me; tanto non si può certo dire che mi trovi irresistibile. Mi ha vista completamente nuda e non ha battuto ciglio.*

Se non altro quella delusione era servita a distrarla dall'agonia del corpo. In un impeto di determinazione, si raddrizzò a denti stretti, lottando per soffocare i gemiti di dolore. Sul comodino accanto al letto c'era la bottiglia di whisky che Logan aveva portato in camera la sera pima. L'afferrò e bevve diverse sorsate, quindi lasciò andare la testa contro la testiera di ferro. Il liquido bruciava e la faceva tossire. Davvero non le piaceva bere, pensò assalita da un'ondata di nausea, ma essere un tantino brilla impediva al dolore di attanagliarle la mente, una consolazione magra ma pur sempre accettabile.

Logan si mosse. «Come stai?» Si alzò e guardò fuori dalla finestra, poi appoggiò il fucile contro la parete e si avvicinò al letto.

«Mai avrei pensato di bere di prima mattina» rispose lei, notando la sua camicia sbottonata. Gli occhi sfiorarono una buona porzione di torace – coperto da una peluria scura – e lo stomaco dai muscoli che si tendevano mentre girava intorno al letto. Un calore le pervase il ventre. *Dev'essere il liquore.*

«Già, non ti lascia più niente da pregustare per dopo.» Logan fece un sorrisino. «E comunque hai dormito sodo e hai un aspetto migliore.»

«Ma non mi sento granché meglio. Che ore sono?»

«Mezzogiorno e qualcosa.»

«Oh!» Ricordando lo scontro a fuoco nel bosco, sgranò gli occhi. «Non dovremmo restare qui.»

«Pensavo la stessa cosa.»

Un lieve colpo alla porta li interruppe. Logan estrasse uno dei revolver dalla fondina abbandonata sul pavimento e una pistola più piccola nascosta in una cintura nera. Ma quante armi si era portato dietro? pensò Claire accigliata. «Chi è?» sussurrò.

Lui socchiuse la porta e sbirciò fuori, quindi la spalancò. «È Red.»

Allibita, Claire guardò la sgualdrina del *St. James* entrare.

Splendido, pensò. Adesso l'avrebbe anche vista arrampicarglisi addosso.

La donna la fissò, poi con fare nervoso riportò lo sguardo su Logan che intanto chiudeva la porta. «Suppongo abbiate trovato la vostra bionda, dopotutto» disse, chiaramente delusa e confusa.

«Come facevi a sapere dov'ero?» chiese Logan.

«Vi ho seguito ieri sera, dopo che siete tornato per la bottiglia di whisky dandovela subito a gambe come se vi stessero andando a fuoco i calzoni.» I suoi occhi si spostarono su Claire. «E credo di sapere perché. Somigliate proprio a Maggie Waters.»

«La conoscete?» chiese Claire.

Red esitò. «No, non direi... Ma c'è un'altra ragione per cui sono venuta» proseguì con un cenno diretto a Logan. «Il vostro amichetto, qui, si è presentato ieri sera a chiedere di Maggie, così ho pensato di venire a metterlo in guardia. Ma dal momento che la bionda per cui voleva conservarsi siete voi... beh, forse dovrei avvertirvi entrambi.»

«A proposito di cosa?» la incalzò Claire.

«Avete mai sentito nominare un certo Teddy Luttrell?»

Claire annuì.

«È stato ucciso l'anno scorso. Lo sapevate, sì?»

Lei rispose con un altro cenno di assenso.

Lo sguardo di Red corse alle proprie spalle come se temesse la presenza di qualcun altro, ma Logan aveva chiuso la porta. Erano soli.

«Penso che sia stata proprio Maggie a farlo fuori» sussurrò.

«Cosa?!» Claire si raddrizzò con grande fatica, accorgendosi solo tardivamente della propria nudità. Tra le smorfie per lo spasmo di dolore che le attraversava le costole, si sforzò di tenere il lenzuolo sul petto. «Che cosa ve lo fa dire?»

«Hai qualche prova?» s'intromise brusco Logan.

Gli occhi di Red sfrecciarono nella sua direzione per tornare poi da Claire. «Sentite, con tutta probabilità ho già detto troppo. Non posso aggiungere altro. Sono venuta qui perché... insomma, mi avete colpita.» Il suo sguardo era adesso fisso su Logan. «Non capita spesso che un uomo mi respinga. E questo mi ha fatto riflettere su cose che dovrei lasciar perdere. Solo, non volevo che finiste nelle grinfie di Maggie. Non ne vale la pena.»

Fece per andarsene, poi esitò. «C'è un'ultima ragione. Mio fratello – il nome è Shorty McClaren – ha avuto a che fare con lei un po' di tempo fa. E da allora non l'ho più visto.» Guardò Claire dritto negli occhi.

«Me lo ricordo» rispose lei. Parecchi mesi prima, Shorty aveva bazzicato il *Colomba Bianca* con una certa frequenza. Poi Sandoval l'aveva aggredita. «Temo di non averlo più visto.»

«Siete la sorella di Maggie?» chiese Red.

«No. Sono sua figlia.»

Un lampo di sorpresa attraversò il viso dell'altra. «Ah… forse mi sono sbagliata sul suo conto.»

«Frank Griffin sa dov'è?» chiese Logan.

«No, ma è determinato a trovarla. Fossi in voi, eviterei per quanto possibile d'incrociare il suo cammino. E adesso farei meglio ad andare.»

«Aspettate» disse Claire. «Avete per caso sentito parlare di Jimmy Waters? È mio fratello: capelli color della stoppa, alto, otto anni. È venuto qui con Maggie.»

Red scosse la testa. «Mi dispiace. Non ne so nulla.» Aprì la porta e diede un'occhiatina al corridoio, quindi guardò Logan alle sue spalle e disse a Claire: «Vi consiglio di farlo contento. Quelli bravi non capitano spesso.» E si chiuse la porta alle spalle.

Logan prese dal pavimento la fondina, l'allacciò in vita e rinfoderò il revolver, poi sedette sul bordo del letto, facendo cigolare la rete sotto il suo peso, e con una delle grandi mani tirò su la coperta fin dove Claire si stringeva il lenzuolo contro i seni nudi.

«È ora di rivestirsi» disse.

Il suo tocco era impersonale, ma le provocò comunque un fremito.

«Che rapporti aveva tua madre con Luttrell?»

«Non lo so. Gli uomini andavano e venivano. Non ci ho mai fatto troppo caso.» Lo guardò. «Forse avrei dovuto.»

«Non sei al sicuro, qui.»

«Probabilmente, non sono al sicuro da nessuna parte. Prima o poi, Griffin e Sandoval verranno a sapere che sono viva. E mi daranno la caccia, se non altro perché li porti da Maggie.»

«E allora non diamogliela, la possibilità di trovarti. Ti preferisco viva.» I suoi occhi verdazzurri la fissavano.

«Prego soltanto che lo sia anche Jimmy.»

«Ci sono buone probabilità. Griffin e Sandoval non hanno Maggie, perciò credo si possa tranquillamente supporre che, ovunque tua madre si trovi, Jimmy sia con lei. Nonostante i fatti di ieri sera, penso dovresti nutrire qualche speranza in più.»

L'ottimismo di Logan la incoraggiava.

«Davvero hai detto di no a quella rossa, ieri sera?» chiese prima di ripensarci.

Lo sguardo di Logan si fece rovente. «Si direbbe che mi sia preso una cotta in piena regola per una donna con i capelli neri che si chiama Penny.»

Claire sentì il corpo ardere ed ebbe la certezza di essere arrossita dalla testa ai piedi. Anche i seni reagirono come se lui li avesse toccati, e l'impulso di spingere da parte il lenzuolo la pervase.

Voleva Logan.

Non aveva mai capito perché le donne sacrificassero le proprie necessità, i desideri, per qualsiasi uomo gli capitasse a tiro. Ma Logan non era un uomo qualsiasi. Lo desiderava come sapeva non avrebbe dovuto, in una maniera abbastanza semplice da resistere e che… sfortunatamente, non lo era affatto.

Allungò un braccio verso di lui.

«Red non mi tentava» rispose Logan, prendendole la mano «ma tu sì. Se iniziassimo adesso vorrei arrivare fino in fondo, e tu non sei in condizione di farlo.»

Labbra calde e morbide le baciarono il palmo, ma questa volta la sensazione di calore nel ventre non aveva davvero niente a che fare con il whisky.

Logan le posò la mano in grembo e allontanò la propria. «Ho intenzione di cercare lo sceriffo e metterlo al corrente di tutto.»

«Ma...»

«Ma» la interruppe con dolcezza «so ciò che stai pensando, e forse hai ragione. Coinvolgere la legge a questo punto potrebbe essere più un male che un bene. Vorrei riportarti a Las Vegas.»

«Ma qui potremmo saperne di più.»

«Forse. O forse no. A ogni modo, hai bisogno di riposare.»

«E allora non dovrei viaggiare.»

«Concordo, ma temo che sarà difficile restare nascosti qui. Cimarron è una piccola cittadina.» Si alzò e si abbottonò la camicia. «Penso a tutto io. Ce la fai a essere pronta prima del tramonto?»

Claire fece cenno di sì. Il lenzuolo si spostò, accarezzandole la pelle nuda. Che effetto le avrebbe fatto il tocco di Logan? Il suo respiro sul corpo... La voglia, unita alla delusione quando si era allontanato, era un macigno nella mente e sul cuore.

Una cosa era chiara, però: Logan aveva superato le sue difese come pochi prima di allora.

Avrebbe dovuto infastidirla.

Ma che Dio l'aiutasse, così non era.

# CAPITOLO OTTO

Reverend seguiva Tempesta mentre rallentando entravano in un'area boschiva a sud di Cimarron. Logan lo aveva recuperato nelle prime ore del mattino e Claire era grata non fossero stati costretti a lasciarselo alle spalle. Dubitava che Sandoval avrebbe collegato Reverend a lei, ma c'era la possibilità che lo associasse al *Colomba Bianca*.

Fino a quel momento, si erano tenuti sulla strada buia procedendo al piccolo galoppo. Logan non aveva detto una sola parola, ciò nonostante doveva aver intuito che il cavallo di Claire non avrebbe potuto reggere quel passo spedito ancora per molto. E neanche lei, a giudicare dal bruciore al fianco. Strinse i denti e spostò il peso sulla sella. Il vestito tirava sulla fasciatura a tal punto che se lo sarebbe strappato di dosso insieme con la sottoveste, ma non si sarebbe lamentata: se Logan era in silenzio doveva esserci una ragione.

La luna, quasi piena attraverso gli alberi, illuminava il cammino. Una brezza soffiava per quella valle isolata, agitando i rami dei pioppi neri che li riparavano. In lontananza il suono di un corso d'acqua. Era il posto perfetto per costruirvi una casa e, infatti, a riprova di quel pensiero ne apparve una, con le finestre illuminate e il fumo che si levava pigro dal camino.

Costeggiando la proprietà, Logan rallentò l'andatura al passo, quindi proseguirono tenendosi sul sentiero lungo le pendici dei monti e alla larga dalla prateria aperta alla loro sinistra.

Claire soffocò un gemito, tirò fuori la bottiglia di whisky da una sacca e ne ingollò un altro sorso. Era diventata un'ubriacona? Non avrebbe saputo dirlo con certezza, ma le doleva il fianco e non sapeva quando Logan avrebbe scelto di fermarsi per la notte. Non era neanche sicura di quant'altra strada sarebbe riuscita a fare.

Stavano aggirando un grande affioramento di rocce e alberi, quando lui afferrò le redini di Reverend e lo guidò dietro un gruppo di pini. Si portò un dito inguantato davanti alle labbra indicandole di restare in silenzio e si sporse verso di lei, vicinissimo al suo orecchio. «Qualcuno ci segue.» L'alito caldo le fece formicolare la pelle.

Claire annuì e lo guardò prendere il fucile, smontare e scomparire a piedi dietro l'angolo da cui erano arrivati.

Insicura sul da farsi o su come essergli d'aiuto, smontò da Reverend; la ferita pulsava e il viso era contorto per lo sforzo di trattenere gemiti e lacrime. Si tolse l'enorme sombrero e cercò nella bisaccia la pistola che Logan le aveva comprato prima, una Colt più piccola della sua pacificatrice, con un tamburo a cinque cartucce. Saliva in cima all'affioramento e intanto ripeteva il numero nella mente. *Cinque.* Avrebbe avuto cinque possibilità di difendersi da un attacco. C'era da sperare che fossero sufficienti.

I cavalli sbuffarono e si spostarono nervosi. Claire lanciò un'occhiata oltre la spalla, nella foresta ombrosa.

C'era odore di tabacco.

Ghermita dalla paura scrutò tutt'intorno, pregando che non fosse Sandoval.

*Logan, dove sei?*

Un movimento avrebbe potuto rivelare la sua posizione, ma non poteva starsene nascosta di fronte alla possibilità che Sandoval, o di chiunque altro si trattasse, ficcasse un proiettile in corpo a Logan.

Ignorando il proprio disagio, scese piano dalle rocce fin dentro la foresta, quindi si fece strada nell'oscurità. Gli aghi di pino crepitavano sotto gli stivali, penetrando il silenzio. Si fermò e strinse più forte la rivoltella, consapevole di dover essere più quieta.

«*Puta.*»

Claire s'immobilizzò. La voce ridacchiava alle sue spalle e l'odore di tabacco riempiva l'aria. Solo Sandoval le avrebbe dato pubblicamente della *puttana*. Adesso sapeva che era lei.

«C'era un che di strano nel forestiero in città» continuò, provocandole l'effetto di un'erba urticante da cui vorresti allontanarti in tutta fretta. «Ma non avrei mai pensato che mi portasse da te. Ti credevamo tutti morta.»

Con un leggero movimento della mano destra, Claire portò l'arma davanti a sé, celandola in una piega dell'abito e pregando che Sandoval non se ne accorgesse. Ma la mente era concentrata sul come usarla dato che lui sapeva sparare meglio e che, di sicuro, le puntava già la pistola contro.

«Non illuderti che quel *desperado* venga a salvarti. Mi sono già occupato di lui.»

Un'ondata di panico la assalì. Magari mentiva… doveva essere così!

*Cinque colpi.*

«Il travestimento era credibile. Mi chiedo da quant'è che sei tornata, e prendi in giro tutti» proseguì col suo accento secco e il tono basso. «Ti faccio paura, eh?» aggiunse, ridendo.

Si avvicinò e col dito le tracciò una linea tra le scapole. Claire sussultò. La barriera della camicia non faceva nulla per attenuare il ribrezzo che provava: era la seconda volta che la toccava nel giro di pochi giorni.

Così vicino com'era avrebbe potuto vedere la pistola, pensò. Doveva fare qualcosa.

«Non ho mai dimenticato quello che mi hai fatto» disse lui.

Claire sapeva che si riferiva al giorno in cui aveva provato a violentarla e lei lo aveva drogato.

*Muoviti, svelta.*

Alzò il cane dell'arma e si girò, ma mentre sparava Sandoval le afferrò il polso. Il proiettile schizzò verso l'alto e finì in un albero. Erompendo in un grido gutturale che lacerò la quiete della foresta, Claire si batté contro l'uomo. Ricongiunse le mani e sparò una seconda volta. Il proiettile partì con gran fragore, conficcandosi nella spalla di Sandoval che allentò la presa, e lei cadde all'indietro. Scattò di nuovo in piedi ma perse il revolver. Disperata, lo cercò.

*No. Scappa.*

Le gambe si mossero veloci. Senza guardare indietro, si lanciò tra gli alberi con un'esplosione di energia alimentata dalla paura. L'aria della notte le gelava le guance, la treccia rimbalzava sulle spalle.

Correva senza sosta e gambe e braccia la spingevano avanti seguendo una cadenza tutta loro. Claire non aveva mai provato una sensazione simile: fuga e libertà. La notte prima era sfuggita a Sandoval per un pelo e tre mesi addietro non era riuscita a evitarlo. Ma questa sera se ne sarebbe sbarazzata. Avrebbe continuato a correre e lui non sarebbe stato in grado di raggiungerla.

E forse − una volta tanto − avrebbe avuto il controllo di quella vita che solo di rado aveva sentito propria.

Un torrente le bloccò la strada, costringendola a fermarsi. Con il respiro corto che le rimbombava nelle orecchie, si guardò intorno e provò a respirare attraverso il naso così da accertarsi di non essere seguita. Il dolore le trafiggeva il lato destro, ma lei si sforzò d'ignorarlo. Era sola, a parte il suono dell'acqua che scorreva piano.

*Dov'è Logan?*

Doveva trovarlo. E se Sandoval gli avesse davvero fatto del male?

Nella calma della foresta, Claire si sentì come priva d'identità.

Se si fosse rifugiata in montagna, nessuno avrebbe mai saputo. Avrebbe potuto ricominciare da capo… seguire una strada diversa.

Scandalizzata dai propri pensieri, li spinse via. *Insensati. Irrazionali.* Era già fuggita una volta, in Texas con Molly. Logan era entrato nella sua vita allora, e adesso era lì, forse nei guai. E tutto per colpa sua. Doveva aiutarlo.

Iniziò a tornare sui propri passi, verso Sandoval. Consapevole di non avere più la rivoltella, avanzò piano verso la zona in cui pensava di essere stata intrappolata prima. Si fermò e scrutò tutt'intorno, ma non vide nessuno. Sembrava improbabile che Sandoval fosse fuggito. Fece un giro del posto ma del messicano neanche l'ombra, né l'odore di tabacco.

Una mano le coprì la bocca… Claire vi si aggrappò e le soffiò contro un urlo smorzato. L'aggressore la tirò indietro, verso i muscoli saldi del proprio torace. Il terrore la folgorò da capo a piedi come una saetta.

«No, Claire, sono Logan» le sussurrò.

Sollevata, smise di opporre resistenza e gli si afflosciò contro, poi, quando lui allentò la presa, si girò a guardarlo. «Grazie al cielo stai bene» disse, abbracciandolo.

Il saldo cerchio in cui la stringeva era come un segnale nella tempesta. Ignorando la fitta che le attraversò la costola, Claire si arrese al bisogno di toccarlo.

«Ho sentito sparare» disse lui. «Sei ferita?»

«No.» Gli affondò il viso nel collo. «Era Sandoval. Penso di averlo colpito… Tu stai bene?»

«Passerà.»

Quella risposta catturò la sua attenzione. Si fece indietro e vide un grosso livido sull'occhio sinistro. «Ti ha messo a terra?»

«Sono stato un vero stupido. Ma adesso voglio che tu ti nasconda mentre do un'occhiata in giro.»

«Sei impazzito? Io…»

Logan la baciò, le labbra esigenti, affamate e… D'improvviso si staccò e le prese saldamente il viso tra le mani.

«Nasconditi» sussurrò, e si allontanò.

Intontita dall'intensità del suo tocco e da quanto implicava, Claire annuì, si rannicchiò nell'anonimato dell'oscurità e lì rimase finché, dopo parecchio tempo, Logan non fece ritorno.

«Ci sono impronte di cavalli dirette a Cimarron. E sangue. Lo hai colpito, eccome.»

Claire si alzò. «È successo tutto così in fretta.»

«È bastato a fargli girare i tacchi e battersela. Ma tu promettimi una cosa.»

La grande sagoma di Logan – a parte la quale Claire non riusciva a distinguere altro –sprigionava rabbia, un atteggiamento protettivo e una sessualità decisa, il tutto concentrato solo su di lei, che adesso sentiva una brama intensa esploderle dentro con un tale impatto da farla vacillare. Un'immagine le attraversò la mente: si spogliava e si donava a lui, lo toccava, univa il proprio corpo al suo. Era nei guai, si disse scossa da quei sentimenti disperati. «Cosa?»

«In futuro, niente più scontri a fuoco con quel bastardo. Non sopporto neanche l'idea.»

Claire fece cenno di sì. «Vuoi che dia un'occhiata a quel livido?» Tese un braccio e gli scostò i capelli, sforzandosi al contempo di allontanare dalla mente i pensieri lussuriosi di poco prima. Un'ondata di dolore dalla ferita fu di aiuto.

«Sì» rispose Logan con un sussulto «ma prima accampiamoci. Senza fuoco.»

Riluttante, Claire lasciò ricadere la mano.

Lui andò a prendere gli animali e cavalcarono un po' verso sud, quindi si fermarono per la notte. Claire gli sedette accanto sull'unico rotolo di coperte che possedevano e, alla luce delle stelle, esaminò la ferita alla testa come meglio poté. Non sembrava che sanguinasse, il che era un bene perché significava che non si sarebbe infettata.

Il suo corpo, però, fremeva ancora di desiderio e si chiese che reazione avrebbe avuto Logan se lo avesse baciato come una donna pronta ad accogliere un uomo dentro di sé. Non che sapesse come fare, ma i suoi sensi confusi le dicevano che per amor suo avrebbe trovato presto la maniera.

Anzi no, per amor *proprio*. In preda a un impulso che non sembrava capace di controllare, sentì le lacrime bruciarle gli occhi, tale era l'intensità con cui lo voleva.

Il guaito di un coyote in lontananza interruppe il filo dei suoi pensieri, spezzando brevemente l'incantesimo.

«Scotta» disse Logan, che intanto le aveva messo una mano sulla fronte. «Perché non mi hai detto della febbre?»

Febbre? Un'altra ondata di passione la travolse. Si avvicinò e gli baciò il collo, la guancia, ogni parte scoperta che le labbra riuscivano a trovare.

«Claire.» C'era preoccupazione nella sua voce, ma non era ciò che lei voleva. Cercò la bocca con la sua e Logan l'attirò contro di sé, rispondendo con la stessa brama che lei non riusciva più a contenere, schiacciandole le labbra con le proprie. Claire si sollevò sul suo grembo, smaniosa.

«Tesoro.» Logan la allontanò da sé. «Non stai abbastanza bene per questo» disse, passandole il pollice sulle labbra.

Un brivido le scosse il corpo. Claire chiuse gli occhi e quando lui la adagiò con dolcezza sulle coperte diede libero sfogo alle lacrime fino ad allora trattenute.

«Ssh.» Logan le accarezzò i capelli. «Cerca di dormire.»

Si sdraiò al suo fianco, e lei prese a singhiozzargli contro la camicia. In una nube di stanchezza, si rendeva conto di essere in una condizione peggiore di quanto avesse pensato. Sperava che la febbre stroncasse l'infezione, ma per la consapevolezza sessuale del proprio corpo che rimedio avrebbe trovato? Era preda di quella follia e non riusciva a pensare, poteva solo *sentire*, e con una forza tale da spaventarla.

Bisognosa di allontanarsi da Logan, rotolò sul fianco sinistro.

«Claire, potresti tornare in Texas e stare con i miei» disse lui alle sue spalle. «Lascia che sia io a cercare tua madre e Jimmy.»

L'offerta era invitante nello stato di abbattimento in cui si trovava.

«No» disse con voce incrinata, e si asciugò le guance inumidite dal pianto.

«Sei sempre così testarda?» ribatté lui, posandole una mano sul fianco.

La fiamma nel ventre si riaccese, prese a vorticare, spostandosi più in basso. Se Logan avesse voluto soddisfare quel bisogno, forse la febbre sarebbe scesa e lei avrebbe potuto riposare, magari avrebbe trovato quella pace che da tempo cercava. Con le labbra tremanti e il fiato corto, disse: «Mamma lo ripeteva sempre che sarebbe stata la mia rovina.»

Nonostante la barriera degli abiti, il tocco di Logan bruciava e la sua pelle fremeva. Strinse con forza gli occhi lottando contro l'impulso di supplicarlo.

Fino a quel momento era sempre stata fedele al proprio codice morale, severa e inesorabile soprattutto con se stessa. E adesso più che mai doveva ricordare quelle regole, prima di fare qualcosa di cui avrebbe potuto pentirsi.

«Le donne testarde tendono a sopravvivere» disse lui. «Ma non esitare a fare affidamento su di me.»

«Tu non dovresti essere qui» ribatté lei irritata.

«Forse no, ma si dà il caso che sia altrettanto testardo.» Avvicinò i fianchi ai suoi e le premette il torace contro le scapole. «Non mollare, cara» disse con convinzione. «Tieni duro.»

Si riferiva alla febbre o alla prepotente attrazione che provava per lui? Claire non era sicura.

«Ci proverò.»

# CAPITOLO NOVE

Sul tardo pomeriggio del giorno dopo, Claire arrivò a Las Vegas con Logan al fianco. La febbre era scesa nel corso della mattinata, così aveva insistito perché si affrettassero a tornare in città. Anche la stanchezza si affievolì mentre entrava nella *plaza* attirando parecchi sguardi furtivi, troppi perché si trattasse solo di un caso. Per la prima volta senza travestimento dal suo ritorno al *Colomba Bianca*, avrebbe di sicuro dato adito a pettegolezzi. Un pensiero che la metteva decisamente a disagio.

I suoi occhi incrociarono brevemente quelli di Maria Chavez e l'anziana la fissò. *Señora* Chavez si opponeva con forza a tutte le forme di prostituzione e non esitava mai a renderlo noto. All'età di dieci anni, Claire aveva provato a partecipare a una delle feste all'aperto della città – un ritrovo di abitanti con cibo, balli e amabili chiacchierate – ma Maria Chavez aveva fatto tanto chiasso sulla presenza della figlia di una sgualdrina del posto che Claire si era subito sentita in imbarazzo. Fosse stato per lei non ci si sarebbe neanche trovata, lì, ma Sarah Brightman, una bambina più o meno coetanea, l'aveva pregata di andare a uno di quegli eventi di cui aveva tanto sentito parlare.

Suo padre era un ufficiale di Fort Union e lei aveva fatto

amicizia con Claire un pomeriggio che si trovavano in città. Va da sé che il colonnello Brightman aveva subito saputo delle circostanze di Claire, proibendo alla figlia di frequentarla oltre. E un giorno, passandole accanto, Maria Chavez aveva borbottato la propria intenzione di andare a *Nuestra Señora de los Dolores*, l'allora chiesa cattolica del posto, a pregare per la sua anima, anche se era certa che non avrebbe fatto alcuna differenza.

Fermarono i cavalli davanti al *Colomba Bianca* e Claire smontò con una smorfia, favorendo il lato destro. Alla finestra era appeso un cartello: CHIUSO A TEMPO INDEFINITO.

Logan le si mise di fianco. «Problemi?»

«Alcune delle ragazze hanno mollato prima che partissi. Sono stata costretta.» Spinse la porta ma era chiusa a chiave. Logan la seguì mentre andava sul retro ed entrava dalla cucina.

«Ellie? Betsy?» La voce di Claire si sentiva appena mentre entravano nel saloon vuoto. Salì piano le scale.

«Con calma» disse Logan alle sue spalle. «Dovresti riposare. È stata una notte lunga.»

Il commento a proposito di quanto era accaduto tra di loro la sera prima la fece arrossire d'imbarazzo. Non ne avevano parlato e Claire, non sapendo come affrontare il disperato tentativo di sedurlo mentre era malata, aveva semplicemente evitato l'argomento. Adesso che la mente e gli impulsi rispondevano meglio al suo controllo, però, riteneva che Logan, in fondo, non avesse voluto possederla, ma solo scaricarla con gentilezza.

E lei gliene era grata. O no?

Betsy apparve nell'ingresso in cima alle scale. «Claire, grazie al cielo. Non sapevamo che fine avessi fatto.» Gli occhi della giovane si posarono su Logan.

«Betsy, questo è il signor Ryan.» Claire si fermò a riprendere fiato. Quella mattina era stata lei stessa a cambiare la medicazione e aveva visto la ferita, molle e gonfia, perciò sapeva di dover fare molta attenzione per qualche giorno, finché non fosse guarita del tutto. «Logan, ti presento Betsy Williams.»

«Signorina Williams.»

«Come sta Ellie?» chiese Claire.

«Molto meglio, ma è ancora a letto. Avete trovato Maggie?»

Claire scosse la testa.

Titubante, Betsy disse: «Ci servono provviste.»

«Ci penso io» rispose Logan. «Claire, preparami una lista. Vado a occuparmi dei cavalli.»

Lei azzardò uno sguardo nella sua direzione. «Dove ti trovo? Al *Wagner Hotel*?»

«Non fintanto che tu resti qui.»

Claire non osò leggere tra le righe di quel commento, non dopo aver perso il controllo di sé la sera prima.

«Non sei al sicuro da sola» aggiunse lui.

Betsy ebbe un sussulto. «Che succede?»

«Niente» si affrettò a rispondere Claire. «Il signor Ryan ama esagerare.»

«E allora resterò qui.» Il tono di Logan era fermo.

Betsy si torse le mani con fare nervoso. «Beh, abbiamo delle camere in più.»

«Molto bene» disse lui. «Posso pagare.»

«Potrei cucinare per voi» offrì Betsy. «E me la cavo con il cucito. Potrei lavarvi e rammendarvi gli abiti. E per qualcosa in più potrei anche, beh…» Lanciò un'occhiata nervosa a Claire. «È quello che facciamo qui.»

Lei la fissò sbalordita. Quand'è che la giovane aveva deciso di ampliare le proprie mansioni al saloon? E perché diamine sceglieva di iniziare la nuova carriera proprio con Logan? Un acuto senso di possessività s'impadronì di lei.

«Non è necessario» rispose Logan. «E poi si direbbe io abbia un debole per le brune.»

Un lampo di sorpresa attraversò il viso di Betsy, mentre le guance di Claire si facevano bollenti.

«Sono certo vorrai vedere Ellie.» Con le labbra leggermente incurvate verso l'alto, le strizzò l'occhio. «Mi trovi sul retro.»

Claire lo guardò uscire, stupita. Un accenno di sorriso e un'occhiatina ed ecco che il fuoco nel ventre si riaccendeva, lo stesso che per l'intera giornata aveva provato a estinguere.

---

LOGAN CONSUMÒ una generosa porzione di *posole* – un piatto a base di peperoncini insaporito con carne suina e granturco spezzettato – seguito da un budino di pane, che Betsy chiamò *sopa* e addolcì con uno spesso sciroppo fatto in casa e conosciuto come *melado*. Trattandosi di piatti del posto, Logan rimase colpito dalle capacità culinarie della giovane. Anche Claire, seduta al suo fianco al tavolo traballante e intaccato del saloon, faceva la sua parte col cibo. E lui era contento che mangiasse: doveva mantenersi in forze perché la ferita guarisse del tutto senza temuti imprevisti.

Altro motivo di preoccupazione per lui era un'eventuale incapacità di resisterle la prossima volta che avesse deciso di sfoderargli contro la sua innocente ed esplosiva sessualità. Non che si aspettasse un'imminente replica della sera precedente: la conosceva abbastanza bene da accorgersi che quel genere di comportamento non era da lei, ragion per cui l'aveva respinta, ma ce n'era voluta, di forza di volontà, ben più di quanta avesse mai pensato di possedere.

L'aveva desiderata.

La desiderava ancora.

Ma non era certo che Claire comprendesse le conseguenze di un'eventuale resa all'attrazione reciproca. Era lui, il più esperto, e sua doveva essere la voce della ragione.

Claire si era data una ripulita e adesso indossava una camicia bianca e una gonna colorata che le fasciava i fianchi esili, rendendola fin troppo gradevole alla vista.

*La voce della ragione.*

Un colpo alla porta li strappò con un sussulto al pasto silenzioso. Mentre Betsy si alzava e andava all'ingresso, Claire notò che Logan si portava la mano alla pistola nel cinturone allacciato in vita. Preoccupata, si alzò a sua volta per raggiungere Betsy che intanto si faceva da parte per lasciar entrare il loro ospite, Jack Un Occhio.

«Molte grazie, Betsy» disse l'uomo. Lanciò uno sguardo a Claire e la strinse in un abbraccio sincero, accigliandosi, poi, quando lei con una smorfia di dolore si portò una mano al fianco. «È un piacere vederti, *Palomita*. Sei ferita?»

Claire sorrise. «Roba da nulla. Sono contenta tu sia qui, Jack. Gradisci qualcosa da mangiare?»

«Sai che al cibo non dico mai di no.»

«Vado a prenderlo» s'intromise Betsy diretta in cucina.

Claire presentò il vecchio indiano a Logan.

«Ci siamo già incontrati» rispose lui. «È un piacere rivedervi.» Si alzò e gli strinse la mano.

«Bene, adesso sono più sereno, dopo tutte le chiacchiere in città» disse Jack, occupando la sedia che Logan gli offriva.

«Quali chiacchiere?» Claire riprese con cautela il proprio posto.

«Su di te» rispose Jack.

Betsy intanto, tornata dalla cucina, gli mise di fronte una scodella di *posole*, una ciotola di *sopa* e un grosso bicchiere di latte, quindi tornò a sedere al tavolo.

«Tutti sanno che sei viva, che sei tornata. Ero preoccupato ma sapere che il signor Ryan è qui mi fa star meglio.»

«È così per tutti» disse Betsy con grande entusiasmo; subito paonazza quando gli altri la guardarono.

Logan sperava di rendere giustizia alla fede cieca disegnata sul viso della giovane.

«Sbattuto contro una porta o che so io?» chiese Jack, indicando il suo occhio e il livido ancora gonfio dopo l'attacco a sorpresa di Sandoval la sera prima.

«O che so io» confermò Logan.

Jack lasciò saggiamente cadere la questione.

«Saputo qualcosa di Maggie?» chiese Claire.

Con la bocca piena, l'indiano scosse la testa. «Nossignora. Tia e io cercheremmo sicuramente di aiutare se sapessimo dove si trova.»

«Lo so.»

Finito di mangiare, Jack prese la Bibbia dalla tasca del cappotto e, tenendo il malconcio libro nero davanti al viso, socchiuse l'occhio per leggere. «Ciò che è, già è stato; ciò che sarà già è; e Dio chiederà conto del passato.»

«Sei quasi alla metà» disse Claire. «Stai facendo progressi.»

«Già. Non posso dire di capire sempre tutto, ma questo Dio cristiano è senz'altro interessante.» Si concentrò sulla pagina, facendo scorrere un dito sui caratteri stampati. «Ah, è questo che ti volevo leggere: Dio giudicherà il giusto e l'empio, perché c'è un tempo per ogni cosa e per ogni azione.»

«Ecclesiaste» disse Logan.

Le labbra di Jack si distesero in un sorriso.

«Conosci la Bibbia?» chiese Claire.

«Mia madre la faceva leggere sia a me che a Matt da bambini.»

«I tuoi avevano una grande scelta di libri. Tua madre fu tanto cara da prestarmene qualcuno mentre ero lì.»

Ah, ecco dove andava a cacciarsi di sera. Dopo un'intera giornata di lavoro al ranch, Logan non si era mai sforzato tanto di arrivare in tempo per la cena come quando Claire era stata ospite all'SR. La sua presenza era stata un potente richiamo. In quel periodo si era persino preso il disturbo di lavarsi più del solito prima dei pasti.

Era abbastanza sveglio da non lasciarsi incantare da un visino grazioso, ma ciò non significava che fosse immune all'immagine che lei gli presentava: ritegno e fascino, l'appagamento abbinato a una tentazione irresistibile. Per quanto strano potesse sembrare, era davvero a proprio agio con lei, come se si conoscessero da molto più di qualche mese.

Un altro colpo alla porta. Logan fermò Claire prima che

riuscisse a raggiungerla. Benedetta donna, non si preoccupava affatto della propria sicurezza? Precedendola, ignorò l'occhiata stizzita che gli lanciò e aprì la porta.

«Scusatemi.» Dall'altro lato c'era una donna messicana. «*Señorita* Claire qui?»

«Ce n'è di movimento qua intorno, considerato che siete chiusi» mormorò lui. Il profumo di lavanda gli riempiva i sensi e il calore del corpo di Claire si univa al suo mentre lo spingeva leggermente da parte. Non poteva certo negare che il tocco di lei gli piacesse.

«Juanita, che succede?» chiese Claire.

«Noi così contente che voi tornata. Venire con me, *por favor*? Mary Beth, lei non troppo bene.»

«*Sí.* Aspetta, vado a prendere la borsa.»

Logan la bloccò con una mano sulla spalla e si frappose tra lei e le scale. «Dove credi di andare?» La brusca fermata di Claire aveva portato il braccio a sfiorarle il seno, e l'espressione sul suo viso gli diceva che era consapevole di quanto quell'imprevisto non avesse nulla di casuale, ma a parte questo non riusciva a leggere nessun'altra reazione.

«In fondo alla strada, al *Fascino del Sud*. Tranquillo, ci sono già stata molte volte.»

«Non dopo essere stata ferita, però.»

«Ti ringrazio per il pensiero, ma penso di sapermela cavare. Poi torno e mi riposo. Promesso.»

«Tanto vengo con te, lo sai, vero?»

Lei lo scrutò in volto, quindi annuì. «D'accordo.» C'era un accenno di gratitudine nei suoi occhi verdi, e di stanchezza.

«Claire, non devi per forza» disse Logan. «Non sei costretta a metterti sempre in gioco per gli altri.»

«Lo so.» Ma la sua voce aveva un che di rassegnato.

Logan allentò la stretta. «E non puoi vivere così, sempre a guardarti le spalle.»

«La mia vita è questa e, che tu lo creda o no, ci sono abituata.»

Si diresse verso le scale, ma non abbastanza in fretta perché a Logan sfuggisse la desolazione nei suoi occhi.

---

SEDUTA in una stanza attigua alla sala principale del *Fascino del Sud*, Claire esaminava la sua paziente, una giovane donna che occupava con aria apatica un'altra sedia. La sera era scesa sulla città e gli uomini affollavano i locali in cui si beveva. Certo che il *Colomba Bianca* avrebbe potuto assorbire parte di quel traffico, pensò Claire con rammarico.

Nonostante le voci chiassose e allegre all'esterno reclamassero la loro compagnia, raccolta nella stanza c'era anche la maggior parte delle ragazze del saloon. Claire sospettava che fossero curiose di vedere lei, ma altrettanto apparente era il loro interesse per il suo accompagnatore. Naturalmente, lei era contenta che Logan l'avesse scortata – non vi era modo di sapere se e quando Sandoval si sarebbe fatto rivedere – tuttavia, doveva ammettere che il modo in cui le altre ragazze lo guardavano non le piaceva affatto. Sotto quella sommessa gelosia e la preoccupazione per Mary Beth si celava il desiderio di una lunga dormita in un letto decente. Chissà, magari si sarebbe concessa anche una tregua dal dolore con una dose di laudano; l'incessante martellamento contro le costole iniziava ad annullare la sua avversione all'uso di quella potente droga.

Belle Mason, la proprietaria del saloon, se ne stava in piedi da un lato. Indossava un abito di un giallo intenso con delle nappe che frusciavano lungo i bordi delle sottogonne nere e Claire pensò che apparisse troppo elegante per la gente di quella città, dopotutto non erano certo a Denver. La scollatura quadrata, bordata di nero, poteva anche accentuarle il seno ma la donna, con i capelli castani striati di grigio e raccolti in riccioli sopra la testa, non era più nel fiore della sua giovinezza. Né le ragazze del *Colomba Bianca* né sua madre si erano mai vestite in maniera tanto esagerata. Con la coda dell'occhio, notò Louisa e Alice e si chiese se si trovassero bene nella nuova situazione.

Tastò Mary Beth dietro le orecchie. C'era un leggero gonfiore. «Fa male quando ingoi?»

L'altra fece cenno di sì. Le ragazze erano sempre più giovani, pensò Claire disgustata.

«Non mi sento bene già da più di tre giorni» disse Mary Beth.

Claire non si espresse, ma la giovane non aveva un buon colorito e in termini generali appariva esausta. Le mise una mano sulla fronte ed ebbe la conferma che scottava.

«Apri la bocca.» L'interno era rosso come una mela.

Claire cercò con cura nella sacca e trovò una bottiglia di miele e aglio crudo. «Prendine un cucchiaio quattro volte al giorno.» disse, porgendo la mistura alla giovane. «Ti aiuterà con il dolore e l'infiammazione.» Estrasse anche una busta su cui era scritto "echinacea viola" e aggiunse: «Prepara del tè con questa e bevine una tazza ogni due ore. Tra un paio di giorni dovresti stare meglio, ma tornerò a controllarti domani.»

«Grazie» sorrise la giovane. «Grazie davvero.»

«Guarirai» rispose Claire. «Riposati e bevi molta acqua che ti aiuterà con la febbre.» Abbassando la voce, aggiunse: «E niente clienti per qualche giorno.»

Mary Beth accettò quell'ultimo commento con un lampo di sollievo e due delle altre ragazze la aiutarono a uscire da una porta secondaria e a salire in camera sua.

«Tornate tutte al lavoro» disse Belle, battendo le mani.

Mentre la stanza si svuotava, Claire riordinò le proprie cose nella borsa.

«Aspettate» disse Belle. «C'è qualcun altro che dovete vedere.»

«Avete intenzione di pagarla?» chiese Logan.

«Come dite?»

«Vi aspettate che Claire lo faccia gratuitamente?»

«Come sempre.»

«Tranquillo, Logan.» Claire si alzò. «La ragazza è troppo ammalata per scendere?»

«Non è una ragazza. Seguitemi.»

Claire non ebbe bisogno di guardare Logan per sapere che era infastidito. Non aveva idea di come andassero le cose, del rapporto che lei aveva instaurato con le ragazze in quella parte della città. Sì, forse Belle si approfittava di lei, ma in verità a Claire dispiaceva per tutte quante loro. Magari non avrebbe dovuto – alcune erano indubbiamente contente di quella situazione e della professione che esercitavano – a lei, però, non sfuggiva il vuoto nei loro spiriti e per qualche inspiegabile ragione gli gravitava intorno.

Neanche Maggie lo aveva compreso.

Belle li condusse attraverso la zona bar e su per una scala adiacente alla parete opposta. In silenzio, Logan alleggerì Claire del peso della borsa, dandole così modo di inspirare più volte a fondo per controllare il dolore alle costole. Presto sarebbero tornati al *Colomba Bianca* e avrebbe potuto riposare.

Alla fine del corridoio, Belle bussò piano a una porta e la aprì. «Rosa, sono io.»

Claire conosceva Rosa Brown e le rivolse un cenno di saluto. Non aveva più di dodici o tredici anni e lei si chiese se i genitori, Hyman e Pablita, sapessero che era lì. Avrebbe dovuto accertarsene dopo. I Brown erano brava gente, Hyman le aveva spesso portato libri di medicina sui suoi carri di provviste da Kansas City.

Appena entrata nella stanza, l'atteggiamento di Belle cambiò: andò a inginocchiarsi accanto al letto e sorrise al bambino che lo occupava. «Come sta?»

«È stanco.»

«Questo è Dylan» disse Belle rivolta a Claire. «Ha quasi diciotto mesi.»

«È vostro?» chiese lei, sorpresa che Belle Mason ospitasse un bambino nel proprio saloon. Il fatto in sé non la scandalizzava – lei e Jimmy erano cresciuti in quello stesso ambiente – ma la smaliziata ed egocentrica Belle Mason non le era mai sembrata un tipo materno. Forse la donna e Maggie avevano altro in comune a parte la continua rivalità.

«No. Lo tengo qui con me solo per un po'.»

«Che cos'ha?» Claire le si mise di fianco, consapevole della presenza di Logan alle spalle. Con la coda dell'occhio lo vide incrociare le braccia, pronto ad attendere.

«Uno sfogo sugli arti che sta peggiorando.» Belle scostò le coperte.

Gli enormi occhi marroni di Dylan fissavano guardinghi Claire e una massa scompigliata di capelli scuri gli incorniciava il faccino.

«Ehilà» lo salutò lei. «Io sono Claire.» Esaminò con dolcezza le chiazze rosse e squamose all'interno delle braccia. «Ti piacciono i bastoncini alla menta?» Spinse più in basso le coperte e controllò le gambe. Alcune delle chiazze si erano screpolate, esponendo carne viva. Claire pensò in fretta a come trattarle.

Intanto, Dylan faceva cenno di sì in risposta alla sua domanda.

«Credo di averne uno nella borsa» disse lei. Non era solita dare dolci ai bambini, ma ne teneva sempre qualcuno a portata di mano per blandire Jimmy.

Gli diede il bastoncino e prese a pulirgli le gambe con acqua e sapone – affrettandosi quando il piccolo iniziò a dimenarsi e provò a spingerla via – quindi passò piano un unguento di vaselina e acido borico sulle macchie rosse. Era un metodo di cui aveva appreso per caso dal dottore della città un giorno in cui era fuori a far compere.

«Così va meglio.» Gli ravviò i capelli sulla fronte con una carezza, nel tentativo di calmarlo. «Cerca di non grattarti per nessun motivo.»

Dylan continuava a succhiare il bastoncino alla menta e non parlava. Era dolcissimo e Claire gli sorrise, desiderosa di poter stringere ancora una volta a sé quella parte dell'infanzia di Jimmy.

«Guarirà?» chiese Belle mentre si avviavano verso la porta.

«Sì.» Claire le diede il barattolo con l'unguento. «Usate questo due o tre volte al giorno. Tenete le ferite pulite e non fatelo giocare all'aperto finché non si saranno rimarginate, se no rischiano di infettarsi. E non permettete a nessuna persona malata di avvicinarglisi finché non si formano le croste. Cercherò di passare domani a vedere come sta» concluse, pulendosi le mani con la pezza che Belle le offrì.

Intanto, Logan si era avvicinato e strizzava l'occhio a Dylan. Il piccolo rispose tendendogli una mano e Claire colse un filo d'incertezza prima che quella maschile decisamente più grande afferrasse i ditini.

«Sirriffo?» chiese il piccolo, sorprendendoli tutti con quella domanda. Chissà quanto parlava di solito, si chiese Claire.

L'espressione di Logan era palesemente confusa.

«Sceriffo» sussurrò lei.

Ah, adesso capiva. Si girò di nuovo verso Dylan. «No. Solo un amico.»

Il bambino gli rivolse uno sguardo deciso e Logan gli lasciò con delicatezza la mano.

«Riposati, ometto.» Gli diede un tenero pizzicotto sulla guancia e sorrise, quindi seguì Claire fuori dalla stanza.

La scena di lui con il bambino si fissò nella mente. Le piaceva, l'idea che un giorno Logan diventasse padre. D'improvviso, un'immagine arrivata dal nulla la colpì: le proprie braccia che reggevano un neonato... una delicatissima combinazione di se stessa e dell'uomo alle sue spalle.

Nel giro di poco furono di nuovo per strada, diretti verso il *Colomba Bianca*. Logan la prese per mano e, insieme, tornarono all'unica casa che Claire avesse mai conosciuto.

# CAPITOLO DIECI

Quando Claire varcò la soglia del *Colomba Bianca*, Betsy era introvabile e Jack doveva essere tornato ovunque fosse che tornava lui quando si congedava, un luogo di cui lei non era mai stata sicura. Logan fermò le porte a battente, quindi chiuse quella principale e la serrò. Sfregò un fiammifero e accese una lampada a olio su uno dei tavoli.

«Ti fidi di Belle Mason?» chiese.

Claire posò la borsa sul bancone del bar, mentre la soffusa luce tremolante fugava le ombre, anche se non tutte. «No, certo che no.»

«E allora perché diamine corri lì ogni volta che le ragazze stanno male?»

La voce di Jack Un Occhio le risuonò nella testa, le parole ammantate della sua ossessione per la Bibbia. *Non annunciare le tue intenzioni al mondo, Claire. Fa ciò che devi perché è corretto. Perché è giusto. La tua ricompensa è nelle mani di Dio, non in quelle degli uomini.* Claire esitò. Aveva la sensazione che queste non fossero le parole che Logan voleva sentire e si chiese se sarebbe stato persino in grado di comprenderle… anche perché buona parte del tempo lei per prima non ci riusciva.

Ricordò a se stessa che Jack era solito parlare con la testa tra le nuvole, mai con i piedi ben piantati per terra. Ma forse proprio per questo gli era affezionata.

Non aveva mai detto a nessuno quanto le piacesse aiutare gli altri, o come obbligata si sentisse a fare *qualcosa* per alleviare i loro disagi. Voleva essere un dottore ed era abbastanza realista da sapere che l'attenzione per le prostitute della città avrebbe potuto essere la sua unica occasione di fare una differenza. Avevano bisogno di qualcuno che le aiutasse. Chi meglio di lei?

«Non posso far finta di niente» disse. «La vita non è così semplice come la vorresti tu.»

«Non hai mai ambito a qualcosa in più?» Il suo sguardo insistente sembrò scuoterla dalla stanchezza, provocandole imbarazzo e al tempo stesso euforia.

«Tu sembri incredibilmente determinato a cambiarmi la vita, Logan. Davvero non ce n'è bisogno.» Ma quell'ultimo commento non era credibile. La sua vita era già cambiata, e la presenza di Logan ne era la prova indiscutibile.

Lui colmò la distanza che li separava e posò le mani contro il bancone alle spalle di Claire, intrappolandola. «Non so starmene a guardare senza intervenire.»

Circondata dal suo calore, Claire ricordò la sera prima, il bisogno febbrile e la bocca di Logan sulla sua. «Non funzionerà» sussurrò.

«E così adesso vedi anche nel futuro?» Le labbra indugiarono vicinissime alle sue.

«Non mi aspetto che tu capisca la mia vita.» Senza via d'uscita com'era, una parte di lei si ribellava, mentre l'altra la incitava a cedere alla tentazione. Che importanza poteva avere, ormai? Fu sul punto di ridere ma la paura le montò dentro. La vicinanza di Logan la placava e al contempo feriva. Cuore, corpo… era troppo coinvolta e un istinto, che aveva sempre seguito durante l'infanzia, ebbe il sopravvento: doveva proteggere se stessa.

«Te ne andrai» disse. «Prima o poi.»

Logan le fissò la bocca. «Forse. Ma intanto sono qui, e non riesco a smettere di pensare a te.»

Claire sentì l'anticipazione vibrarle dentro. Logan rappresentava una parte di mondo a lei sconosciuta, piena di entusiasmo, smania e possibilità, il tutto concentrato in un'irresistibile combinazione. La baciò e lo lasciò fare.

---

NONOSTANTE LA RISPOSTA non proprio travolgente, Logan assaporò la consistenza della sua bocca. Doveva toccarla. Sapeva che era stanca, che aveva bisogno di riposo, ma voleva sentirla vicina almeno per un istante. Concentrò l'attenzione su labbra, guance e collo, e quando sentì la propria determinazione venir meno si ritrasse.

Con una mano affondata nei capelli, avvicinò la propria fronte alla sua e inspirò per calmarsi. Ciò che voleva lui, in realtà, era abbastanza semplice: voleva fare l'amore con lei. Dimenticare tutte le ragioni per cui non avrebbero dovuto, e quelle per cui *lui* non avrebbe dovuto, perché sapeva che se avesse forzato la sete reciproca, l'avrebbe avuta sotto di sé in un batter d'occhio.

Inspirò il suo profumo, che richiamò alla mente i boschi, le montagne e i corsi d'acqua che attraversavano il West: l'essenza della libertà nel palmo di una mano. Sua madre gli aveva detto qualcosa a proposito dell'odore di un bambino e della sua potenza per una mamma, del legame che generava tra di loro. Ne era trascorso di tempo dall'ultima volta in cui aveva desiderato tanto una donna, da quando il desiderio si era trasformato in un legame che chiedeva più del semplice tocco e dell'appagamento fisico.

Voleva ben altro da lei. Molto di più. Al pensiero lo stomaco si contrasse.

Non era pronto a desiderare una donna nella stessa misura in cui aveva desiderato Dee. Né a offrire il proprio cuore su un vassoio per essere poi servito arrosto o a fette a capriccio del destino e della stessa riluttanza di Claire verso quanto c'era tra di loro.

Indietreggiò. «Farai meglio a riposare un po'.»

Gli occhi di Claire erano offuscati dalla confusione.

«Ti serve aiuto con la fasciatura?» chiese lui.

«No. La cambierò domani mattina.» Un'espressione pensierosa le attraversò il viso. Sembrò voler dire qualcosa ma poi gli girò intorno.

E lui la lasciò andare.

«Buonanotte» disse piano Claire dirigendosi verso la cucina.

«'notte» mormorò lui con lo sguardo fisso sul bancone.

---

CLAIRE ENTRÒ nella capanna di un'unica stanza alle spalle del saloon, accese una lampada e serrò la porta. Con una rapida occhiata colse il disordine che vi regnava e, nel tentativo di occupare la mente con qualcos'altro a parte Logan, prese uno straccio da un mobiletto di legno nell'angolo e lo passò sul tavolo e le due sedie, anch'esse di legno, accanto alla finestra. Rigida per via della ferita, chiuse piano le tende e, finalmente, si sentì davvero sola.

Le lacrime le offuscavano la vista mentre apriva il cassettone e ne estraeva una camicia da notte. Scostò con cura le coperte sul letto, le lenzuola bianche erano consunte e la trapunta troppo leggera per scaldarla durante l'inverno.

Lo sguardo andò al lettino sulla parete opposta dove dormiva Jimmy, accanto alla porta. C'era una buona coperta di lana, confezionata dalle sue stesse mani. Non le era mai piaciuto lavorare ai ferri — così come testimoniavano i numerosi difetti — ma era necessario che Jimmy stesse al caldo perciò, pur soffrendo, aveva diligentemente eseguito il compito. Si asciugò le guance bagnate, prese la coperta e la strinse a sé, come fosse stata il fratellino, quindi si sprofondò nel letto.

E se non avesse più trovato sua madre o Jimmy? In verità, quel pensiero non le aveva mai attraversato la mente. Che cosa avrebbe fatto? Per quanto avesse desiderato una vita diversa, rispettabile, non avrebbe mai consciamente voluto perdere la sua sola famiglia. Maggie Waters aveva molti difetti, ma era pur sempre sua madre. E Jimmy…

Strinse forte gli occhi per frenare le lacrime. Non sopportava neanche l'idea di non rivedere suo fratello, con quella massa di capelli biondi come i suoi, il sorriso birichino e la sorprendente capacità di adattarsi alle circostanze in cui viveva. Lo amava più della vita stessa.

Era l'unico.

A sua madre voleva bene, certo, ma aveva sempre faticato a essere all'altezza di quelli che Maggie considerava figli modello.

Sorpresa da quella rivelazione, Claire si accorse di avere sempre voluto che sua madre guardasse con orgoglio alla sua abilità di guarire le malattie e i malanni quotidiani delle prostitute della città. Non era forse una maniera di confermare che queste donne meritavano qualcosa? Che la stessa Maggie era meritevole? L'orgoglio e la vergogna si erano dati battaglia dentro Claire per anni. Ma sotto sotto, lei bramava l'approvazione di sua madre. Disperatamente. Da sempre.

Quando mesi prima Sandoval l'aveva aggredita, Maggie non aveva reagito, spezzandole così la vita in due: prima del fatto, nonostante tutto, Claire aveva creduto che sua madre amasse i propri figli e avrebbe fatto il possibile per proteggerli; adesso, non si aggrappava più a quelle fantasie. Chiudere le tende, poco prima, era stato come proteggersi in un bozzolo artificiale, ma solo ora Claire comprendeva di essere davvero priva di basi solide.

Perché non aveva voluto macchiare il candore delle sue ali? Come mai non aveva ceduto all'insensata modalità di sopravvivenza che spingeva le altre a seguire quello stile di vita? Non aveva risposte. In qualche modo, si era aggrappata a se stessa con fermezza nonostante le numerose influenze che la circondavano. Non le piaceva vendersi.

Ma era poi così diversa da sua madre? Vi erano tratti di Maggie che Claire non avrebbe mai conosciuto, tratti che caratterizzavano anche lei. Si prostituiva offrendo gratuitamente le proprie cure mediche? O restandosene nell'ombra per poi uscire a riordinare lo scompiglio che Maggie si lasciava dietro?

Si alzò per posare di nuovo la coperta sul letto di Jimmy e i pensieri tornarono a Logan. Solo quando lui la baciava Claire vedeva il mondo con nitida chiarezza: un'esistenza ricca di prospettive e magia. La magia della speranza. Era sciocco albergare una simile idea?

Stava per sedersi sul letto, quando un lieve colpo alla porta la fece sussultare. Tolse il catenaccio e la schiuse di un filo.

Ellie Hicks.

Peccato non fosse Logan.

---

LOGAN SI APPOGGIÒ al davanzale della stanza al buio e fissò l'edificio in cui viveva Claire. Occupava la vecchia camera di Maggie, sopra al saloon, con la trapunta bianca tutta gale sul letto e una parete tappezzata con motivi di rose. La donna aveva una passione per l'arredamento femminile e doveva amare i propri figli, pensò, dal momento che la sua stanza era vicinissima alla piccola capanna. Che dietro l'apparenza celasse altro? Per il bene di Claire, Logan lo sperava davvero.

La giovane gli ronzava nella mente, senza sosta, e lui non sapeva come gestire la bruciante attrazione.

Stropicciandosi gli occhi, diede un altro sguardo fuori dalla finestra e… i sensi si tesero all'istante: una figura si muoveva verso la porta di Claire, quindi bussava ed entrava. Logan afferrò la rivoltella e scese di sotto.

«ELLIE, CHE CI FAI QUI?» chiese Claire. «Accomodati pure» la invitò, spostandosi per lasciarla entrare. «Ti senti meglio?»

La donna si tolse lo scialle variopinto che le copriva la testa. I capelli rossi striati di grigio erano raccolti ordinatamente indietro, e Claire fu contenta di vedere che le guance, come pure gli occhi, erano più luminose. Anche se non di molto.

«Direi che mi sto riprendendo bene, cara.» Le labbra di Ellie si distesero in un sorriso forzato. «Non ti ho ancora ringraziata come si deve per ciò che hai fatto. Penso che mi hai salvato la vita.»

Claire avvertì la tristezza della donna ed ebbe voglia di piangere. «Mi spiace non aver potuto fare di meglio.»

Ellie respinse il commento con un gesto d'indifferenza, ma gli occhi brillavano di lacrime, notò Claire con il cuore a pezzi. «Quel bambino era un errore» disse l'altra in un soffio. Poi, chinò la testa, si coprì il viso con una mano e inspirò a fondo. «E invece no» ritrattò, tornando a guardare Claire. «Lo volevo. E mi sto accorgendo che non posso più andare avanti così. Non ho mai pensato di voler lasciare tutto, di valere abbastanza da venirne fuori, ma adesso so che non posso più continuare.»

Claire annuì in silenzio. Ellie era sempre stata la più forte tra le donne assunte da sua madre. Forte nella mente e nello spirito e grintosa nel trattare con i clienti. Guardandola adesso, così avvilita e stremata, percepiva in maniera acuta il sacrificio della donna in tutti quegli anni. La sua enormità era fin troppo evidente.

«Detesto farti questo, bambina mia, soprattutto adesso» proseguì Ellie. «Forse aspetti la mia guarigione per riaprire, ma… non posso più lavorare. Mi dispiace. So che è un momento difficile con Mags che non si trova e tutto il resto. Ma se c'è qualcos'altro che posso fare, ci proverò di sicuro.»

Se da un lato la confessione di Ellie affossava ulteriormente il *Colomba Bianca*, dall'altro ripristinava la fede di Claire nello spirito umano. *La volontà reagisce, anche in un baratro di disperazione*, le avrebbe detto Jack.

«Ti capisco» rispose Claire. «Mi arrangerò come posso. Tu, per ora, puoi restare qui, ma davvero non so per quanto. Non ho ancora idea di quello che farò.»

«Mags ha sbagliato tutto con te, eppure sei venuta su così bene.» Ellie sorrise. «Non sono mai stata una grande timorata di Dio, ma deve avertici mandato lui, da noi, una colomba dal cielo» disse, quindi si girò e uscì.

Claire rimase ancorata lì dov'era, a fissare la porta chiusa, commossa e al tempo stesso sorpresa dal giudizio che la donna aveva espresso su di lei. Non si era mai considerata la salvezza delle ragazze del *Colomba Bianca*.

Un colpo alla porta la fece trasalire una seconda volta. Per fortuna non si era ancora messa a letto. «Chi è?»

«Logan.»

Claire aprì la porta. «Che ci fai qui?» chiese, avvinta da un senso di anticipazione.

«Mi preoccupo per te.» I suoi occhi brillavano. La camicia sbottonata si aprì intorno alla vita e Claire intravide la cintura nera con la pistola piccola, oltre a quella più grande che reggeva in mano. Nel complesso, appariva pericoloso e fin troppo attraente.

Entrò e lasciò che lei richiudesse la porta alle sue spalle.

«Chi era e che cosa voleva?» chiese.

Logan era rimasto a sorvegliarla, pensò, stranamente confortata.

«Era Ellie.»

«Problemi?»

«No. Un raggio di speranza, piuttosto. Ha deciso di chiudere con la prostituzione.»

«Non si direbbe una bella notizia per il *Colomba Bianca*» osservò lui, rinfoderando la pistola. Con la camicia aperta sul torace sembrava un bandito pronto a trascinarla via nel deserto. Claire si diede uno scossone mentale, chiedendosi perché di fronte a quell'uomo la propria immaginazione si facesse tanto attiva. E il bacio che le aveva dato prima di certo non aiutava.

«Forse no» rispose. «Ma lo sarà per lei. È questo ciò che conta.»

Nel silenzio che seguì, Claire divenne profondamente consapevole della vicinanza tra i loro corpi e gli abiti di Logan ridotti al minimo. Si sforzò di non guardare la peluria che si arricciava sul petto, ma i suoi occhi la pensavano diversamente.

Lo sguardo di Logan si spostò sull'unico scaffale sopra il letto. «Sono quelli i tuoi libri?»

Claire si gettò un'occhiata alle spalle e annuì.

Lui la superò, tirò giù un libro e ne scorse una pagina. «Mai studiata questa roba a scuola» disse, sollevando su di lei gli occhi divertiti.

«I dottori devono conoscerlo per forza, il latino.» Come faceva, quell'uomo, ad affascinarla con una sola occhiata?

Le passò nuovamente il braccio davanti e prese l'*Anatomia del Gray*. Claire si fece di pietra: che delusione, aveva pensato che volesse toccare lei e invece…

Mentre lui sfogliava il libro, qualcosa ne uscì cadendo sul pavimento con un rumore metallico. Claire si piegò e raccolse una chiave.

«È tua?» chiese Logan.

Lei scosse la testa. «No.» Prese a sua volta il libro, sedette sul letto e sfogliandolo trovò un pezzetto di carta con su scritto: CASSETTA 23.

«Mi sembra la calligrafia di mia madre.»

Logan le sedette accanto. «Potrebbe trattarsi di una cassetta di sicurezza.» Le lunghe dita le presero la chiave di mano. «Quante banche ci sono in città?»

Claire si strinse nelle spalle. «Due o tre. Non saprei di preciso.»

«Credo varrebbe la pena controllare, domani.» Diede uno sguardo alla porta. «Assicurati di serrarla, d'accordo?»

Non doveva desiderare che restasse, si rimproverò Claire.

«La chiave la tengo io» disse lui, alzandosi.

Quel commento la sorprese – era venuto fuori con troppa facilità – e fece scattare dei campanelli d'allarme nella sua mente. Sapeva forse qualcosa che lei ignorava? O sperava che la cassetta contenesse qualcosa di valore?

«E invece penso che dovrei tenerla io» disse, tendendo il braccio verso la chiave. La calda mano di lui la fermò e Claire lo guardò dritto negli occhi verdazzurri.

«Non te la sto portando via» disse Logan. «Domani vado a controllare, da solo.»

«Ma...»

«Claire, è improbabile che in banca permetteranno a chiunque di noi due di aprire la cassetta.»

Fece una pausa. Lei lo fissò e, d'un tratto, comprese. «Hai intenzione di entrare di nascosto?»

Logan si accigliò. «Beh, non credo di poterlo fare. Sono un ex vicesceriffo e non sarebbe corretto.» Si chinò in avanti, con le labbra a un soffio dalle sue. «Fidati di me. Troverò una soluzione.»

*Fidati.* Poteva permetterselo? E a quale costo?

«Tornerò appena so qualcosa» giurò.

E la baciò, con labbra leggere e un tocco colmo di dolci promesse.

Il ricordo dell'impiegato di banca che aveva trascorso un bel po' di tempo nel saloon, come pure nella camera di Maggie, si affacciò improvviso nella mente di Claire.

*Fidati.*

Afferrò il braccio di Logan. «C'è un uomo... il nome è Tannenhill, penso... che lavora alla *First National Bank*. Mia madre lo intratteneva spesso, qualche tempo fa. Magari la chiave è loro e lui è in grado di aiutarti. Potrei provare a parlargli.»

«Preferirei tenerti fuori da questa faccenda.» Le prese entrambe le mani nelle proprie. «Hai bisogno di riposo. Se ci fossero problemi, verrò a prenderti» disse, lasciandola andare. «Chiudi bene.» E uscì.

Claire serrò la porta, sperando di aver fatto la cosa giusta. Se Maggie aveva nascosto il denaro nella cassetta di sicurezza, avrebbe potuto usarlo per riaprire il *Colomba Bianca*. E se ci avesse lasciato dentro indizi su come arrivare a lei e a Jimmy? Ma forse era solo piena di inutili oggetti ricevuti nel corso degli anni da uomini grati per i favori concessigli a porte chiuse.

*Uomini grati per dei favori...*

E Logan? Che cosa voleva, lui, da Claire?

Per quanto difficile, doveva prendere in considerazione il fatto che avesse una ragione precisa per aiutarla, per restarle accanto. Per corteggiarla.

Qual era il suo prezzo? E lei era disposta a pagarlo?

# CAPITOLO UNDICI

Logan inserì la chiave nella lunga cassetta rettangolare e fu premiato quando il coperchio scattò in su lasciandogli accesso all'interno e al suo contenuto. Aveva dovuto adoperarsi parecchio per convincere il signor Tannenhill ad alleggerire la normale prassi bancaria - che esigeva firme e identificazione – consentendogli di usare l'ingresso sul retro dove si trovavano le cassette di sicurezza. Infine, si era appellato al suo senso degli affari: la figlia di Maggie aveva un disperato bisogno di ulteriori fondi per saldare i pagamenti in sospeso del saloon e sperava che qualsiasi cosa sua madre avesse nascosto in quella cassetta aiutasse il *Colomba Bianca* a superare quel momento difficile.

Lo sguardo di Tannenhill, contornato da pelle cadente ma ancora luminoso d'intelligenza, era ripetutamente tornato al livido sull'occhio di Logan, manifestando aperta diffidenza. Strano a dirsi, però, l'uomo aveva tacitamente acconsentito alla richiesta. Doveva essere stato per via dell'ora tanto mattutina: in giro c'era poca gente e, a parte loro due, la banca era vuota. Ma Logan aveva anche la sensazione che l'anziano bancario avesse un debole per il *Colomba Bianca*, per Maggie Waters o, forse, per l'uno e per l'altra.

Con indosso un abito di lana marrone e i capelli scuri

impomatati all'indietro, che accentuavano la già pronunciata pappagorgia, era probabile che Tannenhill non avesse grande successo con le donne.

Forse, durante le sue visite al *Colomba Bianca*, Maggie gli aveva dedicato delle attenzioni particolari, guadagnandosi così una fedeltà che stava per tornare utile a Logan.

Sollevò il coperchio e trovò un pezzo di carta che scorse in tutta fretta. Cercando di comprenderne le implicazioni, lo lesse più volte, quindi lo rimise nella cassetta e chiuse a chiave.

Ne sapeva qualcosa, Claire? Se sì, perché non gliene aveva parlato?

E perché diamine Luttrell avrebbe dovuto farlo?

Avviandosi verso l'uscita, passò accanto a Tannenhill.

«Trovato quello che cercavate?» chiese l'uomo.

«Purtroppo no.» Gli strinse la mano. «Ma apprezzo comunque il vostro aiuto.»

Stava uscendo dalla banca, quando scorse un fumo nero che si levava verso l'alto parecchie strade da lì.

Un calcolo veloce e… una scarica di adrenalina gli attraversò il corpo. Il *Colomba Bianca*.

***

CLAIRE VACILLÒ IN AVANTI, inciampando nell'orlo della camicia da notte. Si coprì naso e bocca con un braccio per impedirsi di inalare il fumo che saturava il secondo piano del saloon e, suo malgrado, chiuse gli occhi che già bruciavano. Non poteva trattenersi oltre.

Era già stata nella stanza di Ellie e l'aveva trovata vuota. Pregava che Betsy avesse fatto in tempo a uscire, ma Logan non lo vedeva da nessuna parte, e temeva il peggio. Il caldo delle fiamme la investiva e il legno che costituiva gran parte del saloon si spezzava, crepitando con fragore mentre il fuoco lo consumava. Corse lungo il corridoio con la mano sulla parete per contare le porte. I piedi nudi calpestarono un punto rovente e Claire spostò in

fretta il peso da una gamba all'altra, quindi aprì una porta. *Ti prego,*
*fa' che sia quella giusta.*

«Logan!» Si coprì il viso e lottò contro la mancanza di respiro, i
polmoni cercavano di consumare aria che non contenevano. *Dov'è?*

S'inginocchiò e strisciò fino al letto. *E se fosse svenuto?* Non
riusciva a vedere oltre il naso e boccheggiava, ma doveva
raggiungerlo. Non lo avrebbe lasciato lì.

E in quell'istante comprese che neanche le fiamme avrebbero
lasciato lei.

---

QUANDO LOGAN GIUNSE DI CORSA, due donne sedevano per terra
fuori dal *Colomba Bianca*. Una era Betsy e l'altra doveva essere Ellie.
Gruppi di uomini urlavano e portavano secchi d'acqua che
recuperavano da qualche parte, mentre il fumo si riversava dalle
finestre infrante del secondo piano. Scrutò in fretta la folla ma di
Claire neanche l'ombra. Il panico gli ghermì il cuore, inducendolo
a correre dietro lo stabile e fino alla capanna.

Vuota.

Sconvolto, entrò nel saloon e guidato dall'istinto salì al piano di
sopra. Sapeva che Claire, preoccupandosi per Betsy ed Ellie,
sarebbe tornata ad aiutarle. Il calore lo colpiva con forza,
spingendolo indietro, e il fumo gli impediva la vista. Usò il braccio
a mo' di maschera e salì traballante al secondo piano, quindi si
abbassò e strisciò in avanti. Trattenendo il fiato, pregò di trovarla
presto. Non avrebbe potuto restare lì ancora a lungo.

L'ultima stanza verso cui si trascinò fu la propria, un posto che
aveva escluso a priori. Stava avanzando all'interno quando,
pervaso dalla sorpresa, s'imbatté nella soffice forma di Claire sul
pavimento. Avrebbe urlato per il sollievo, ma il fiato era ormai
esaurito.

Spinto da pura forza di volontà, la sollevò tra le braccia e
barcollò lungo il corridoio saturo di fumo e giù per le scale. Gli

bruciavano gli occhi e inciampò, urtando la parete. *Devi uscire…*
*Muoviti.*

Infine, il primo piano. Vacillò fino alla porta e la aprì con un
calcio. Una delle pareti interne crollò scaraventandolo fuori dal
portico con un frastuono che lo rintronò e scosse gli altri edifici
circostanti. Pezzi di vetro gli piovvero addosso mentre con il corpo
copriva quello di Claire. Tra le urla femminili, delle mani gli
afferrarono le braccia e lo trascinarono a distanza di sicurezza dallo
stabile in fiamme. Per un istante non riuscì a fare altro se non
respirare, con i polmoni famelici di aria simili a un vitellino
affamato che bramava disperato il latte della madre morta. *Respira.*
Tossì, ansante, e il petto prese ad alzarsi e abbassarsi in maniera
ritmica. Era coperto di fuliggine.

*Dov'è Claire?*

Aprì gli occhi e la vide lì accanto, per terra, circondata da Ellie,
Betsy e alcune delle ragazze del *Fascino del Sud*. Si avvicinò piano e
spinse da parte le donne; aveva usato più forza del dovuto, ma
doveva raggiungerla. Le passò una mano sulla fronte, spostandola
poi sotto le scapole per sollevarle il busto. Claire iniziò a tossire.

«Piano» le mormorò. «Va tutto bene.»

Lei continuò a tossire e boccheggiare, inspirando aria. La mano
di Logan si strinse sulla sua spalla e le labbra scesero a baciarle i
capelli, incuranti del nerume che ne smorzava l'oro e la copriva
come polvere di carbone.

«Logan» sussurrò lei, aggrappandosi alla sua camicia e
lasciandosi andare contro di lui.

Le sue braccia la strinsero forte e il battito delle palpebre
scacciò le lacrime dagli occhi. *Sarebbe potuta morire.* Aveva sprecato
così tanto tempo a cercare nelle altre stanze, mentre il pensiero di
quella che aveva occupato per una sola notte non lo aveva neanche
sfiorato. Perché diamine Claire avrebbe dovuto rischiare la propria
vita per lui? L'aveva tirata fuori appena in tempo. Ma nessuno
riusciva a credere che fosse ancora viva.

Logan non avrebbe mai capito i perché e i percome delle

donne, e tanto meno la ragione che aveva spinto Claire a tornare lì dentro per salvarlo, tuttavia quell'azione grattava via qualcosa di fondamentale in lui e nel proprio complesso di convinzioni circa la natura delle donne nei suoi riguardi. Con Claire tra le braccia, assistette alla distruzione definitiva del *Colomba Bianca*.

———

CLAIRE SEDEVA nella stanza che Logan aveva affittato al *Wagner Hotel*. Stordita dall'andamento degli eventi, si fissava passivamente le mani. Il saloon era distrutto e con esso tutto il frutto del duro lavoro di sua madre. Provviste, lenzuola e coperte, merci secche, quadri, ricordi… tutto in fumo.

Documenti e libro mastro non c'erano più. E il denaro? Nient'altro che polvere, salvo qualche moneta eventualmente sopravvissuta all'incendio. Magari l'indomani sarebbe andata a controllare tra la cenere.

Chiuse gli occhi e si sforzò di non pensare a quanto era andato perso nella capanna, altrettanto distrutta. I suoi vestiti, il trenino di legno che Jack aveva regalato a Jimmy per il sesto compleanno, tutti i suoi libri di medicina. I suoi sogni. Era stata spogliata di tutto, tranne la camicia da notte logora e sudicia che aveva indosso.

Ellie si era salvata, e anche Betsy. *Grazie a Dio*. Qualcuno si era altresì preoccupato di tirare fuori Reverend e Tempesta dalla stalla improvvisata sul retro dello stabile prima che anche quella prendesse fuoco.

Claire lanciò uno sguardo dall'altra parte della stanza, verso l'uomo in piedi accanto alla finestra. *E Logan è vivo*. Le era importato soltanto di lui, quando si era accorta con terrore che avrebbe potuto perderlo. Nient'altro, pensò vergognandosene.

Quand'è che Logan era diventato più importante di qualsiasi altra cosa nella sua vita?

«Nella cassetta di sicurezza c'è un atto fondiario» disse lui, guardando la strada in basso. Era ancora coperto di fuliggine e aveva l'aspetto minaccioso. «Ti dice qualcosa?»

Claire scosse piano la testa. «Non c'era nient'altro?» Le sembrava di avere i polmoni pieni di cenere e la ferita alle costole continuava a pulsare.

«No.»

«Di che atto si tratta?» chiese lei, deglutendo per contrastare la secchezza nella gola.

«Teddy Luttrell ti ha lasciato un regalo.»

«A me?» Claire si accigliò. «Ma che dici?»

«Duecentomila acri di terra nei pressi di Cimarron. Il documento è datato dicembre scorso.»

«Duecentomi…» la voce di Claire venne meno. «La terra è mia?» chiese, incredula.

«Per lo più. Luttrell ha inserito una clausola in cui è stabilito che soltanto tuo marito avrà il diritto di gestire o vendere la proprietà.»

«Sei sicuro si riferisse a me e non a Maggie?»

«Sicurissimo. Ho lasciato l'atto in banca per una questione di sicurezza, ma se non mi credi possiamo andare a dargli uno sguardo.»

«Non è che non ti creda, è solo che non capisco. Perché proprio a me?»

«Claire, che rapporto avevi, esattamente, con Luttrell?»

Sorpresa dal suo tono gelido, intuì subito la verità. «Lo conoscevo appena, quell'uomo. Non lo vedevo quasi mai.»

«Sei sposata?»

Di fronte al tono accusatorio di Logan, Claire s'irrigidì.

«No! Non pensi che te lo avrei detto se così fosse stato?»

«E allora spiegami perché avrebbe dovuto lasciare la terra a te e a un marito che non esiste.»

«E che ne so io? Hai detto che l'atto è datato dicembre, cioè sei mesi fa, e questa è la prima volta che ne sento parlare. Il tipo è morto...» Il panico la colpì con forza. «Dici che la gente potrebbe pensare che io c'entri qualcosa?»

Logan la osservava con gli occhi oscurati dalla rabbia e privi del calore mostrato nei giorni precedenti. «È così?»

«No!» esclamò, innervosita da quell'accusa.

«Tua madre aveva un qualche legame con Luttrell?

«Non lo so. Forse... È possibile.» C'era Maggie dietro quella faccenda?

Un colpo alla porta li interruppe. Logan accettò un biglietto da un impiegato dell'hotel e lo portò da Claire.

«È per te» disse.

Lei lo aprì e lesse. «È di Betsy.» La giovane aveva portato Ellie da Belle, completando così la defezione delle ragazze del *Colomba Bianca*. In tutta onestà, Claire non poteva biasimarle − davvero non avevano altro posto in cui andare − ma al tempo stesso si rammaricava di non aver potuto fare nient'altro per loro.

«Qualcosa che non va?» domandò Logan.

Claire diede un altro sguardo al biglietto. Betsy scriveva anche che un uomo aveva cercato di lei. «Sembra che Shorty McClaren voglia incontrarmi.»

«Il fratello di Red?»

Al ricordo della donna con cui Logan aveva flirtato al *St. James*, Claire fece una smorfia.

«Che cosa sai di lui?» le chiese.

«Non molto. Trascorreva parecchio tempo al *Colomba Bianca*... sembrava amico di mamma. Visto dall'esterno è parte della cerchia di Griffin, perciò è possibile che sappia qualcosa. Vuole incontrarmi alle sei.»

«Vengo con te.»

Claire inspirò a fondo per calmarsi, non sapeva se la presenza di Logan sarebbe stata un vantaggio oppure un peso. Le appariva ancora nervoso, distante e seccato. Abbassò lo sguardo sulla camicia da notte e scosse la testa.

«Ho bisogno di un favore» disse, rifiutandosi di guardarlo negli occhi. «Non ho né denaro né abiti.»

«Non è il caso di chiedere aiuto con quella faccia tanto disgustata.»

«Troverò la maniera di ripagarti.»

Logan rimase dov'era, accanto alla finestra, poi afferrò il cappello. «Ti farò portare una tinozza e dell'acqua. Non ti muovere di qui finché non torno.»

Spiritoso. Figurati se aveva voglia di andarsene in giro nuda per la città.

Quando fu uscito, Claire chiuse gli occhi e abbassò le spalle, sconfitta.

---

IL BIGLIETTO di Betsy diceva di incontrare Shorty nella stalla dietro il *Wagner Hotel*. Passando accanto ai rispettivi recinti, toccò il muso prima a Tempesta e poi a Reverend, mentre Logan, che la seguiva, mormorava loro qualcosa.

Gli odori terrosi di fieno, suolo e sterco le riempirono il naso, e Claire tornò a chiedersi perché Shorty volesse vederla. La ferita bruciava e il respiro, dopo tutto quel fumo, era ancora affaticato; insomma, non si poteva dire che fosse in gran forma. Era stanca dei giochi di sua madre, a maggior ragione perché non ne conosceva le regole. Per un istante, il pensiero di lasciare la città le attraversò la mente, ma svanì con la stessa velocità con cui si era presentato. Non poteva abbandonare Jimmy. Tuttavia, per la prima volta in vita sua, pensava che forse... forse *poteva* lasciare sua madre.

Superarono un ragazzo che curava il posto e proseguirono finché Claire non vide Shorty in piedi in fondo alla stalla. I tre si ritrovarono soli e isolati dalla gente e dai carri all'esterno.

Vedendoli avvicinare, il giovane si staccò dalla parete e li osservò con attenzione. Alto e con i capelli rossi, il suo fisico segaligno suggeriva un vigore trattenuto a stento. Deglutì a fatica e si passò le mani sui pantaloni, in un gesto nervoso che a Claire non sfuggì. Le poche volte in cui lo aveva visto in città con Griffin, era apparso spavaldo e sicuro di sé, puntualmente interessato a salutare Maggie. E al *Colomba Bianca* aveva sempre giocato forte a carte.

«Signorina Claire.» Fece un cenno di saluto e si tolse il cappello. I suoi occhi sfrecciarono da lei a Logan e di nuovo al suo viso. «È un piacere vedervi. Non ero sicuro che mi avreste incontrato.»

«Speriamo non ci siano problemi» lo avvertì. Dopo gli ultimi giorni, non era più il caso di dare qualcosa per scontato. «Questo è il signor Ryan» aggiunse.

Shorty annuì, con gli occhi che saettavano dall'una all'altro. Si protese in avanti e disse: «Forse è meglio se parliamo in privato.»

«E io preferisco restare» ribatté Logan.

Claire ripensò a tutto quanto le aveva comperato: parecchi abiti, qualche indumento intimo, una spazzola e due paia di scarpe nuove. Era troppo, ma gli era grata e, data la situazione, non avrebbe certo potuto rifiutare la sua generosità. Sotto il vestito a quadretti scuri che indossava, strati di sottogonne sfregavano contro le gambe e stivali neri senza tacco calzavano i piedi in maniera aderente ma comoda. Logan le aveva procurato un abbigliamento da signora rispettabile e chiedergli di andarsene era fuori discussione.

«Perché avete voluto vedermi?»

«Beh» rispose Shorty, schiarendosi la gola. «Non saprei davvero da che parte cominciare.»

«Sapete dove si trova mia madre?» chiese di getto lei.

Un velo di preoccupazione oscurò lo sguardo dell'uomo. «No. Voi?»

Claire scosse la testa. Non aveva ragione di diffidare di Shorty, ma neanche di fidarsi di lui.

«Questa situazione è molto più imbarazzante di quanto

pensassi» disse quello. «Vostra madre e io eravamo vicini. Sapete della terra?»

«E *voi* che ne sapreste?» intervenne Logan.

Shorty annuì più volte di seguito e si grattò il lato del naso. «Beh, Maggie mi ha spiegato ogni cosa e... mi ha chiesto di aiutarla. O meglio, di aiutare voi» si affrettò ad aggiungere.

«Come?» chiese Claire.

«Per entrare in possesso della terra avrete bisogno di un marito, perciò sono qui» concluse, guardandola in ansiosa attesa.

«Qui per fare cosa?» chiese lei.

«Per sposarvi.»

Claire spalancò la bocca, incredula. Si era aspettata che Shorty la minacciasse, che la costringesse o le riferisse di qualche terribile incidente capitato a sua madre, ma una cosa simile non l'avrebbe neanche immaginata.

---

LOGAN MOSSE UN PASSO AVANTI, il torace le sfiorò le scapole.

«Voi sareste venuto qui per sposare Claire?» ripeté, sbalordito dalla presunzione del tipo. Poteva avere sì e no vent'anni.

McClaren annuì ancora, con un gesto che stava rapidamente diventando una fastidiosa abitudine.

«E perché lo fareste?» insistette Logan.

«Maggie aveva problemi con l'atto ed era preoccupata che Griffin trovasse la maniera di metterci su le mani. Lasciare tutto al marito di Claire sembrava la soluzione migliore per accedere alla terra, tenendola però più al sicuro da Griffin.»

«Ma voi siete uno dei suoi uomini» lo accusò Claire.

«Sì, ma sono innamorato di Maggie.»

«Cosa?!» esclamò lei.

«Lo so, sembra assurdo, ma tra di noi c'è un accordo.»

Logan poteva ben immaginare quale. Era probabile che Maggie Waters avesse accordi con molti uomini.

«Insomma, sapete dov'è?» insistette Claire.

«No» rispose Shorty, affranto. «Non la vedo da diverse settimane. Ma avevamo già parlato dell'atto e di cosa fare, così, quando ho saputo che eravate in città, ci sono venuto subito per incontrarvi.»

«Se siete innamorato di Maggie, perché volete sposare Claire?» chiese Logan.

Shorty spalancò gli occhi. «Non sarebbe un matrimonio vero, solo sulla carta. Io prenderei possesso della terra e poi la darei a Maggie. Se le arrivasse voce di questo, tornerebbe, spero.»

«E Griffin?» Logan poggiò un braccio sul cancello di uno stallo e rimase vicino a Claire. Tutto quel parlare di matrimonio iniziava a farlo incavolare. «Non vi preoccupate neanche di come reagirà?»

«Certo che sì. Ma sono pronto a proteggere Claire. Era parte dell'accordo.»

Logan decise che aveva ascoltato abbastanza. Una cosa gli era chiara: il giovane era nei guai fino al collo. E lui non avrebbe affidato la sicurezza di Claire alla sua discutibile capacità di proteggerla.

«Come ha fatto Maggie ad avere la terra?» chiese lei.

Shorty si strinse nelle spalle. «Non so. Ma è una donna in gamba.»

«Luttrell è stato ucciso l'anno scorso» disse Claire. «Questo compromette lei, e *me*.»

Shorty la fissò. «Non è stata Maggie a ucciderlo.»

«Vostra sorella la pensa diversamente» ribatté Claire.

«Paulina?» Shorty era sorpreso. «Non ha nessun diritto di sputare sentenze. Maggie non lo avrebbe mai fatto. E voi non sapevate della terra, giusto? Perciò neanche voi avevate motivo di ucciderlo.»

«E voi?» chiese Logan.

«Non l'ho ucciso io.» Shorty spostò il peso da una gamba all'altra e gli scoccò un'occhiata stralunata. «Sono qui per aiutare Maggie così come le ho promesso.»

«Ma io non ho intenzione di sposarvi» dichiarò Claire.

«Perché no?»

«Perché l'intero piano è ridicolo» disse, sollevando le mani in aria.

«Maggie era certa che fosse la soluzione migliore, e disse che avreste acconsentito a qualunque cosa.»

«E perché mai?»

Logan le era abbastanza vicino da sentire il suo debole respiro contro le costole.

«Perché la terra vi avrebbe procurato i soldi per la scuola. Mi accennò che volevate diventare dottore.»

Il cambiamento nel corpo di Claire fu immediato e Logan lo avvertì all'istante. Si era fatta talmente rigida che temette avesse smesso di respirare. Se davvero lo stava ingannando a proposito di Luttrell, allora era uno stupido, perché iniziava proprio a credere che della terra non ne avesse saputo niente. La maniera in cui quell'uomo gli aveva portato via Dee lo aveva irritato, e adesso ci stava provando anche con Claire.

Il fatto che sua madre avesse prestato tanta attenzione ai suoi sogni era stato un colpo per lei. Nel tentativo di trasmetterle la propria comprensione, Logan le posò una mano sulla spalla. Nonostante tutto, la sua opinione di Maggie Waters era migliorata, sebbene malvolentieri e di poco.

«Claire non può sposarvi» disse a Shorty.

Accigliato, il giovane si rimise il cappello. «E perché?»

«Perché sta per sposare me.» Il dilemma circa il da farsi con Claire e i propri sentimenti per lei, che continuavano a crescere, era finalmente risolto. A differenza di Dee, non se la sarebbe lasciata sfuggire di mano.

Ma prima doveva convincerla.

# CAPITOLO DODICI

L ogan sposò Claire il pomeriggio seguente, davanti a un giudice di pace nel tribunale della città. Fu una cerimonia semplice cui parteciparono tutte le prostitute del posto, apparentemente felici di trovarsi in un luogo di legge per una ragione diversa dal rispondere per reati di adescamento.

Claire era sembrata distratta durante il breve scambio delle promesse, e la schiena non avrebbe potuto essere più dritta e rigida. Logan le posò una mano appena sopra la curva dei fianchi per aiutarla a rilassarsi. Con i biondi capelli sciolti e pettinati all'indietro, indossava uno degli abiti di calicò che le aveva comperato il giorno prima, e guardandola si sentì sollevato e al contempo preoccupato per il futuro. In qualità di marito, poteva assumere il controllo della terra e proteggerla da pidocchi rifatti come Shorty McClaren e da minacce più gravi come Frank Griffin e Raul Sandoval. La sua nuova eredità l'avrebbe indubbiamente resa un bersaglio e Logan doveva credere che ne fosse sempre stata all'oscuro, che non avesse avuto niente a che fare con Teddy Luttrell.

Se quell'uomo non fosse stato già morto, gli sarebbe piaciuto incontrarlo.

Come previsto, Claire si era ribellata all'idea del matrimonio. Non credeva fosse il caso di sacrificarsi per lei e non capiva il perché lui volesse farlo. Altrettanto insicuro della propria decisione, a Logan era però bastato guardarla in quei suoi occhi verdi per intravedere un futuro che, per qualche motivo, riteneva avesse senso. La voleva – forse più di quanto avesse mai voluto Dee – perciò aveva colto l'occasione che gli si presentava e aveva giocato quanto più possibile a proprio vantaggio.

Una volta persuaso, Claire non aveva avuto via di scampo. Così, in un clima di tregua precaria, avevano diviso la camera – lui per terra, lei nel letto – e il giorno dopo, in un silenzio impacciato, si erano presentati per il rito.

«Vi dichiaro marito e moglie» disse il giudice.

Con occhi carichi di sofferenza, Claire guardò Logan baciarla piano.

«Sorridi» disse lui. «È il giorno delle tue nozze.»

Ma l'unica risposta che ricevette fu il guizzo d'incertezza che le attraversò lo sguardo.

Logan fece un largo sorriso. Nonostante tutto, era davvero una bella giornata per sposarsi. Il sole splendeva e Claire era incantevole. Gli aveva detto di temere che il disordine della propria vita lo opprimesse, ma lui credeva fosse vero il contrario. Infatti, era quanto mai sicuro che insieme avrebbero risolto il mistero della scomparsa di Maggie per proseguire, poi, con le loro vite. Logan era per lo più un tipo ottimista e avere Claire al suo fianco lo rendeva, come dire… insomma, lo rendeva felice. Sì, davvero una gran bella giornata.

I suoi pensieri corsero brevemente al Texas. Prima o poi avrebbe dovuto portare *sua moglie* a casa. Già, non l'avrebbe lasciata andar via, si disse pervaso da un impeto di possesso, non le avrebbe permesso di fuggire come era accaduto con Dee.

«Congratulazioni, Claire» disse Betsy, abbracciandola. «E tanti auguri anche a voi, signor Ryan.»

«Grazie» rispose Claire senza alcun entusiasmo.

«Abbiate cura di questa signorina» intervenne Ellie. «È un vero tesoro, non dimenticatelo mai.»

«Nossignora, non me ne dimenticherò» rispose, stringendo la mano di Claire mentre le altre donne si avvicinavano per augurare loro ogni bene. Tra queste ne riconobbe alcune del *Fascino del Sud*.

Louisa sussurrò qualcosa all'orecchio di Claire e Logan vide un lieve rossore diffondersi piano sul viso di sua moglie. Era innocente, ricordò, ma i piccoli gesti con cui gli rispondeva lo incoraggiavano. Con un pizzico di fascino e di pazienza, sarebbe riuscito ad attirarla nel suo letto e, in quanto suo marito, avrebbe avuto ogni diritto di godere del suo corpo rigoglioso. Il matrimonio, sperava, avrebbe influito sulla sua disponibilità ad aprirsi a lui, a permettergli di farsi più vicino.

La folla si disperse.

Tia e Jack Un Occhio, i due testimoni, si avvicinarono. Consapevole che la loro presenza avrebbe significato molto per Claire, Logan aveva respinto il no della coppia indiana e le loro proteste che Claire avrebbe potuto preferire qualcun altro al proprio fianco.

«Noi andare adesso» disse Tia.

«Grazie per essere venuti.» Claire si chinò ad abbracciare la donna.

«Jack.» Logan gli strinse la mano.

«Abbiate cura della nostra Claire» rispose l'uomo prima di girarsi ad accoglierla tra le braccia. Il sorriso che le illuminò il volto era sincero, pensò Logan osservandoli.

«No» intervenne Tia. «Loro si curare a vicenda.» Prese la mano di Logan e la tirò in basso finché lui non avvicinò il viso al suo. «La verità andare oltre nostra comprensione. Ma il cuore dire sempre quale strada seguire.»

«E questa dove l'hai sentita?» chiese Jack. «Ti sei messa a leggere la mia Bibbia?»

Tia scosse la testa e lo liquidò con un gesto della mano. «Io no leggere quel libro. E no idea perché tu passare tanto tempo con naso tra sue pagine.» Rivolse un largo sorriso a Logan e Claire e si avviò verso l'uscita.

«Non ti è passato per la mente che, forse, tutti questi cristiani qui intorno hanno ragione?»

«Jack, tu neanche sapere leggere.»

«E invece sì...» Il suono delle loro voci si spense.

Logan guidò Claire verso la controporta.

«Chi è quello?» volle sapere lei, guardando l'uomo dalla parte opposta della stanza.

Logan se ne era quasi dimenticato. «È del *Las Vegas Optic*.» Si fece da parte per lasciarla uscire prima. «Inserirà il nostro matrimonio nel giornale di domani.»

«Perché?» chiese lei, visibilmente allarmata.

Fermi sui gradini, Logan si calcò il cappello sulla testa. «Perché in città lo sappiano tutti.»

Claire lo fissò e iniziò ad agitarsi. «E Sandoval?»

«Lui sa già che sei viva. Anzi, direi che lo sanno quasi tutti. L'incendio del *Colomba Bianca* era in prima pagina, oggi. E adesso sapranno anche che per arrivare a te devono prima fare i conti con me. Sono il tipico, ottuso allevatore di bestiame, Claire. Proteggo ciò che è mio.»

Piuttosto divertito, la guardò sforzarsi di trovare qualcosa da dire, quindi le offrì il braccio.

«Mi farebbe piacere portarvi a cena, signora Ryan.»

Non le restava che rassegnarsi, pensò Claire posandogli la mano nell'incavo del gomito.

---

QUEL MATRIMONIO la metteva non poco a disagio. Infatti, sarebbe stata la prima ad ammettere di non avere idea di quello che faceva o di come procedere. Il vestito e le sottane le frusciavano intorno ai piedi mentre al fianco di Logan, alto e rilassato, giravano l'angolo diretti verso la *plaza*. Voleva la sua presenza – ne aveva bisogno – ma non poteva credere che la loro unione fosse ciò che *lui* voleva, o di cui avesse bisogno. A parte il bacio che si erano scambiati e l'irresistibile attrazione, Claire aveva l'impressione che Logan non fosse tipo da legarsi.

E adesso voleva addirittura mettere un annuncio sul giornale. Quella sorta di vaglio pubblico la turbava. Era abituata a nascondersi, lei, a celare sogni, pensieri, tutto.

L'avrebbe resa più rispettabile agli occhi della comunità quella mossa? Oppure le avrebbe attirato addosso il sospetto che fosse implicata nella morte di Luttrell? Prima o poi la notizia della concessione terriera sarebbe diventata di dominio pubblico. E sua madre? Si sarebbe finalmente fatta avanti sapendo che la sua unica figlia si era sposata?

«Sembri preoccupata» disse Logan mentre attraversano su Pacific Street.

«Solo un po'.»

«Possiamo parlarne? Sono un bravo ascoltatore.»

Claire guardò i suoi occhi verdazzurri e un pensiero la colpì all'improvviso: *Logan è mio marito.* La vita aveva preso una svolta profonda e sorprendente, portandola lì, accanto all'uomo dei suoi sogni. Sì, Logan era tutto quanto avesse mai desiderato in un uomo, in un marito. Il domani avrebbe riservato loro chissà cosa – e Claire esitava a credere si sarebbe trattato di rose e fiori – ma oggi erano insieme, l'uno di fianco all'altra.

Vivi nel presente, le aveva spesso detto Tia, ma Claire non aveva mai compreso il significato. Fino a ora.

«Non sono mai stata sposata prima» sbottò.

«Lo so, Claire.»

Lo avevano chiarito la sera precedente quando lui l'aveva accusata di avere avuto una relazione più intima con Luttrell.

«E tu?» Il pensiero aveva fatto irruzione nella mente, così, dal nulla.

«Quasi… una volta. Non andò in porto.»

Quelle parole evocarono un'immagine che distraeva, ma Claire la spinse da parte.

«Noi due, però, troveremo una soluzione» aggiunse lui. «A tutti i costi.» Il suo sguardo si oscurò. «Per il resto, non ti faccio alcuna pressione» disse a bassa voce «ma devi sapere che... insomma, desidero che il nostro sia un matrimonio vero.»

Claire si sentì pervadere da un'ondata di euforia. Il suo debole per Logan era totale e assoluto. Tutti avevano un prezzo, e se quello era il suo lei lo avrebbe pagato, eccome! Matrimonio, sicurezza, se stesso... voleva tutto quanto le offriva.

«Sì.» Era stata la promessa di avere Logan a incoraggiare quella dichiarazione – con tutta probabilità la più sfacciata in vita sua – si disse Claire, assaporando la soddisfazione di averlo lasciato momentaneamente senza parole.

Poi lui la prese per mano e la condusse via dalla strada, nella semi-intimità di un'area ombreggiata accanto a un negozio di merci varie. La spinse contro la parete di legno e si puntellò con una mano all'altezza della sua testa.

«Sei sicura?» Ma la sua voce era carezzevole, seducente.

Un fremito le corse lungo la schiena. «Sì.»

«E allora dev'essere il mio compleanno.»

«Perché?»

Logan avvicinò il viso al suo. «I miei desideri si stanno avverando tutti.»

Le loro labbra s'incontrarono, sfiorandosi appena. Claire chiuse gli occhi e bloccò tutti i suoni che arrivavano dalla strada, fossero essi cavalli, carri o il chiacchierio di uomini e donne che andavano su e giù. La bocca di Logan era calda, morbida e delicata. Il viso liscio odorava di sapone, a conferma del suo impegno per apparire al meglio nel giorno delle loro nozze, e la mente di Claire vorticava al pensiero di ciò che sarebbe seguito.

*Non pensare.*

Gli cinse il collo con le braccia e le bocche si fusero. Sentiva l'eccitazione esploderle nel ventre e una travolgente avidità chiedere di più. Lo baciò con abbandono, consapevole per la prima volta di quanto il suo corpo ambisse quel contatto, e *lui*, affrancata dalla certezza che finalmente avrebbe ottenuto quell'appagamento che tanto desiderava e che solo le sue mani avrebbero potuto darle.

Logan la strinse a sé e lei cedette all'intenso piacere fisico del suo tocco, trasalendo appena per la ferita ma ignorandola senza remore. Nella sua mente non c'era posto per altri pensieri se non abbracciarlo e baciarlo come una donna esperta in quelle faccende. D'accordo, non lo era, non in maniera diretta almeno, ma a Logan non sembrava importare. E a lei neanche.

Gli baciò le guance e fece scivolare le dita tra i capelli sulla nuca, inalando il profumo intensamente familiare. Ma non bastava. Logan le divorava la bocca, la lingua scivolava contro la sua e un fremito di smania le scosse il corpo.

«Claire» disse rauco lui, prendendole il viso tra le mani. I capelli sfuggirono alle forcine che aveva usato per rendersi presentabile per il loro matrimonio. Anzi, non semplicemente presentabile, aveva sentito impellente il bisogno di apparire bella. E aveva voluto che Logan lo notasse.

«Saltiamola, la cena» disse, mordicchiandogli le labbra.

Logan liberò un respiro simile a un rantolo. «Per me va bene, tesoro.»

Con un largo sorriso, le fece scorrere un pollice sul labbro inferiore, accendendole un fuoco nel ventre. Guardò la strada, le prese di nuovo la mano e si avviarono verso il polveroso viale. Attraversarono lo spazio aperto, con Claire che faticava a tenere il passo con le ampie falcate di Logan, e arrivati al *Wagner Hotel* percorsero in tutta fretta il corridoio e su per le scale, quindi lui aprì la porta così velocemente che Claire si chiese se per caso non l'avesse lasciata aperta. Appena dentro la stanza buia, Logan la immobilizzò contro la porta adesso chiusa e la baciò con un'intensità tale da farla fremere, da farle dimenticare persino come respirare, decise Claire.

Nell'atmosfera di ovattata oscurità dell'hotel, spinse da parte le inibizioni e lasciò che il corpo agisse solo d'istinto. Era raro che allentasse il rigido controllo con cui viveva quotidianamente la sua vita, raro che corresse il rischio di aprirsi a un altro essere umano. Ma con Logan, Claire ardeva dal desiderio di consumarlo, la passione annientava tutto il resto.

Mai aveva pensato di sentirsi così, fremeva al suo tocco, voleva essere parte di lui in maniera tanto completa che ogni ragionevole pensiero svaniva dalla mente.

Con le labbra incollate alle sue, in uno scambio di respiri, calore e bisogno, gli tolse il cappello e la giacca, che finirono per terra con un tonfo sordo. Per tutta risposta, le mani di lui si spostarono sul davanti del suo vestito, lo sbottonarono e glielo abbassarono sulle spalle.

Logan si strattonò di dosso la cravatta e Claire gli tirò la camicia fuori dai pantaloni. Poi fu la volta del copribusto, che le spinse giù fino alla vita. Esposti, i seni reagirono, tendendosi e formicolando in risposta al suo tocco, il più intimo che avesse mai ricevuto. Le labbra di Logan scesero lungo il collo e, quando lui s'inginocchiò, le coprirono prima un capezzolo e poi l'altro. Claire inspirò bruscamente, quasi sfinita dalle sensazioni che provava.

«Logan» ansimò.

«Starò attento.» La sua mano sfiorò delicata la fasciatura sulle costole.

«Non quella» ribatté lei in un soffio.

«Lo so, tesoro.» C'era un che di disperato nella voce di Logan, era quasi strozzata. Come la sua. «Neanch'io vedo l'ora.»

La attirò a sé e le schiacciò le labbra con le proprie, poi la spinse piano verso il letto. Sentendo il materasso contro la parte posteriore delle ginocchia, Claire sedette grata sul bordo: ormai le gambe non erano più in grado di reggerla. Logan sbottonò camicia e calzoni e si tolse gli stivali, quindi si liberò degli abiti.

Per un attimo le nebbie della passione si diradarono e Claire si chiese che cosa stesse facendo. Nell'oscurità, Logan la sovrastava enorme e ultraterreno, un uomo estraneo a quel posto, che la bramava e con il suo desiderio le aveva cambiato la vita. Deglutì, cercando di combattere la secchezza della gola e la martellante incertezza nel cuore.

Lui si fece avanti e con dita determinate, che lasciavano una scia di fuoco sulla pelle, le fece scivolare dai fianchi vestito e sottane.

La vulnerabilità di una donna in quella posizione le fu subito chiara.

«Allarga le gambe.» La sua voce profonda le vibrò proprio al centro del corpo.

Come poteva una donna acconsentire senza fidarsi?

E lei? Si fidava di Logan?

In un caso o nell'altro, era troppo tardi.

Ignorò un altro improvviso attacco di ansia ai limiti di quel che restava della sua mente razionale e dischiuse piano le gambe. Logan la guardò in viso, mentre con la mano scendeva a toccarla e le insinuava un dito nel punto più intimo. I fianchi scattarono verso l'alto e Claire, senza fiato, afferrò la trapunta per impedirsi di saltare dal letto.

«Buon Gesù, sei pronta. Ma sei così stretta.» Claire non capiva. «Reggiti a me.»

Logan portò le braccia ai lati della sua testa per sostenere il proprio peso e spinse in avanti, penetrandola con un unico affondo. La sensazione che ne derivò fu inaspettatamente completa, del tutto personale. Con le dita di lei piantate nelle spalle, la guardò fare una smorfia e sforzarsi di soffocare i gemiti.

Esitante, chinò la testa e inspirò più volte per calmarsi. Le mani madide di sudore gli afferravano i muscoli delle braccia. Poi la baciò con una tenerezza che sembrava essere in contrasto con il corpo teso e rigido.

Claire aveva provato dolore quando le si era spinto dentro, ma temeva che se glielo avesse detto lui l'avrebbe lasciata. E adesso, man mano che il corpo iniziava ad accettare la pienezza del suo membro, non voleva che si ritraesse. Logan cominciò a muoversi in lei e la tensione riprese a salire. Sentiva il torace sfregare contro i seni e i sensi acuirsi, consapevole solo della sua presenza, del proprio ardore e del bisogno che aveva di lui.

Logan si cinse i fianchi con le sue gambe. Si muoveva avanti e indietro con implacabile precisione, sollevandole il bacino e spingendo ancor più a fondo. Del tutto sopraffatta, Claire restava aggrappata a lui, con le lacrime che scendevano in una scia umida fino alle orecchie.

L'orgasmo la colse impreparata, investendola con forza travolgente. Le dita graffiarono la schiena di Logan e ogni muscolo del corpo si strinse intorno a lui. Nel vederla cavalcare l'onda intensa del piacere, per poi ridiscendere del tutto stordita, anche Logan s'irrigidì e rispose a sua volta.

Allontanandosi un poco dal lato fasciato, la baciò e le sfregò il naso sulla guancia, abbassando la fronte sulla sua spalla. Claire chiuse gli occhi. Lo sentiva ancora dentro di sé. Un sogno malizioso e appagante, tutto quanto il suo corpo desiderava, e di più.

Trascorsero così del tempo, poi lui rotolò su un fianco, si allontanò e tornò con un asciugamano. La pulì con delicatezza e tirò le coperte su entrambi i corpi, avvolgendola nel proprio abbraccio. Troppo stanca per parlare, Claire si assopì, mentre la mano di lui disegnava pigra dei cerchi che scendevano sempre più in basso lungo la schiena.

───────

LOGAN PENSÒ alla donna nelle sue braccia, il ritmo regolare del respiro indicava che il sonno stava per reclamarla del tutto.

Faceva l'amore come se ne andasse della vita stessa.

E qualcosa, in fondo alla mente, echeggiò quel pensiero.

Non ricordava di essersi mai sentito così con Dee.

# CAPITOLO TREDICI

Claire si svegliò durante la notte. Le coperte erano scivolate e lei era completamente nuda. Avrebbe dovuto provare imbarazzo, invece no. Si sollevò piano su un braccio e guardò verso Logan, che dormiva sdraiato sulla schiena. La luce della luna filtrava attraverso la finestra e le offriva la vista di quel corpo circondato da un bagliore bianco. Una peluria scura gli copriva il torace, e le spalle asciutte e muscolose stuzzicavano la voglia di ritrovarsi stretta tra le sue braccia. Lo sguardo scese sullo stomaco e oltre, fino al ciuffo di peli più in basso. Al suo corpo fu sufficiente la sola vista per reagire.

Era suo marito, adesso. Non c'era nulla di sbagliato in ciò che avevano fatto, né nel volerlo fare di nuovo. Si avvicinò e la punta di un seno gli sfiorò il braccio. Era sorpresa che il sesso le piacesse fino a quel punto, che fosse tanto pronta a godere dell'atto… a dedicarcisi così volentieri. Forse era l'errore più grande della sua vita, ma di sicuro l'ultima cosa a cui le andava di pensare in quell'istante.

Voleva che Logan la toccasse ancora, che la rendesse smaniosa e pazza di desiderio, selvaggia. Gli baciò la guancia, scese fino al collo e sentì che iniziava a svegliarsi. Più ardita, passò al torace, baciandolo e strofinando il naso contro la peluria. Logan le prese la testa con entrambe le mani e la portò verso il proprio viso, in un incontro di bocche. Era del tutto sveglio ormai, come poté constatare Claire quando spostandosi su di lui sentì la potente erezione spingere contro l'addome.

Le teneva la testa stretta tra le mani e le spingeva la lingua dentro e fuori dalla bocca. Poi si fermò e sussurrò: «Sei sicura? Non voglio lasciarti indolenzita.»

Claire non dubitava sarebbe rimasta un po' dolorante, tuttavia l'idea non la scoraggiava affatto. Gli mordicchiò l'orecchio e si rilassò contro di lui. «Sono sicura.»

Logan la girò sulla schiena e fece scorrere una mano dal seno fino ai fianchi, quindi si fermò ad ammirarla, nuda per lui, nel corpo e nell'anima. La affascinava e la eccitava, pensò Claire. Ma anche lei, grazie agli istinti appena scoperti, avvertiva il potere e la bellezza in suo possesso e l'effetto che questi avevano su di *lui*. Il sesso era inebriante. Il rimedio più dolce a qualsiasi disturbo.

Baciandole la clavicola, Logan le percorse con dita leggere il solco tra i seni, poi scese più in basso e le coprì un capezzolo con le labbra. La lingua disegnava cerchi e la bocca suggeva. Claire si inarcò ed emise un sibilo, mentre le dita tormentavano le lenzuola. La mano sinistra di Logan si spostò tra le sue gambe e prese ad accarezzare, a massaggiare, strappandole gemiti di piacere; il suo corpo, sensibilissimo, era teso come una corda.

Con la bocca sul seno e un dito a penetrarla, Logan la portò quasi fino all'apice e ritrasse la mano. Claire si lamentò, lo avrebbe supplicato di continuare ma sospirò e, già pregustando il momento, attese che finisse quello che aveva iniziato, allarmata quando lo vide sedersi e attirarla a sé.

Si sistemò a cavalcioni su di lui, tenendosi forte mentre le si spingeva dentro, e con il corpo che fremeva in risposta al suo gli posò la testa sulla spalla. Allora Logan la trasse ancora più a sé e lei lo cinse con le gambe. Reggendole la testa con una mano, la baciò, unendo le bocche alla stessa maniera in cui erano fusi i loro corpi.

Claire gli restava aggrappata, con i capelli che scendevano a cascata lungo la schiena e le solleticavano le natiche. Logan la sollevò di poco in modo da potersi muovere dentro e fuori di lei, ma il corpo di Claire cedette in fretta. Tenendola ferma, prese ad affondare in lei con spinte brevi e ritmiche. E a giudicare dai suoi fremiti, raggiunsero l'appagamento finale nello stesso istante.

Il piacere scuoteva il corpo di Claire e le lacrime, ancora una volta, le bagnavano il viso. Logan la baciò. «Ssh» le disse contro le labbra. «Tesoro, non piangere.»

Lei strinse forte gli occhi e gli nascose il viso nel collo. Erano seduti sul letto e lui la teneva contro di sé. «Sto bene» insistette, turbata da quella manifestazione emotiva. Chissà che cosa l'aveva scatenata.

Logan rafforzò l'abbraccio. Nell'intima oscurità, i loro corpi nudi si toccavano e l'odore della recente attività la circondava. Non era sgradevole e la faceva sentire connessa a lui, non come a un conoscente o a un amico, bensì come a un amante. L'unione faceva vibrare il suo corpo di passione, persino adesso, mentre lui le era ancora dentro.

«Ho spesso pensato a te in queste circostanze» mormorò Logan. «Sin da quella notte che ti trovai nel mio letto tutti quei mesi fa.»

Claire tirò su col naso e rise, rilasciando subito dopo un sospiro. Aveva la mente e il cuore in subbuglio. Disorientata dall'appetito di lui, gli mordicchiò la pelle sotto l'orecchio, assaporandola in un contatto dolce e disperato.

«Non ne avevo idea» disse. Non poteva negare di essere rimasta colpita dopo quel primo incontro, ma mai avrebbe immaginato la fame che li aveva consumati quella notte, né quel genere di sentimenti sopiti tra di loro. «Sei stato bravo a nasconderlo.»

«Se non lo avessi fatto, magari saresti rimasta all'SR.» Si sporse indietro e la guardò.

«Dovevo tornare» rispose piano Claire.

Logan la baciò, un incontro di labbra socchiuse e fili biondi impigliati tra le bocche. «E allora è un bene che ti abbia seguito, se no a quest'ora saresti con Shorty.» Le prese la testa tra le mani e con la lingua la costrinse a schiudere le labbra per affondare nella sua bocca.

Stordita da quell'assalto e senza difese, Claire rispose con sincerità. «Sono contenta di essere con te, invece.»

«Direi che siamo partiti bene.»

E colmandola di stupore, Logan fece di nuovo l'amore con lei.

---

CLAIRE SI SVEGLIÒ DI SCATTO. Logan, con indosso solo i pantaloni, era in piedi accanto alla porta aperta della camera d'albergo e stava facendo entrare qualcuno. «Louisa!» esclamò lei sorpresa. Si tirò su a sedere e afferrò il lenzuolo per coprire le nudità. «Che ci fai qui?»

La sensuale bellezza messicana indossava uno spolverino di qualche taglia più grande e un cappello a tesa larga, e quando Claire abbassò lo sguardo sui pesanti stivali che le coprivano i piedi, seppe che qualcosa non quadrava. «Cos'è accaduto?»

Louisa chiuse in fretta la porta alle sue spalle. «Io dispiace d'interrompere. Non avere molto tempo. Il proprietario, lui si svegliare presto» disse, indicando gli abiti che portava addosso. Al posto della seducente natura c'era adesso una serietà che Claire non le aveva mai visto prima.

«Io sentito Belle, prima no volendo, ma poi *sí*, volendo. Lei parlare con Harry Myers. Lui cavalcare a nord per cercare Frank Griffin. E raccontare di Maggie come se sapere dove si trovare. Lui dire che lei andata in montagna, e si vantare di sapere come trovarla.»

«Come?» chiese Claire.

«Harry e Luttrell loro stati *compadres*, capisci? Harry dire

Luttrell lasciato un tesoro in collina. Lui dire Maggie sapere dove si trovare. Lei andata alle Cristos per cercarlo.»

«Se Harry e Teddy erano tanto vicini, perché Harry non ci porta Griffin lui stesso?» chiese Logan, incrociando le braccia sul petto nudo e attirandosi un'occhiata pensosa da parte di Louisa.

Nonostante lo stato di agitazione, la donna non riusciva a staccare gli occhi da Logan, notò Claire irritata. Se non fosse stata completamente nuda, si disse, sarebbe andata a mettersi tra di loro.

Louisa scosse la testa. «Io no sapere. Ma più importante, Myers dire lui e Griffin fare scomparire Maggie quando trovarla.»

Il cuore di Claire si fermò. L'unico barlume di speranza risiedeva nel fatto che nessuno avesse ancora trovato sua madre. Forse neanche Myers ci sarebbe riuscito. Infatti, non le era mai sembrato traboccante d'intelligenza.

«Io andare ora» disse Louisa. «Se sentire altro, tornare a riferire. Io non volere che Maggie succedere qualcosa, lei sempre buona con noi.» Si girò verso Logan. «Voi controllare fuori? Nessuno vedere me.»

Logan aiutò Louisa a congedarsi, quindi chiuse la porta a chiave. Il silenzio riempì la stanza.

«Credo di sapere che cosa stai pensando» disse infine dall'altro capo. «E ti rispondo subito: no.»

«Come dici?»

«Non ci vai, dietro a Myers.»

«Qualcuno deve farlo» ribatté lei ad alta voce.

«Io. Tu resti con Tia. Lasci la città e non dici a nessuno dove trovarti.»

Claire sollevò le ginocchia e si piegò in avanti, il lenzuolo copriva ancora quanto Logan aveva già visto. Scosse la testa. «No. Voglio venire con te.»

«Non sono d'accordo. Potrebbe essere pericoloso.»

«Non sei tenuto a farlo. Non conosci mia madre, né Myers o Griffin. Non c'entri niente in questa faccenda. Perché dovresti andarci tu?»

«Ti sbagli. C'entro, eccome. Sei mia moglie.»

Quella dichiarazione la colpì in pieno e lei non poté fare altro se non restare a fissarlo. Logan si sarebbe avviato, a pistole spianate, per tentare di aiutare lei, e sebbene nobile e lusinghiero da parte sua, nonché un gesto che mai si sarebbe aspettata da un uomo, lo detestava. Se lui fosse morto, sarebbe stata tutta colpa sua.

«Dal momento che sono tua moglie» disse piano «esigo di venire con te. Non posso… non voglio… insomma, non ti lascerò andare da solo.»

Logan si grattava la massa scompigliata di capelli e guardava il pavimento, ma non si avvicinava al letto… a lei. Claire voleva che la toccasse come aveva fatto la notte prima. E voleva anche assicurarsi che eventuali immagini di Louisa – abiti brutti a parte – ancora vaganti per la sua mente fossero cancellate del tutto.

«Non abbiamo molto tempo» disse con voce roca e intenzioni ben chiare. Le donne usavano da tempo i propri corpi per ottenere quello che volevano, perché avrebbe dovuto essere un'eccezione? E poi, ne aveva voglia anche lei. «Vieni a letto» lo invitò, scostando il lenzuolo.

Il desiderio sul viso di Logan – come pure in altre parti, a dispetto dei pantaloni – era fin troppo apparente. Attraversò la stanza e rimase in piedi accanto al letto. I suoi occhi le percorsero il corpo e l'eccitazione, al pensiero di quanto sarebbe seguito, si propagò in lei come un incendio.

«Naturalmente, ti rendi conto che quando il nostro matrimonio apparirà sui giornali di oggi, con tutta probabilità, Griffin e Myers verranno a cercarti.»

«E allora non abbiamo molto tempo.»

Lo sguardo di Logan la trapassò, carico di frustrazione.

«E allora resti vicina a me e fai tutto ciò che ti dico io.» Si sfilò i pantaloni, ma non la toccò.

Claire sapeva che il commento si riferiva tanto a Myers quanto a ciò che stavano per fare. «D'accordo» acconsentì.

Le sollevò le gambe sul bordo del letto e solo quando le fu dentro del tutto si chinò a baciarla. In preda a una folle smania, il loro amplesso non durò molto.

# CAPITOLO QUATTORDICI

Quando lasciarono la città, quel mattino, Claire era in sella a un cavallo che Logan aveva acquistato perché riteneva che a Reverend un po' di riposo avrebbe giovato. Si diressero a nord, verso Cimarron, e seguirono lo stesso sentiero di parecchi giorni prima, quando Claire aveva finto di avere un marito, che adesso era realtà.

Logan sembrava avere una qualche idea di dove andare, o di cosa fare. Lei, invece, chiusa in un silenzio meditativo, si chiedeva se inseguire Harry Myers avrebbe dato risultati o si sarebbe rivelato una totale perdita di tempo. Avrebbero trovato sua madre prima che fosse troppo tardi? E Jimmy? Avrebbero trovato anche lui? Lo sperava davvero.

Con il sole che splendeva luminoso e le pianure aperte che li invitavano a proseguire, faticava ad accettare che lei e Logan fossero sposati. Non era passata che una settimana dal giorno in cui era apparso sui gradini del *Colomba Bianca*. Come sorpresa nel mezzo di una tempesta, sentiva la testa girare, tutto si muoveva a un ritmo frenetico, e la notte prima non faceva eccezione. Logan l'aveva travolta, consumata, aveva realizzato tutti i suoi desideri – e altri di cui neanche lei era stata a conoscenza − il tutto sotto la rispettabile maschera del matrimonio.

Imboccarono la strada a ovest di Fort Union, questa volta spingendosi oltre il limite della vegetazione boschiva, e si ritrovarono circondati da pini e cedri, come imponenti sentinelle di guardia alla foresta. Ma avanzavano lenti.

Erano dietro a Myers? Degli uomini in città non vi era stato alcun segno, prima che lei e Logan partissero, del che era grata, ma ciò non voleva necessariamente dire che il tipo avesse lasciato la città. E forse ciò avrebbe aiutato loro due a precederlo nel trovare Maggie e Jimmy. Il pensiero la colmò di speranza.

«Hai idea di dove stiamo andando?»

«Mezza.» Lo sguardo scintillante di Logan si posò su di lei, che cavalcava al suo fianco.

Il calore nel ventre crebbe d'intensità. Che le succedeva? Avevano trascorso una lunga notte insieme. Perché adesso si chiedeva quando l'avrebbe toccata ancora? E non semplicemente tenerle la mano o baciarla, bensì spogliarla e farle irrigidire il corpo per il bisogno.

«Non vorrei risultare scortese, ma come accidenti li troviamo Myers o Griffin?» chiese. «Hai intenzione di arrivare fino a Cimarron?»

Lo sguardo di Logan tornò a posarsi su di lei. «Stiamo inseguendo Sandoval.»

«Ah sì?» Allarme e paura la pervasero nello stesso istante. Era proprio una stupida. Chiaro che Sandoval sarebbe stato implicato in qualunque cosa stesse architettando Griffin. «Non sapevo nemmeno che fosse tornato in città.»

«Si è tenuto nell'ombra. Sembra che tu l'abbia davvero beccato alla spalla, quando gli hai sparato l'altra notte. Me l'ha detto Louisa quando sono uscito a comprarti il cavallo.»

Il nome della sensuale prostituta messicana buttato lì per caso la bloccò di colpo. «Vedo.»

«Sandoval ha la cattiva abitudine di svuotare in giro il contenuto della sua pipa.»

Claire guardò per terra intorno a loro. «Lo hai visto?»

Logan fece cenno di sì.

«Hai un occhio migliore del mio» disse, chiedendosi se il suo "occhio" avesse guardato Louisa più di una volta. Non sapeva che cosa fosse peggio, se la paura di morire per mano di Sandoval o quella di perdere Logan per le attenzioni di un'altra donna. «Come fai a sapere che fuma la pipa?» chiese in tono distratto.

«L'altra notte gli ho sentito addosso l'odore. È una combinazione unica di tabacco e altre sostanze, talvolta chiamata *kinnikinnic*.»

«Non ne ho mai sentito parlare.»

«È una miscela indiana. Al tabacco si unisce corteccia di salice, foglie di sommacco o qualcos'altro.»

«Pensi che sappia dov'è mia madre?»

«Difficile dirlo, ma si muove deciso. Scommetto che sta andando da Myers o Griffin. Perciò, ci terremo a un po' di distanza.»

«D'accordo» rispose lei, riluttante. Potendo scegliere, avrebbe preferito non seguire le tracce di Raul Sandoval. Tuttavia, l'apparente assenza di preoccupazione da parte di Logan la faceva sentire meno a disagio, anche se solo di poco. Sapeva che lui non l'avrebbe mai esposta al pericolo in maniera deliberata. Se fosse successo qualcosa, sarebbe stata colpa sua, visto che aveva insistito per accompagnarlo. Doveva fidarsi di lui. «Se non fossi rimasta ferita a Cimarron, forse non saremmo partiti. E magari l'avremmo già trovata.»

«Ma non avremmo trovato la chiave né l'atto fondiario.» Si spinse leggermente il cappello indietro.

«Mia madre potrebbe essere ovunque tra queste colline» disse Claire, scoraggiata all'idea di cercarla.

«Ci concentreremo su Myers e Griffin; li facciamo andare avanti, poi ci infiliamo dietro e arriviamo da lei prima di loro.»

Claire annuì. Sperava solo che una volta raggiunta non fosse troppo tardi. E pregava che Jimmy fosse sano e salvo.

---

ERA QUASI il calare della notte quando entrarono di nuovo a Cimarron. Chissà se Sandoval si sarebbe fermato prima alla casa fuori città in cui era rintanato Griffin, pensò Logan, la stessa dove avevano sparato a Claire. Avendo qualche remora a lasciarla da sola a Cimarron, la nascose tra la natura incolta e andò a controllare. Il ranch era deserto ma dall'abitazione si allontanavano zigzaganti le impronte di tre cavalli, pertanto concluse che Sandoval aveva incontrato Griffin e Myers. Seguì le tracce a nordovest della città, quindi andò a recuperare Claire e si diressero verso i monti.

Il sopraggiungere dell'oscurità totale lo costrinse a fermarsi e ad accamparsi con sua *moglie*. Gli piaceva il suono di quella parola. Sebbene fosse stato riluttante a impegnare il proprio cuore con un'altra donna, sapeva che Claire era l'unica per cui ne fosse valsa la pena. E anche se gli sarebbe piaciuto avere più tempo perché entrambi si abituassero all'idea di un vincolo definitivo come quello, sospettava che non si sarebbero mai potuti permettere un simile lusso, date le circostanze.

Logan aveva sempre pensato che la vita fosse un azzardo, e sapeva di essersi appena assunto un grosso rischio. D'altronde, però, non aveva avuto scelta: la desiderava troppo per lasciarsela scappare.

Piantò una tenda e andò a occuparsi dei cavalli, mentre Claire tirava fuori le loro cose. Le aveva detto che non ci sarebbe stato del fuoco e lei aveva tacitamente assentito. Nella brezza che soffiava tra i rami dei pini tutt'intorno, impastoiò i due animali e si fermò un istante ad assaporare la solitudine. Con Claire al suo fianco gli era difficile guardare al futuro come a un vuoto sconosciuto.

Sedette di fronte a lei, a sua volta appollaiata su una roccia bassa, e le offrì del pane e formaggio.

«Mi sembra ancora strano» disse Claire. «Il fatto che siamo sposati» aggiunse, fissando il cibo che reggeva.

Logan si tolse il cappello. «Ripensamenti?»

«No, non proprio. Ma sono sicura che non avevi l'intenzione di sobbarcarti una moglie quando sei venuto a Las Vegas ad accertarti che non fossi malata.»

«No, non posso dire di averla avuta.» Bevve un sorso d'acqua dalla borraccia.

«Non ho mai pensato di sposarmi.»

«Per via di tua madre?»

Lei annuì.

«Sarebbe stata una vita solitaria, non credi?»

Claire spezzò un pezzo di pane e lo mangiò. «Forse. Ma le ragazze del saloon… hanno uno strano tipo di libertà.»

«Quale sarebbe?»

«La capacità di andare e venire a loro piacimento. C'era una donna che lavorava al *Colomba* qualche tempo fa, si faceva chiamare Bronco Betty. Era un bel personaggio e raccontava le storie più avvincenti sui posti in cui era stata e le cose che aveva visto.»

«Hai uno spirito un po' vagabondo, Claire.»

Un sorriso malinconico le attraversò il viso. «Ho sempre voluto viaggiare, per vedere cos'altro ha da offrire il mondo. Con i suoi tanti posti, e tutte le persone. Ho letto di alcune cose sui libri che devono essere davvero meravigliose viste dal vivo.»

«Sei una romantica.»

«No» ribatté lei, ma scosse la testa troppo in fretta. «Solo curiosa per natura, immagino.»

«Non c'è bisogno di vendersi come Bronco Betty per vedere il mondo.»

«Hai ragione. Di sicuro non c'era niente di romantico in quello che le donne del *Colomba Bianca* sopportavano notte dopo notte, ma il resto del tempo lo impiegavano come preferivano. Non andavano in giro per la città preoccupandosi di cosa pensasse la gente, perché tutti pensavano già il peggio.»

«Si direbbe che le ammiri.»

Claire masticò piano un pezzo di formaggio. «Immagino si possa dire che sono state modello di comportamento per me, ed erano tutt'altro che donne dal cuore nero. Superstiti sarebbe un termine migliore per descriverle.»

«Insomma, ti secca essere sposata.» Logan si chiese come mai non lo avesse notato prima. Claire teneva alla propria libertà.

«A te no?»

Se anche fosse stato, non ci avrebbe rimuginato su. Per come la vedeva lui, gli aspetti positivi superavano quelli negativi.

«No, non direi» rispose. «Non so spiegare come siamo arrivati a questo punto, ma sono un uomo onesto e mi sforzerò di comportarmi bene con te.»

«Hai sacrificato tanto.»

«Non credo nel sacrificio.»

«Come fai a dire una cosa simile? Non dovevi tornare in Texas per aiutare i tuoi?»

«Quello non mi pesava. Ero pronto a tornare a casa.» Logan scrutò il cielo notturno, sgombro di nuvole. «Tu, piuttosto, hai rinunciato a molto, sopportando tutto quello che la vita ti presentava per colpa di tua madre. Dovresti seguire il tuo cuore, adesso.»

«Tu hai seguito il tuo?»

Logan esitò. Nel corso degli ultimi anni il suo cuore era rimasto in un limbo. Tornare al ranch dei suoi gli aveva dato il tempo di riposare, di riprendersi dal dolore che il tradimento di Dee gli aveva inflitto. «Sei un fuoco che mi scorre nel sangue, Claire. Vorrei provare a far funzionare il nostro matrimonio» rispose in maniera quanto più sincera.

Claire lo guardava in silenzio, e Logan la immaginò da bambina, quando una colomba era andata da lei in una foresta simile a quella e Tia aveva assistito a un momento straordinario. Claire dava tutta se stessa − a sua madre, a suo fratello, alle donne dei saloon che cercava di aiutare − ma al contempo proteggeva la sua vera essenza da quanti la circondavano. Logan aveva il sospetto che fosse stato un evento raro, quello in cui la bambina raggiunta dalla colomba aveva abbassato la guardia.

«Che cosa accadrà quando tutto questo sarà finito?» gli chiese piano.

Lui si avvicinò e le toccò il viso con dita leggere. «Pensavo di riportarti in Texas. E che magari potremmo trovare la maniera di farti diventare dottore.»

«Allora sì che faresti un sacrificio. Per me?»

«No. Io lo chiamerei un compromesso.»

«E che cosa ti aspetti in cambio?»

Avvicinò il viso al suo. «Un figlio, magari due. Una vita... insieme.»

E la baciò prima che dalle sue belle labbra scaturisse una protesta.

«Forse non ti rendi conto di ciò che sta succedendo.» Le fece scorrere la bocca sul collo e poi la guardò dritta in viso, godendo del lieve fremito del suo corpo. «Ma la magia che generiamo noi due non è un fatto scontato tra uomini e donne.»

«Come la maggior parte degli uomini» disse Claire in un rapido sussurro «dai fin troppa importanza al sesso.»

«Conosco il sesso, tesoro» rispose lui. «E preferisco questo.» Le prese le labbra fra le proprie e la baciò a fondo. I loro corpi si sfioravano appena eppure Logan era già vicino al limite, smanioso di penetrare in lei, di toccarla nell'unica maniera che conosceva.

Scattò in piedi, andò a cercare delle coperte e, ignorando la tenda, le gettò per terra. La voleva adesso, sotto le stelle, con l'odore dei pini che saturava l'aria e l'urgenza che gli ardeva nelle vene.

Senza parlare, Claire andò da lui. Le labbra di Logan scesero sulle sue e le braccia la attirarono contro tutta la lunghezza del corpo. Rispondendo in egual misura al suo bisogno con il proprio, lei gli mise una mano dietro la testa e approfondì il bacio. Allora Logan la portò con sé al suolo, le si inginocchiò davanti e sbottonò le barriere che bloccavano il suo assalto. La pazienza era quasi esaurita, ormai.

Le mani le scoprirono i seni e si mossero su di loro, subito imitate dalla bocca, poi la spinsero delicatamente indietro e Claire rilasciò un respiro brusco. Logan le fece scivolare di dosso la gonna e le sottane e si spostò su di lei, quasi pronto a penetrarla.

«Sembri pensare che questo aggiusterà le cose» disse Claire, ansante. «Ma renderà tutto più difficile.»

«E tu sembri pensare troppo.»

Prendendogli il viso tra le mani, Claire sollevò la testa e lo baciò. I seni e le cosce premevano contro il corpo di Logan che intanto si era posizionato meglio su di lei e, godendo di quel contatto, le sprofondava dentro. I muscoli di Claire gli si strinsero intorno, accogliendolo interamente, e lui si perse nel piacere di toccarla, in quell'intimità tanto cruda e carnale da sconvolgerlo.

Con una mano piena delle sue natiche e l'altra dei suoi capelli, Logan era incapace di arrestare l'esplosione che lo investiva. A ogni spinta la consumava, la riempiva di sé, e affamato di aria sussurrava fievole il suo nome. La teneva stretta e si sforzava di avvicinarsi, di prolungare quei momenti.

Non le aveva detto che la amava. Non diceva mai nulla che non pensasse davvero. Ma Dio sapeva che Claire gli faceva ribollire il sangue, che gli incendiava ogni angolo della mente e del cuore. Posò la testa contro la sua spalla e, d'improvviso, si sentì sopraffatto dalla paura di perderla.

Inalò il suo profumo − sesso e donna − e le passò la lingua tra i seni, assaporando il sale del suo sudore. Poi lo sguardo scese sul punto scuro in cui i loro corpi erano ancora uniti e una seconda ondata di piacere lo sommerse. Famelica, la sua bocca catturò un capezzolo eretto e prese a torturarlo. Claire gli affondò le dita nei capelli e lui la strinse a sé, sotto il proprio corpo, riparandola dall'aria fredda della notte.

Un impulso primordiale s'impossessò di lui: voleva un figlio nel suo ventre, un legame inscindibile che la legasse a lui per sempre. Spinse spietatamente da parte il pensiero che Claire non volesse restare e, ancora sprofondato in lei, si chiese se avesse anche solo un'idea dell'avventatezza che lo schiacciava. Con la mente offuscata da sesso, lussuria e brama, si convinse che aveva ogni diritto di rivendicare quel corpo nella maniera più semplice che conoscesse.

Ogni diritto di rivendicare il suo cuore.

# CAPITOLO QUINDICI

Nella nebbia prima dell'alba, Claire abbandonò il calore del corpo addormentato di Logan e salì in collina per stare da sola. Voleva che la mente si concentrasse sul ritmo costante della passeggiata in salita, ma pensieri vagabondi filtravano attraverso quella risolutezza e la costringevano a rimuginare sulle attività della notte precedente.

Logan l'aveva amata con un'intensità tale da spaventarla, da sopraffarla, lasciandola assetata persino adesso. A voler essere del tutto onesta, era andata da lui con lo stesso ardore, bruciante dalla voglia di averlo dentro di sé, impaziente di sentirsi smaniosa come sempre quando la toccava.

La foresta era tranquilla, il silenzio assordante. Un velo bianco, il respiro stesso degli alberi, si snodava tra gli alti tronchi di pino. Claire si fermò, chiuse gli occhi e inspirò a fondo. Logan aveva trovato la maniera di farsi strada nella sua vita così come la bruma mattutina penetrava in ogni angolo dei boschi. Tuttavia, erano stati i suoi desideri a spingerla fino a quel punto.

Logan pensava di aver fatto la cosa giusta sposandola, ma lei sarebbe andata da lui comunque. Le salde convinzioni avevano iniziato a vacillare e il matrimonio, vista la tensione ormai al limite tra loro due, era arrivato in un momento opportuno. La sua debolezza e l'incapacità di ragionare quando le stava vicino la frustravano e sconcertavano al tempo stesso. Sembrava inevitabile che il matrimonio e quell'esistenza da sogno finissero col crollarle tutt'intorno; il che era un motivo in più per abbracciare il presente e lasciare le preoccupazioni al domani.

Aprì gli occhi e continuò a salire addentrandosi nella foresta fitta di felci, pini e abeti. Lo sforzo la aiutava a non pensare all'uomo che era abbastanza certa avrebbe potuto amare... se non fosse stato che lo amava già.

C'era una cascatella con un rivolo d'acqua che scendeva lungo un pendio roccioso e Claire si fermò a spruzzare il liquido fresco sul viso. Una voce la fece trasalire, un gridolino di sorpresa seguito da un brontolio sommesso. Sembrava quella di un bambino. Guardandosi intorno e muovendosi piano e in maniera costante, cercava di capire da che parte fosse arrivata, quando con la coda dell'occhio intravide una gambetta svanire dietro un masso.

«Jimmy?» Il nome sfuggì alle labbra come una debole supplica.

Schivò gli alberi, chiedendosi come mai non riuscisse a vedere il bambino. Non era così lontana da lui. Con un certo distacco riconobbe poi il crescente disorientamento – Logan si sarebbe chiesto dove fosse finita – ma un imperioso bisogno di raggiungere il piccolo si era impossessato di lei e la spingeva a correre con l'unico scopo di arrivare da lui prima che scomparisse del tutto.

«Aspetta!» urlò, confusa e incuriosita.

Scattò in avanti sotto un ramo e aggirò un tronco d'albero, con i capelli raccolti in un'unica treccia che saltellava sulla schiena e ciocche vagabonde che si attaccavano alle labbra. La ferita alle costole non ancora cicatrizzata prese a farle male, ma lei non cedette all'impulso di controllare se stesse sanguinando.

D'un tratto i capelli rimasero impigliati in qualcosa – forse un ramo? – tirandole la testa indietro con uno scatto doloroso. Claire si girò e finì per terra, attutendo la caduta con le mani. Stivali scorticati le riempirono la visuale e un odore dolciastro di tabacco le aggredì l'olfatto, provocando in lei un'ondata di nausea mista a panico.

Sandoval le afferrò le braccia e la fece alzare su gambe malferme. Un ghigno gli scopriva i denti macchiati di marrone e la malvagità gli danzava negli occhi. «Ho quello che cerchi.» Mani maldestre la girarono e la trascinarono dietro un gruppo di alberi.

«Lasciatemi andare!» urlava un bambino, agitandosi contro la corda che gli legava le braccia a un esile pino.

*Jimmy!*

«Mi sentite? Scioglietemi.» Strillava come un animale caduto nella trappola di un cacciatore.

Claire si liberò di Sandoval con uno strattone e corse dal fratello; i capelli biondi erano sporchi e gli occhi marroni la guardavano carichi di paura. Le lacrime le offuscarono la vista.

«Jimmy, sono io, Claire» disse, provando ad avvicinarsi.

Il piccolo sollevò lo sguardo e trasalì. «Voi non siete Claire. Mia sorella è morta.»

Con la camicia strappata, i pantaloni sudici e i mocassini consumati, il bambino che aveva davanti appariva fuori di sé e lei faticava a trovare una qualche somiglianza con il piccolo che prima di addormentarsi l'aveva ascoltata rapito inventare racconti di posti lontani ed eroi dal cuore d'oro.

«Non sono morta» rispose piano, consapevole che Sandoval era a meno di dieci passi da loro. «Sono tornata per te.»

Gli occhi di Jimmy guizzarono verso Sandoval e tornarono a posarsi su di lei. Aveva perso peso e sembrava più alto. Provò ancora ad accarezzargli la guancia e questa volta lui non la schivò.

«Non ti abbandonerei mai» gli sussurrò. «Aspettavo a Las Vegas che tu e la mamma tornaste, ma quando non vi ho visti arrivare, ho provato a cercarvi io. Che ci fate quassù?»

Jimmy la fissava con occhi enormi, carichi di calore e al tempo stesso terrore. «Mamma sta cercando il colore» rispose in un soffio.

Claire non capì ma il *clic* di una pistola le impedì di fare altre domande.

«Niente segreti» ammonì il messicano.

Claire si girò a guardarlo, frapponendosi tra lui e il fratello.

«Io non vi dico proprio niente, stupido bastardo!» ringhiò Jimmy, riprendendo a lottare contro la corda che lo legava all'albero.

La sfogo del fratello la colpì, ciò nonostante Claire rimase impassibile.

«Maggie è qui in giro» disse Sandoval. «E io voglio trovarla.» Guardò Jimmy dritto negli occhi. «Dimmi dove l'hai lasciata, *cadajón.*»

«Mucchio di sterco di cavallo lo sarete voi!» ribatté pronto Jimmy. «E lei è un'altra pazza. La maledizione vi colpirà tutti e due.» La voce fanciullesca vibrava di accusa.

«La ridicola opera di un'*ambularia*» bofonchiò Sandoval. «Luttrell non mi fa paura dalla sua fredda fossa.»

«Voi non c'eravate.» Jimmy strattonò ancora la corda. «Non eravate lì quando sono arrivati i ragni!»

«Di che cosa parli?» chiese Claire, allarmata da quell'immagine.

«Ma' sta cercando il tesoro di Luttrell. Le disse che lo aveva nascosto qui, da qualche parte, ma quando si ammalò chiese a una strega di lanciare una maledizione. Ci moriremo tutti quanti, qui.» Il viso si contorse in una smorfia mentre lottava contro la corda, staccandosi quasi le braccia dalle spalle. «Dovevamo essere vicini, perché dappertutto c'erano ragnoni pelosi e neri. Mi sono messo a correre più veloce che potevo, ma è stato ieri. Non so dov'è ma'» disse, quindi guardò Sandoval e aggiunse: «Non so dove sono stato né come ci sono arrivato. Non vi posso portare da lei.»

Si fermò a riprendere fiato, e il bimbo di otto anni riemerse. «Forse non ce l'ha fatta» sussurrò.

Claire si sentì attraversare da un moto di rabbia e ripugnanza. Accidenti a sua madre. Che restasse pure vittima di qualche orrenda mutilazione, pensò, provandone subito vergogna. *No, fa' che stia bene.* Ma Dio solo sapeva cosa sarebbe potuto accadere lasciando che Jimmy corresse da solo in quel posto. Ed erano ancora entrambi nei guai.

Sandoval, di fronte a loro, gli teneva la pistola puntata contro.

«E allora farai uno sforzo per me, *cadajón*» disse. «E tu, *puta*? Nessuna idea di dove si trova *tu madre*?»

Claire pensò a Logan. Sapeva che l'avrebbe cercata e accarezzò quel pensiero mentre si sforzava di escogitare un piano per sfuggire al messicano. «Mio marito e io seguivamo voi» disse.

Sandoval rise. «Solo con un *maleficio* potevi trovarti marito, tu.»

Lei scagliare un sortilegio contro Logan? Claire rispose all'insinuazione con una smorfia.

«Gli hai fatto vedere tutte le tue *medicinas* per proteggersi l'uccello dal tuo caratteraccio?»

«Moderate il linguaggio davanti a Jimmy.»

Sandoval sollevò il braccio e le puntò la pistola in piena faccia. Claire rimase senza fiato.

«Non mi provocare, *señora*» sibilò. «O ti faccio saltare testolina e cervella e le servo a tuo fratello per cena. Te lo devo per il regalo che hai fatto alla mia spalla.»

Consumata dalla paura, Claire sentiva il cuore stringersi mentre lottava contro l'impulso di piangere. Se le avesse sparato in faccia non sarebbe sopravvissuta… o meglio non avrebbe *voluto* sopravvivere.

«Vi prego, Raul.» Il suono della propria voce la sorprese, la sua calma rasentava quasi la dolcezza. «Lasciateci tornare a Las Vegas. Non ci interessa il denaro, l'oro o quel che è. Jimmy non è che un bambino. Per una volta in vita vostra, abbiate un pizzico di pietà.»

Gli occhi scuri di Sandoval si strinsero. «Pietà?» ripeté con un ghigno beffardo e senza abbassare la pistola. «Dov'era, la pietà, quando *mi padre* mi picchiava solo perché faceva giorno o incrociavo gli occhi? Tu non hai sofferto» ribatté sbuffando. «Tieni il corpo alla larga dagli uomini, ma non hai imparato… che sei buona solo a quello.»

Le spinse la canna della pistola contro la fronte facendola inciampare su Jimmy.

«Tu non sei niente, *ramera*. Ti dai solo troppe arie.»

Partendo dalle spalle, il tremore raggiunse in fretta braccia e gambe. Claire si sforzava di non darlo a vedere, ma il corpo la tradiva e i polmoni rantolavano ogni volta che inspirava.

Il messicano annusò l'aria intorno ai suoi capelli. «Sento odore di paura.» La voce era bassa ma Jimmy ascoltava tutto. «Mi fa pensare a *chapete*» disse con un sorriso beffardo.

Era lui a puzzare, pensò Claire disgustata, ma fin troppo consapevole del significato delle sue parole. Gli occhi si riempirono di lacrime. Se l'avesse stuprata sarebbe impazzita. Le speranze a cui si era sempre aggrappata, i sogni di un mondo in cui il bene trionfava sul male si frantumarono in un istante. Pensavano tutti che fosse forte, ma non lo era. Non poteva proteggere Jimmy o se stessa.

«Vi porterò da mia madre» disse d'istinto il piccolo. «Mi sforzerò di ricordare dov'è. Farò il possibile, ma solo se lasciate stare mia sorella.»

C'era soddisfazione negli occhi di Sandoval. «E bravo *cadajón*.» Fece un passo indietro. «Ma solo per oggi, perché tu devi scontare i tuoi peccati, *vagamunda*. Chi subisce un torto ha diritto alla vendetta, e io non dimentico mai. Ti toglierò tutt'e nove le vite che hai.»

«I cattivi bruceranno all'inferno» sussurrò lei, tra le lacrime che rotolavano lungo le guance.

Il messicano rispose con una risata sprezzante. «L'inferno?» tuonò. «Bruceremo tutti in *questa* vita. E qualcuno più degli altri» aggiunse, guardandola senza preoccuparsi di mascherare l'odio.

Intontita, Claire comprese allora che Sandoval non li avrebbe uccisi. Avrebbe fatto molto peggio. E lei doveva trovare a tutti i costi la maniera di liberare Jimmy.

L'uomo li costrinse a salire a cavallo – Jimmy davanti e Claire alle sue spalle, con le mani legate al pomo della sella – e cavalcando davanti a loro, guidò l'animale per le redini.

«Sai davvero dove si trova la mamma?» sussurrò Claire all'orecchio del fratello.

Jimmy scosse la testa e le lanciò un'occhiata oltre la spalla, chiaramente addolorato. «È difficile. Sembra tutto uguale.»

Sandoval li sentì. «Il problema sarà risolto appena Maggie si accorgerà che i suoi micetti sono con me.»

Claire non ne era sicura. La maggiore preoccupazione al momento era trovare la maniera di liberare Jimmy. Chissà dov'era Logan. Non si era ancora chiesto se le fosse capitato qualcosa? Era già sulle loro tracce?

<hr />

DAPPRIMA LOGAN FU INFASTIDITO, poi il panico lo assalì. La scomparsa di Claire così di buon'ora era ben più che un desiderio di solitudine. Se da una parte si rifiutava di credere che lei lo avesse deliberatamente abbandonato – il suo cavallo era ancora lì – dall'altra accettava di non poterne essere del tutto sicuro. La notte precedente aveva stretto ulteriormente il vincolo che li univa, ma forse Claire si era sentita sopraffatta e lui si chiese se non stesse esagerando nel tentativo di arrivare al suo cuore.

Fece fare al cavallo il giro dell'accampamento, allargando di volta in volta il cerchio. Cercava segni del passaggio di Claire ed era così intento che non sentì il suono di altri zoccoli finché non s'imbatté in un gruppo. Incredulo, il suo sguardo passò sul cipiglio sospettoso di Frank Griffin, sugli occhi spalancati di Harry Myer, che aveva riconosciuto il suo aggressore, e sui tratti pallidi di Dee, ora di fronte all'amante che aveva mollato quasi due anni prima.

«Non ci posso credere...» balbettò quest'ultima. «Come diamine hai fatto a trovarmi?»

«Ho smesso di cercarti mesi fa.»

Indossava un abito da cavallerizza marrone scuro e un cappello sulle spalle, trattenuto solo dal sottogola intorno al collo. I capelli scuri e la carnagione chiara splendevano come sempre, ma Logan non poté fare a meno di notare le ombre che le offuscavano lo sguardo.

La stranezza di rivederla – dopo tutto quel tempo a chiedersi di un eventuale incontro – lo lasciava privo di tutte le parole che lo avevano a lungo ossessionato. Il suo benessere, però, non lo riguardava più, ricordò a se stesso.

«Ma bene, è un piacere ritrovarsi dopo il nostro scambio a Cimarron» disse Griffin, con manifesto sarcasmo nella voce. «E come fareste a conoscere mia sorella?»

«Questo è Logan Ryan» rispose Dee.

«Quel vicesceriffo a cui eri ammanettata a Virginia City?»

Lei annuì. «Che ci fai qui?» chiese rivolta a Logan con un pizzico di preoccupazione.

«Sto cercando Claire. Mia moglie.» Guardò i tre di fronte a lui e comprese di aver sbagliato ad attribuire a Sandoval la terza serie di impronte. Frenando la paura che lo attanagliava, impose alla propria espressione di restare impassibile. Era stato il messicano a prendere Claire?

Griffin rise. «Non ditemi che vi riferite a Claire Waters.»

«Tua moglie» ripeté piano Dee. «Da quanto?»

«Da poco» replicò Logan.

«E dov'è adesso vostra moglie, signor Ryan?» chiese Griffin. «Fuggita da qualche parte? Avreste dovuto consultarvi con me prima di sposarla. Ve lo avrei detto che le Waters sono delle viscide serpi… come gran parte delle puttane.»

«Dunque, questa sarebbe la mediocre spiegazione per cui trascurate vostro figlio?» chiese Logan.

Frank imprecò a denti stretti. «Io non lo trascuro, il ranocchio. Infatti, ho sposato la madre.»

«Cosa?» intervenne Dee. «Tu e Maggie siete sposati?»

«La donna non ispira certo felicità coniugale» rispose Frank «ma all'occorrenza torna utile.»

A quella notizia, tutti i tasselli andarono al posto giusto nella mente di Logan. Se Luttrell aveva intestato la terra a Maggie, prima o poi sarebbe finita nelle mani di Frank. Ragion per cui lei aveva escogitato il piano di far sposare Shorty con Claire e trovare, poi, la maniera di manipolarli entrambi perché facessero la sua volontà. Le tattiche di Maggie non gli piacevano affatto, ma doveva riconoscerle una certa abilità nel perseguire ciò che voleva a tutti i costi. Anche Claire possedeva quella stessa caparbietà.

Ripensando a sua moglie, Logan si rese conto che il futuro non era scontato. Anzi!

«Davvero una bella famiglia» borbottò nel disagio che lo circondava.

«Magari Claire sa dove si trova Maggie» suggerì Dee. «Forse è fuggita proprio per questo.»

«Beh, sempre meglio che seguire te, Myers» disse Griffin con un'occhiata ad Harry.

«So dove sto andando» replicò Myers, socchiudendo gli occhi e stuzzicandosi i denti con un'unghia sporca. «O quantomeno sono abbastanza sicuro, ma non posso star dietro alle donne che corrono da una parte all'altra.»

«Perché siete tanto ostinato a trovare Maggie?» chiese Logan a Griffin. «Non si direbbe che abbiate intenzione di portarla a casa e metter su famiglia.»

«Si è presa quanto spetta di diritto a noi… a Dee.»

Il colore defluì dal viso della donna, che si faceva piccola sulla sella, e Logan se ne meravigliò. Durante la loro relazione a Virginia City era stata piena di vita e brio. Mai si era tirata indietro di fronte alle sorprese di un nuovo giorno.

«Ti fidi di Claire?» gli chiese lei.

«Perché?»

«La posta in gioco è alta, e io non vorrei che ti stesse usando. Maggie è perversa. Di sicuro lo ha trasmesso anche a sua figlia.»

Logan non voleva crederci.

«State attento, Ryan» lo ammonì Griffin. «Che vi siate fatto mia sorella anni fa non vale uno sputo per me. Tanto, è comunque merce avariata... non è stata capace di soddisfare Luttrell e grazie a lei ci troviamo in questa situazione. Se interferite vi ammazzo, e faccio fuori anche la subdola Claire. Maggie l'ha sempre tenuta nascosta e adesso quella si crede chissà chi. Tanto per intenderci bene: non fate il furbo con me.»

«E allora deduco che non comprendiate la situazione come pensavo.»

«Che vorrebbe significare?»

«Luttrell ha intestato tutto a Claire e io, in quanto suo marito, dico che siete sulla mia terra. Qualsiasi cosa troviate qui appartiene a me.»

«Balle!» esclamò Griffin, quindi estrasse la pistola, ma Logan lo aveva preceduto. In sella ai rispettivi cavalli, e in posizione di parità, si guardarono.

«Potete giocarvi le palle che la vostra storia non reggerà» lo minacciò Griffin. «Ve lo assicuro.»

«Se vedo un intruso, prima sparo e poi faccio domande» ribatté Logan. «Tanto per intenderci bene» aggiunse.

«Questa è l'ultima volta che Maggie mi frega.» Griffin abbassò la pistola e disarmò il cane, quindi rise, ma senza umorismo. «Meglio dormire con un occhio aperto. Ho l'impressione che se Claire restasse improvvisamente vedova, il vecchio Harry, qui, potrebbe trovarsi a indossare i vostri tutt'altro che nobili panni.»

«Troppi testimoni» ribatté Logan.

«Come ho detto, che vi siate fatto mia sorella non vale uno sputo. Giusto, Dee?» Griffin sorrise e con la coda dell'occhio Logan intravide la donna annuire piano e abbassare lo sguardo.

«Non ce ne sono, qui, di testimoni» confermò Griffin.

Un brutto presentimento s'insinuò nelle viscere di Logan. Sarebbe stato dannatamente difficile proteggere Claire da Raul Sandoval e Frank Griffin guardandosi al contempo le spalle. E a proposito di Claire, dov'era? Sandoval poteva averla già presa... poteva già... Il pensiero lo raggelò fino al midollo.

«Se non vi spiace, fintanto che siete sulla mia terra vi farò da scorta» disse, consapevole che la possibilità migliore di trovare Sandoval – e Claire – era indubbiamente legata a Griffin.

«Fate come vi pare. Va' avanti tu, Myers.»

La malvagità nello sguardo di Griffin incrinava l'apparente disponibilità dell'uomo. Logan non dubitava pensasse di potersi servire di lui per arrivare a Claire e, infine, a Maggie.

Harry prese in direzione nord e Griffin aspettò di chiudere la fila. A Logan quell'allineamento non piaceva ma, con il cavallo di Claire dietro il suo, procedette al fianco di Dee mentre s'inoltravano nella foresta.

Per un po' cavalcarono in silenzio, fiancheggiando il verde dei pini appena interrotto qua e là dalle foglie gialle e il tronco bianco di qualche pioppo.

«Immagino di dovermi congratulare» disse infine Dee a voce bassa. «Vivi ancora a Virginia City?»

«No. Sono tornato in Texas dai miei.»

«Non sei più vicesceriffo?»

«No.»

«Mi sorprende» mormorò lei. «Ti piaceva così tanto.»

Distolse lo sguardo ma a Logan non sfuggì la maniera in cui lo aveva assottigliato e provò un lampo di rabbia.

«E a te cos'è che piaceva?» chiese in tono aspro.

«Non hai idea di quello che ho passato» rispose lei, con le labbra ridotte a una linea sottile.

«Non hai neanche salutato. Non credi che meriti almeno una spiegazione?»

Superata la cresta della collina su cui Logan si era accampato con Claire la sera prima, cavalcarono attraverso una zona pianeggiante. Era mezzogiorno, faceva più caldo che nell'Ade e il senso di frustrazione iniziava a farsi più pressante. Logan non era mai stato tipo da consentire che i viavai di altri lo irritassero, ma tanto la scomparsa di Dee dalla sua vita quanto la comparsa di

Claire gli avevano fatto tremare la terra sotto i piedi. E lui non aveva idea di che cosa significasse.

«Non ci fu tempo» rispose Dee. «Mi dispiace. Magari saremmo riusciti a trovare una soluzione.»

«Ti penti di aver scelto Luttrell?»

Dee mantenne lo sguardo davanti a sé. «Mi pento di molte cose.»

«Già, anch'io» ribatté lui, sincero.

«Devo ammetterlo» continuò Dee, picchiettandosi la fronte con una sciarpa blu notte «sono curiosa di sapere come vi siete conosciuti, tu e Claire. È scomparsa mesi fa senza fiatare e le voci in città non erano incoraggianti. Tu c'entri qualcosa?»

Logan la guardò, ammutolito dall'implicazione di quelle parole. C'era un velo di apprensione sul viso che un tempo aveva conosciuto benissimo. Una fitta del tipo di pentimento di cui avevano appena discusso lo colse di sorpresa.

«No» disse. «Ma ho intenzione di ammazzare il bastardo responsabile di quella faccenda.»

Circondato da uomini pericolosi e un'ex fidanzata ancora capace di provocare in lui rabbia e rancore, Logan temeva il peggiore degli scenari: perdere Claire. Doveva assolutamente trascinarla via da quei monti, si disse, pregando che fosse ancora viva, perché in caso contrario avrebbe mandato i giorni da vicesceriffo a farsi benedire e si sarebbe occupato personalmente di quei soggetti.

# CAPITOLO SEDICI

S andoval cavalcava senza sosta, costringendoli a inoltrarsi sempre più tra i monti, e Claire, che non sapeva bene dove si trovassero, poteva solo sperare che Jimmy riconoscesse presto qualche particolare nel paesaggio, anche se non era difficile capire come mai non fosse più stato capace di ritrovare la madre. Le Sangre de Cristo Mountains erano un rifugio fatto di foreste e terreno quasi sempre uguale. Se lei e Jimmy fossero riusciti a fuggire, quale direzione li avrebbe condotti alla salvezza? La sconfitta aleggiava ai limiti della sua mente esausta.

Per un giorno e mezzo viaggiarono con poco cibo e acqua. Jimmy le raccontò che Maggie si era diretta verso i monti con l'oro in mente, cercando sulla terra che Luttrell aveva acquisito in qualità di uno dei rappresentanti della concessione Maxwell. Gliele sussurrò di notte sotto le stelle, quelle parole, e con quanta maturità nella voce, si meravigliò Claire, con quale portata di conoscenza. Non aveva che otto anni, ma il bambino di un tempo non c'era più. Claire aveva già visto la sconsiderata aggressività sviluppata di recente, e la spaventava. Avrebbe potuto nuocergli. O addirittura ucciderlo.

Era stato con la madre per giorni, forse settimane, non

ricordava. Poi si era verificato l'episodio dei ragni e lui era scappato via, ma si era perso tra i monti. E lì era rimasto, giorno dopo giorno – anche se non per molti, le aveva assicurato – finché Sandoval non lo aveva catturato. «E poi ho visto il tuo fantasma tra gli alberi» le disse.

Claire lo strinse a sé. Per quanto si vantasse di essere forte, Jimmy era ancora piccolo, superstizioso e facilmente impressionato dal bene e dal male nel mondo.

Ormai era sempre più chiaro che Sandoval non avesse alcuna intenzione di ritrovarsi con Frank Griffin o Harry Myers. Il tesoro doveva essere davvero considerevole se non aveva in mente di dividerlo. Si teneva alla larga da lei e Jimmy, ma Claire, sapendo che l'attenzione dell'uomo avrebbe potuto spostarsi altrove in qualsiasi momento, non ne era poi tanto grata. Gli dava pochissimo cibo e quando cavalcavano gli legava gambe e polsi. Presto, la sua energia l'avrebbe abbandonata del tutto. Doveva assolutamente fare qualcosa.

Quel giorno la pioggia veniva giù a torrenti, e Claire batteva i denti, sforzandosi di coprire a sua volta il corpo tremante di Jimmy in sella davanti a lei. L'unico vantaggio era che la pioggia gli lavava di dosso lo sporco. Nubi grigie gravavano basse su di loro e un velo di nebbia li circondava. Si stavano dirigendo verso la cima di un monte, quando Claire vide uno spazio aperto oltre i pini sulla sinistra. Si tenevano al riparo degli alberi, che offrivano un po' di protezione dalla pioggia, ma Claire non vedeva l'ora di essere asciutta e al caldo.

«Dobbiamo fermarci.» Il tono perentorio della propria voce la sorprese.

Il disinteresse di Sandoval verso i suoi prigionieri aveva scatenato in lei un'innaturale spavalderia. Frastornata, si ritrovò quasi a ridere. Aveva sempre avuto paura di lui, ma adesso… Un fremito di eccitazione la percorse all'idea di sconfiggerlo.

«No. Siamo inseguiti.»

Un moto di gioia sbocciò nel suo cuore. *Logan.*

«Claire» sussurrò Jimmy, allungando il collo. «Questo posto mi sembra di conoscerlo.»

«Ssh. Non ti far sentire.»

«La cappella.» Fece un cenno a destra.

Claire assottigliò lo sguardo, scrutando attraverso gli alberi. «Credo di vedere un edificio. Come fai a sapere che è una cappella?»

«Così la chiamò ma'. Mi disse di restare fuori, ma io entrai lo stesso e pregai.»

«Per cosa?»

«Per te, e il tuo viaggio in cielo. Le dissi che andavi a baciare le stelle e poi vegliavi su di noi. Ma le mie preghiere hanno fatto di più... ti hanno portata indietro.»

Claire mandò giù il nodo in gola. Il gesto di Jimmy le aveva quasi spezzato il cuore. Sua madre era *davvero* pazza, pensò, fumante di rabbia. Solo la follia poteva giustificare il fatto di portarsi dietro Jimmy e poi perderlo. Un qualcosa d'imperdonabile, nella mente di Claire, come buona parte di quanto Maggie aveva fatto alle vite dei suoi due figli.

Si lanciò un'occhiata alle spalle, sperando di vedere qualcuno, qualcosa. Sandoval si era accertato che non saltasse giù e se la desse a gambe assicurandole ciascuna caviglia alla rispettiva staffa. Anche le mani erano legate, come quelle di Jimmy che, però, aveva i piedi liberi.

Quanto distante poteva essere Logan?

Non molto, decise Claire, se Sandoval si era accorto che li stava seguendo.

Si raddrizzò e pregò Dio di fare la cosa giusta.

«Jimmy» gli sussurrò all'orecchio. «Voglio che scappi via. Un uomo chiamato Logan sta seguendo le nostre tracce. Torna sulla strada che abbiamo già fatto e cercalo.»

A suo merito, Jimmy non batté ciglio, né si girò di scatto o alzò la voce.

«Ti faccio scendere piano piano» gli sussurrò. «Nasconditi finché non ci vedi più e poi corri più veloce che puoi.»

Il fratellino rispose con un'alzata delle esili spalle, quindi annuì, urtandole involontariamente il mento con la testa. Sotto la pioggia scrosciante, Claire teneva d'occhio la schiena di Sandoval che li precedeva sul terreno fangoso. Con gesti goffi per via delle mani legate, spinse la gamba sinistra di Jimmy oltre il pomo della sella; il piccolo ruotò su se stesso e si ritrovò con il viso contro il fianco del cavallo. Gocce di pioggia le colavano negli occhi, che si sforzavano di restare aperti su una massa compatta di cespugli lì vicino. Claire diede una leggera stretta alla gamba del fratello, comunicandogli silenziosamente di tenersi pronto, e con un movimento fluido lo fece scivolare dal cavallo.

I muscoli delle braccia e dello stomaco tremavano per lo sforzo, tesi oltre il limite, e il cuore le martellava nelle orecchie. Senza mai staccare gli occhi da Sandoval, Claire tornò a drizzarsi sulla sella come se nulla fosse stato e Jimmy scomparve velocissimo dietro un cespuglio. Tremante, Claire si sforzò di non attirare l'attenzione su di sé. Ogni secondo era prezioso per la fuga di suo fratello.

Sbatté più volte le palpebre, celando le lacrime tra la pioggia che le colpiva il viso. Doveva prepararsi alla punizione che Sandoval le avrebbe inflitto appena si fosse accorto che Jimmy non c'era più... doveva guadagnare quanto più tempo possibile per suo fratello. E sperava sarebbe stato sufficiente.

Tuttavia, il pensiero di ciò che Sandoval le avrebbe fatto sfociò in una nauseabonda spirale di paura che prese a vorticare nello stomaco. Altro che spavalderia! Si sarebbe concentrata su Logan, decise. Aveva sognato storie a lieto fine e per un breve periodo il suo cuore aveva creduto che lui gliene avesse regalata una. Il panico la assalì, mescolandosi al rimpianto. In conclusione, era stata sciocca a sperare.

Harry Myers e Frank Griffin costituivano una pericolosa minaccia, ma il rischio maggiore per Logan era Dee. Aveva passato l'intera giornata e la notte a tenere d'occhio gli uomini, tuttavia erano l'espressione triste della donna e le sue domande indiscrete su di lui e la sua vita nel corso degli ultimi due anni a dargli pensiero ben più di qualsiasi cosa facessero gli altri due.

Non la amava – non proprio – ma rivederla e trascorrere tempo con lei aveva fatto riemergere una serie di rimpianti che pensava di avere già sepolto. Aveva il sospetto che non si sarebbe mai più fidato di lei, eppure gli sembrava così... bisognosa. Suo fratello non aiutava, anzi – Frank non la trattava bene – e Logan si sentiva quasi in dovere di fare qualcosa per lei. Che sensazione indesiderata. Chissà se era suo destino farsi trattare da stupido per ben due volte, si chiese.

Al tempo stesso, di fianco a quella confusione correva l'intenso desiderio di trovare Claire. Appena l'avesse avuta accanto sarebbe stato in grado di pensare più chiaramente, perché senza non faceva che chiedersi se le avessero fatto del male, il che lo tormentava e intaccava la sua pazienza, spingendo la mente al limite di un debilitante senso di frustrazione.

La pioggia rallentava il ritmo, e nel deprimente scenario successivo alla tempesta la luce opaca conferiva alla foresta un aspetto ultraterreno, svuotando le sue sfumature della loro vivacità. L'odore di umido dagli alberi impregnati di acqua pervadeva l'aria e gli abiti di Logan aderivano alla pelle. Guardò Dee scostarsi i capelli bagnati dal viso. L'umidità che aleggiava nella foresta procurava disagio a tutti loro.

Un movimento tra gli alberi catturò la sua attenzione, Logan estrasse la pistola nello stesso istante in cui Griffin smontava da cavallo. Un bambino pelle e ossa, apparentemente fuori di sé, corse fuori dalla bruma, urlando quando Frank lo afferrò in malo modo.

«Jimmy!» urlò Griffin. «Maledizione! Calmati.»

«No! No!» esclamava il piccolo dimenandosi per sfuggire alla presa di Frank.

Allora Griffin gli assestò uno schiaffo in pieno viso, così violento che il suo esile corpo si schiantò al suolo. D'istinto, Logan coprì la distanza che lo separava dal fratellino di Claire e affondò il pugno nella mascella di Frank. *Oh, che soddisfazione!* Myers, intanto, corse ad attaccarlo alle spalle, ma Logan rispose con una gomitata nella faccia e gli strappò la pistola di mano. Gli diede un calcio nello stomaco, poi, mentre quello faticava a recuperare il fiato con il viso inondato di sangue, gli puntò l'arma contro.

Lo scatto di un cane che veniva armato e una rapida occhiata gli dissero che Frank aveva rilanciato. Tenendolo per i capelli, Griffin puntò la pistola alla testa di Jimmy. Le mani del piccolo erano legate con una corda ma dal lampo di sfida che Logan gli vide negli occhi dedusse che sarebbe stato abbastanza sciocco da affrontare Griffin da solo.

«Mollale» disse Griffin.

Logan lasciò cadere le pistole e Myers si precipitò goffo a raccoglierle.

«Spero proprio di non avere il naso rotto» si lamentò, quindi prese una delle pistole per la canna e lo colpì sulla guancia con il calcio, sbuffando beffardo. Grazie alla sola forza di volontà Logan si trattenne dal reagire, ma lasciò che la rabbia si riversasse nel suo sguardo, inducendo Myers a indietreggiare con passo incerto.

«Dicci dov'è Maggie» ordinò Griffin a Jimmy.

Logan guardò il bambino. Somigliava molto a Claire: stessi capelli biondi, viso spigoloso e occhi carichi del tormento di una vita che nessuno dei due voleva.

«L'ho cercata ma non riesco a trovarla» rispose Jimmy, quindi spostò lo sguardo. «Siete voi Logan?»

Lui fece cenno di sì.

«Ho pregato tutto il tempo ma non penso che sarà di aiuto. La ucciderà.»

«Di che diamine parli?» volle sapere Griffin.

«Sandoval ha preso Claire» disse Jimmy.

Logan sentì il sangue gelarsi nelle vene. «Dove?»

«Laggiù. Ho corso un bel po', ma se rifate la mia strada forse la trovate. Dovete sbrigarvi, però!»

«Col cavolo che corro dietro a Claire se Maggie non è con lei» disse Griffin. «Sandoval se la può tenere, per quel che m'importa. Dimmi dov'è tua madre, James, e non sarò costretto a farti del male.» Rafforzò la stretta ai capelli strappandogli una smorfia di dolore.

«Ve l'ho detto, non lo so.» Gli occhi di Jimmy si riempirono di lacrime. «L'ho persa giorni fa dove c'erano i ragni.»

«Ah sì?» replicò Griffin. «Quel posto è a mezza giornata di cavallo da qui.»

«Ecco! Te l'avevo detto, io, che sapevo dove stavo andando» disse Myers con voce stridula.

«Resta da vedersi» borbottò Griffin. «Ma io dubito che sia ancora lì, Jimmy. Dov'è adesso?»

«Non lo so.» Disperato, il viso del bambino si rattristò.

«Tutte balle!» Griffin lo schiaffeggiò un'altra volta.

«Piantala!» urlò Dee. «Smetti di picchiarlo, Frank!»

Scivolò giù dalla sella e nell'osservarla avanzare Logan notò la pistola che reggeva. Tremava come le sue mani, che stringevano forte l'impugnatura.

«Pensi che colpirlo ti darà la risposta che cerchi?» chiese. «Stiamo perdendo tempo. Dovremmo tentare di trovare Sandoval, e anche Claire. Se Harry non riesce a scovare Maggie, forse loro lo faranno. Non possiamo permettere che arrivino a lei prima di noi, o sbaglio?»

Griffin la fissò. «Metti giù la pistola, Dee. Le conseguenze non ti piacerebbero.»

Lei deglutì a fatica, con la paura sul viso. «D'accordo, mi dispiace.» Abbassò piano le braccia. «Ma è solo un bambino.»

«Non dirmi mai più che cosa fare» ribatté il fratello, spingendo Jimmy verso di lei. «Pensaci tu, se ti piace tanto.»

Mosse un passo avanti, gli occhi alla stessa altezza di quelli di Logan, e lo soppesò con lo sguardo carico di manifesta malevolenza. «Ti ho tollerato per il bene di Dee, ma colpiscimi di nuovo e mi vendicherò ferendo quelli a cui tieni di più.»

«Nello stesso modo in cui ferisci i tuoi cari più prossimi?»

«Se serve a tenerli in riga…» Si avvicinò a Dee e le strappò la pistola di mano. «Penso che d'ora in poi le armi le terremo io e Myers» disse, sfilando anche il fucile di Logan dal fodero sulla sella di Tempesta.

Logan rimase dov'era, nella speranza che Griffin non lo perquisisse.

«Slegagli le mani, almeno» disse Dee, con il braccio intorno alle spalle di Jimmy.

Griffin si fermò e guardò suo figlio con aria assorta. Estrasse il pugnale da una guaina legata in vita e tagliò la corda che legava i polsi di Jimmy. «Andiamo a cercare Sandoval.» E, sotto lo sguardo sospettoso di Myers, si diresse verso il proprio cavallo.

«Jimmy può cavalcare con me» offrì Logan.

La pelle intorno ai polsi del piccolo che Dee stava esaminando era scorticata. Sollevò lo sguardo e annuì. «Devo prima fasciarli.»

«E allora farai meglio a darti una mossa» tuonò Griffin.

Anche Logan provò lo stesso impeto di urgenza. Ogni secondo era importante per Claire. «Da' le bende a me, ci penso io mentre cavalchiamo.»

«Non so perché ti sia immischiato in questa faccenda» mormorò Dee. «Non ti conviene inimicarti Frank.» Prese dalla bisaccia della garza bianca e gliela porse. «Fai tutto questo per lei?»

«Un tempo lo avrei fatto per te.»

Quella confessione rimase sospesa tra loro per un attimo, poi Logan sollevò Jimmy in sella e prese posto dietro di lui. Aveva ancora con sé il cavallo di Claire, ma il piccolo sembrava troppo debole per cavalcare da solo.

«Chi siete?» chiese Jimmy.

«Tu reggi le redini e io ti fascio i polsi. Sono il marito di Claire.»

Jimmy afferrò le strisce di cuoio. «E allora siete mio... fratello?»

Logan si diede da fare con le bende. «Già, più o meno. Fai parte della mia famiglia, adesso.»

Jimmy gli passò le redini e si portò la mano alla guancia che Griffin gli aveva colpito due volte.

«Bene. Era un po' che speravo di avere una famiglia nuova.»

«Le cose stanno cambiando, Jimmy. Sono qui apposta.»

Il piccolo girò la testa per guardarlo. «Claire deve volerti molto bene, perché diceva sempre che non si sarebbe mai sposata.»

Logan aveva qualche dubbio circa la parte relativa al bene, ma gli dava motivo di sperare.

# CAPITOLO DICIASSETTE

S andoval le colpì il viso così forte da atterrarla.

«Dov'è?» urlò.

Claire sentì la testa girare e vide gli alberi ondeggiare. Si mise carponi, sforzandosi di sopprimere le immagini che le attraversavano veloci la mente riportandola alla volta precedente, ma la paura, e la conseguente agonia, furono troppo per il suo stomaco, e con violente convulsioni rigurgitò quel poco che conteneva.

Le lacrime gocciolavano dalla punta del naso e lei, con mano tremante, si pulì l'angolo della bocca, lì dove era stata colpita. Il polso era coperto di sangue, notò, soffocando un singhiozzo.

Sandoval le afferrò le braccia. «Pensavi di mandarlo a cercare aiuto? Quel moccioso non riuscirebbe a orientarsi neanche in una latrina. Lo hai condannato a morte.»

«Ci avresti uccisi comunque» rispose lei con voce esausta, mentre pregava di aver garantito a Jimmy un buon vantaggio. A giudicare dal sole calante era passata un'ora, forse più.

Sandoval la fissò, quindi rise e scosse la testa. «*Puta.*» Avvicinò il viso al suo. «Puttana. Non sei niente. Dovresti inginocchiarti e implorarmi di risparmiarti. Mi hai gettato addosso quella *ponsión negra* tutti quei mesi fa, ma adesso non ce le hai, le tue pozioni, eh?»

«Siete stato voi a uccidere Luttrell, vero?» chiese lei, nel tentativo disperato di distrarlo.

«Luttrell era un verme schifoso, e Maggie stava sempre a gambe spalancate per lui. Ma non è così che otterrà il premio. Tu vuoi aprirle per me, le gambe?» Le accarezzò la guancia con un ghigno e spostò lo sguardo in basso. «*Sangre.*» Il suo alito caldo e tabaccoso scottava sul viso, tanto che Claire allontanò di scatto la testa per evitare il contatto. «Sanguini» disse lui, disgustato.

Lei vide la macchia rosso vivo sulla camicia e inspirò bruscamente, come se stesse annegando, d'un tratto consapevole del dolore alle costole. Chiuse gli occhi e si chiese con quale velocità sarebbe arrivata la fine.

---

«A che distanza sono?» domandò Logan a Jimmy.

«Un bel po'. Non sono sicuro. Il sole si è spostato da quando Claire mi ha detto di correre per venire a cercarti.»

«Dov'è tua madre?» chiese Logan, scrutando il terreno in cerca delle tracce lasciate prima da Jimmy. Non voleva sprecare tempo seguendo la direzione sbagliata, e di sicuro non avrebbe fatto affidamento sulle abilità da segugio di Frank.

Jimmy rimase in silenzio, quindi parlò a voce così bassa che Logan faticò a sentirlo. «Penso che l'hanno presa i ragni.»

«I ragni? È ferita da qualche parte?»

Jimmy si strinse nelle spalle con un lampo di rimorso sul viso e tornò a guardare in avanti. «È la maledizione di Luttrell. Il tesoro è maledetto.»

«Che cosa ha lasciato quassù?»

«Non so bene» rispose Jimmy. «Oro, gioielli, soldi. La mamma non lo sapeva, ma l'ha cercato come una pazza.» D'improvviso si raddrizzò sulla sella. «Stiamo andando nella direzione giusta?»

«Spero di sì. Ho notato alcune delle tue tracce. Sei arrivato direttamente da Claire e Sandoval?»

Jimmy annuì. «L'ha già uccisa una volta. Non mi piace quell'uomo. Quando l'ho vista ho pensato che era un fantasma.»

Le viscere di Logan si contrassero. «Vi ha fatto del male?»

«Lo voleva fare a Claire ma io ho mentito per salvarla, gli ho detto che sapevo dove trovare mamma e per un po' ha funzionato. Io, però, non lo so dov'è, perché forse i ragni l'hanno presa» disse con voce tremante. «Venire qui ci ha portato solo sfortuna.»

«Non secondo me» rispose Logan. «E una maledizione non è altro che una maniera di spaventare la gente per farla scappare via.»

«Io mi sono spaventato» disse il piccolo in tono scoraggiato. «Sono scappato via.»

«Ma ti sei girato e sei tornato indietro. Tutti hanno paura, Jimmy. E a un certo punto nella vita corrono via. Serve coraggio per fermarsi e rimediare agli errori. E tu sei stato coraggioso a venire a cercarmi.»

«Può darsi. Voglio solo tornare a casa.»

«Anch'io.»

---

CLAIRE APRÌ GLI OCCHI, gli alberi nel suo campo visivo sembravano storti. Con la testa che pendeva di lato a formare un angolo insolito, spostò le gambe. Erano insensibili e piegate sotto il corpo, mentre le braccia, tirate indietro, erano legate al tronco di un albero. Nella luce che si affievoliva, le ombre s'incrociavano sul tappeto arancione degli aghi di pino sparsi sul terreno. Gemente, provò a mettersi più comoda, il collo aveva sostenuto il peso morto della testa e adesso le doleva.

Che cos'era successo? Si sforzò di ricordare.

Sandoval l'aveva colpita con il calcio della pistola. O almeno questo pensava lei. La vista poco chiara, infatti, le confermava che l'occhio sinistro era gonfio. Doveva averla aggredita e poi legata mentre era priva di sensi. *Dov'è adesso?* si chiese, provando a inumidirsi la bocca secca.

Era intenta a trovare la maniera di cambiare posizione, quando si accorse che la camicia era lacerata sul davanti, esponendo alla vista i seni, e della gonna non restavano che brandelli.

Un senso di repulsione sgorgò subito in lei. Il panico le impediva di respirare. La gola si lasciò sfuggire un singhiozzo, un grido d'angoscia, e gli occhi scrutarono agitati tutt'intorno. Era lì che aspettava? La guardava? *Mi ha violentata.* Demoralizzata, non riusciva a trattenere i fremiti d'orrore che le scuotevano il corpo. Ansimava, consapevole di non poter sopportare l'enormità di quanto le era accaduto. Nell'oscurità quasi totale, la testa dondolava contro l'albero. Con il corpo altrettanto freddo quanto l'umida foresta che la circondava, Claire soffocava i singhiozzi, fissava senza vedere e… dalla nebbia sbucò sua madre.

*Devo essere morta.*

Maggie si fermò a pochi passi da lei; il suo aspetto, lungi da quello che abitualmente presentava agli uomini e alle donne di Las Vegas, era scompigliato. Indossava una gonna lunga, un tempo bianca ma adesso striata di sporco, strappata e con l'orlo sdrucito, e una pesante giacca di pelle che scendeva oltre i fianchi. I capelli erano raccolti in cima alla testa – così come li aveva sempre portati – e Claire trovò strano che li avesse acconciati pur trovandosi in quel posto deserto.

«Chi siete?» chiese Maggie, socchiudendo gli occhi con aria sospettosa. «Perché Sandoval si è preso tutto quel tempo per divertirsi con voi?»

Claire rimase a bocca aperta. «Guardavi?» sussurrò. «Perché non mi hai aiutata?» Non riusciva quasi a parlare.

«Non sono stupida» ribatté, con uno sguardo sferzante. Claire aveva pensato che niente potesse più ferirla, a livello emotivo o fisico, ma l'atteggiamento che sua madre le riservava era una frustata che le strappava un altro lembo di pelle e carne.

«Raul è un uomo pericoloso» continuò Maggie. «Non gli taglio la strada per nessuno.»

«E allora perché sei qui?» volle sapere Claire, incapace di sopprimere il tono di disprezzo nella voce.

I secondi si trasformarono in minuti. Quando Claire sollevò di nuovo lo sguardo, sua madre la fissava con evidente orrore negli occhi.

«Claire.» La voce di Maggie perforò il silenzio. «Claire?» Mosse un passo avanti e s'inginocchiò, scrutandola. «Non ti trovammo più» disse, addolorata. «Ti cercammo, ma non ti trovammo.» Le mise una mano sul viso. «Dove sei stata? Che cosa ti è successo?»

«Cercavo te.»

Maggie si scrollò di dosso lo shock ed estrasse un coltello dalla tasca interna della giacca. Tagliò la corda e strinse la figlia a sé. Di nuovo bambina, Claire sprofondò nel suo abbraccio, placata dal tocco della donna che creava incertezza su incertezza nel suo cuore.

«Non sapevo che fossi tu» disse Maggie, sconvolta. «Altrimenti non sarei rimasta nascosta mentre ti faceva del male.»

Non fu qualche semplice lacrima a scaturire da Claire, bensì un torrente di emozioni trattenute troppo a lungo. Non riusciva ad arrestarlo, la sua violenza la consumava e, da qualche parte in quel gorgo, la parola venne fuori. *Violentata.*

«Come dici?» Maggie si fece indietro per guardarla. «Ti hanno violentata durante l'attacco fuori Albuquerque?»

«No. Qui… adesso.» Un flusso costante di lacrime le rigava il viso.

«No, Claire.» Maggie le prese la testa tra le mani. «Sandoval ci è andato pesante con te, ma non ti ha violentata. Oddio, pensavi che fossi rimasta a guardare senza intervenire?»

«Nei sei sicura?» urlò Claire.

«Sì.» Le braccia di Maggie tornarono a stringerla e, piano piano, la disperazione che struggeva Claire iniziò a svanire.

Sua madre poteva anche non averla protetta, ma qualcun altro sì. *Eppure per grazia di Dio camminiamo tutti sulla terra...* le parole di Jack... E il conforto iniziò a farsi strada nell'animo di Claire.

«Stai sanguinando» disse Maggie, guardandole le costole.

«Non è niente. Dobbiamo andarcene da qui. Jimmy era con me ma è riuscito a scappare.»

«Grazie a Dio. Dov'è andato? Sono fuori di me da quando l'ho perso.»

«Eravamo inseguiti. L'ho mandato indietro a cercare aiuto.»

«Inseguiti da chi?» chiese Maggie con tono accusatorio e al contempo preoccupato.

«Un uomo di nome Logan Ryan. È arrivato dal Texas.»

«Texas?»

«È una storia lunga» rispose Claire, raddrizzandosi e asciugandosi le lacrime.

Maggie si tolse la giacca e gliela diede.

«So dell'atto fondiario» continuò Claire. «E del tesoro che Luttrell ha lasciato quassù.»

Maggie esitò. «Immagino che Shorty McClaren si sia fatto vivo.»

«Già.»

Una luce scintillò negli occhi di sua madre. «Lo hai sposato?»

«No, ho sposato un altro» ribatté Claire, consapevole della punta di ribellione nel suo tono.

Una voce risuonò in lontananza. «Mamma.»

Claire e Maggie si girarono verso Jimmy che gli correva incontro.

Maggie si alzò e strinse i pugni. «Farabutto.»

C'era Frank Griffin, notò Claire, ma subito alle sue spalle intravide Logan. Era preoccupatissima, ma anche sollevata di vedere suo marito, a tal punto che dovette imporsi di non correre da lui.

«Jimmy.» Maggie se lo strinse forte al fianco. «Mi hai spaventata a morte.»

«Scusa» rispose il piccolo, nascondendo il viso nella gonna della madre. «Sono contento che i ragni non ti hanno portata via.»

Claire si alzò e si abbottonò la giacca per nascondere la nudità e il sangue secco sullo stomaco. C'erano anche Harry Myers e una donna che non riconosceva.

«Chi è quell'uomo con Frank?» chiese Maggie, man mano che il gruppo si avvicinava.

«È il marito di Claire» rispose Jimmy.

Maggie le lanciò un'occhiata sospettosa.

Logan, intanto, smontava e si accostava. «Stai bene?» chiese a Claire.

Lei annuì, oltremodo grata di vederlo, e un sorriso salì spontaneo alle labbra. Voleva lanciarsi tra le sue braccia, ma qualcosa nel suo atteggiamento la trattenne. Lui le prese la mano e la strinse. Aveva una guancia livida, notò Claire, ma Frank intervenne prima che potesse esprimere la propria preoccupazione.

«Ti cercavo da un po', Mags.» Griffin si mise il fucile in grembo e fermò il cavallo a parecchi piedi da loro, mentre Myers e l'altra donna in sella ai rispettivi animali si affiancavano.

«Non sei il benvenuto» disse Maggie. «Questa terra è mia, adesso.»

Griffin rise. «Ah sì? Il signor Logan, qui, sembra pensare che sia sua.»

Maggie lanciò un'occhiata a Claire e Logan. «Lo hai sposato davvero, Claire?»

«Proprio così» rispose Logan. «E quali che siano i giochi di avidità a cui tutti quanti state giocando, sarà meglio chiuderla qui prima che qualcuno si faccia male.»

«Così parla uno che pensa di avere tutte le carte in mano» disse Griffin con una risata indisponente. «Dove sono i quattrini, Mags?»

«Non lo so.»

«Balle» ribatté lui beffardo. «Sei quassù da settimane. Non venirmi a raccontare che non hai trovato un accidente di niente.»

«Se anche l'avessi trovato non lo direi di certo a te.»

«Di certo c'è solo che sei diventata una subdola cagna. Magari sei stata proprio tu a bruciare il *Colomba*.»

«Di che parli?» volle sapere Maggie.

«Ah, ma aspetta» continuò Griffin. «Era Claire a gestirlo, solo che nessuno di noi sapeva che fosse viva e vegeta. Sandoval s'è pisciato sotto dalla paura quando l'ha scoperto.» Rise. «Perciò, non dovrebbe sorprenderti che l'intero posto sia finito in fiamme qualche giorno fa, oppure sì? Mi devi un favore.»

«È vero?» chiese Maggie a Claire.

Lei annuì. «Mi dispiace. Non so come sia successo.»

«Si è ferito qualcuno?»

«No. C'erano solo Betsy ed Ellie e uscirono.»

Maggie tornò a guardare Griffin. «Chi me lo dice che non sia stato tu, invece? Avresti potuto ammazzare qualcuno.»

«Come hai fatto tu con Luttrell?» ritorse Griffin.

«Non l'ho nemmeno sfiorato.»

«Non dopo che era morto. Ma forse al giudice itinerante farà piacere sapere come hai sedotto il marito di mia sorella portandogli via tutto il denaro e la terra.»

«Senti chi parla. Non pensare che non sappia di te e Belle.» La voce di Maggie tremava di rabbia.

«Se una puttana non ti soddisfa, te ne cerchi un'altra, no?»

«Io ti ho sposato perché ti amavo, Frank.»

«Cosa?!» Claire era sbalordita. «Siete sposati?»

«Il segreto meglio custodito della città» disse Griffin. «Proprio come la tua devozione, Mags.»

«Non gradisco i tradimenti» rispose Maggie. «Qualunque cosa abbia fatto io è stata necessaria.»

«Scuse vane, promesse infrante. Con quelle non ci fai un accidente in questa vita.» Griffin spostò il fucile e glielo puntò contro.

Con velocità fulminea, Logan estrasse la piccola pistola che portava sotto la camicia e la puntò a sua volta contro Frank. Claire lo guardava e lui la spinse dietro di sé, mentre Maggie scattava davanti a Jimmy. Era quasi del tutto oscuro, la foresta si faceva sempre più buia e Claire sforzò gli occhi per vedere meglio.

«Voglio i soldi» disse Griffin. «Li volevo mesi fa, ma tu hai creduto di poter giocare con me. Sandoval ti ha quasi ammazzato la preziosa Claire e neanche allora hai riacquistato un briciolo di ragione. Non m'importa che la terra sia di Ryan. Se devo farvi fuori tutti, lo farò.»

«E allora verrai con noi» disse Logan.

«Ti credi tanto furbo» rispose Griffin. «Mi chiedo se è persino carico, quel giocattolo che tenevi nascosto.»

«C'è solo un modo per scoprirlo.»

Una visione di Logan che si afflosciava sanguinante per terra folgorò Claire. «Dagli il denaro, mamma» sussurrò. «Non ne vale la pena.»

«Aspetta» disse la donna in sella al cavallo di fianco a Harry Myers. «C'è qualcosa che dovresti sapere, Frank.»

Claire la guardò… la stessa che aveva visto nella casa appena fuori Cimarron. Era la sorella di Frank. Dee. Avrebbe dovuto riconoscerla prima.

«Non ne ho mai parlato perché non sembrava essercene motivo» proseguì quella in tono esitante. «Quando mi costringesti a sposare Luttrell ero già incinta.»

La sua titubanza era quasi palpabile, pensò Claire, notando come il cavallo di Dee sbuffava agitato e spostava il peso da un arto all'altro.

«Logan e io eravamo fidanzati a Virginia City» disse, con lo sguardo vacuo.

*Fidanzati?* Claire si raggelò. *Logan aveva quasi sposato la sorella di Griffin?* Una rivoltante presa di coscienza la pervase fin nelle ossa.

«Dylan non è figlio di Luttrell» annunciò Dee in tono distaccato. «Bensì di Logan.»

Nessuno proferì parola.

Claire era ancora dietro Logan, le cui ampie spalle la riparavano, separandola da Dee, neutralizzando quella donna del passato. Le era così caro – aveva persino pensato di amarlo – ma il sapore amaro del tradimento iniziò a mettere radici in lei e la speranza defluì dal cuore. Era stata davvero stupida a credere che potesse essere diverso.

«Cosa?!» esclamò Logan incredulo.

«Mi dispiace. Avrei dovuto dirtelo.» Dee si girò verso il fratello. «Non ha senso fargli del male, Frank. Possiamo ancora ottenere quello che ci serve.»

«Stai mentendo» la accusò Logan.

Dee scosse la testa, il dolore le turbava il bel viso. «No» sussurrò. «Non pensavo che ti avrei rivisto, Logan. Ma non capisci? Possiamo risolvere la faccenda, guadagnarci tutti qualcosa. Non è quello che desideri per Dylan, Frank?»

La mente di Claire si agganciò al nome del bambino... il piccolo che aveva curato da Belle.

Si chiese cos'altro non sapesse, cos'altro Logan non le avesse mai raccontato. Era ovvio che avesse avuto una buona ragione per non metterla a parte dei dettagli del proprio passato, e lei non voleva accettare quanto avrebbe potuto esserci dietro. Se era così falso come la sua mente era incline a pensare, allora non era quello che aveva creduto lei. Si era sbagliata proprio su tutto?

«Se ho ben capito, allora la soluzione più ovvia sarebbe eliminare Claire» disse Frank.

Gli occhi di Claire scattarono verso di lui.

«Un corno» ringhiò Logan.

Frank parlava di ucciderla come dell'abbattere un cavallo che non serviva più a nulla. Sorrise torvo. «Le vuoi entrambe, eh? Come immaginavo.» Lo sguardo si spostò su Maggie. «Qui non si risolverà un bel niente finché non sputerai il malloppo, tesoro. Sono addirittura disposto a sorvolare sul *Colomba*.»

D'un tratto, Jimmy si mise a correre. Inorridita, Claire vide Harry Myers tirar fuori la pistola e sparare. «Jimmy! No!» Si lanciò in avanti, cercando di proteggerlo, ma Logan le afferrò un braccio e il dolore, mentre la riportava su, le trafisse la spalla.

Il fuoco non cessava e, in un baleno, i proiettili che rimbalzavano tra gli alberi indussero Logan a cambiare idea. «Scappa!» le ordinò spingendola via da sé.

Claire esitò e lanciò uno sguardo verso il punto in cui solo pochi secondi prima si trovavano sua madre e Jimmy. Non c'erano più.

«Corri, Claire!» urlò Logan, incalzandola, sollecitandola, spingendola sempre più a fondo nella foresta. Nonostante la confusione, Claire notò che lui non sparava.

E la realtà le fu subito chiara. Non voleva colpire Dee.

Era buio e tutti si sparpagliarono, nell'aria urla, spari e le risposte agitate dei cavalli.

Claire corse.

Il suo corpo si muoveva nella direzione che sperava fosse la stessa di Maggie e Jimmy. Con la sola luna a farle da guida nell'inquietante oscurità, e la giacca che indossava sempre più pesante, seguiva un sentiero in discesa, quando a sinistra vide sua madre, un po' più in alto rispetto a lei. Cambiò direzione e le andò dietro.

Un'occhiata veloce alle spalle le confermò che era sola, nessuno l'aveva inseguita. Neanche Logan. Guardò ancora una volta, prima verso l'alto poi dietro di sé. Doveva andare a cercarlo?

Probabilmente si era precipitato da Dee. Forse era ferita, bisognosa di aiuto, avrebbero potuto esserci mille ragioni. *Che stupida sono stata.* Trattenendo le lacrime, corse verso sua madre.

# CAPITOLO DICIOTTO

C on Claire al sicuro, Logan tornò indietro a occuparsi di Frank Griffin ed Harry Myers. Nascosto nella foresta c'era stato un terzo tiratore, e lui non dubitava che si trattasse di Sandoval. Dee si era trovata nel mezzo della sparatoria, così Logan aveva evitato di fare fuoco: nonostante le perplessità, e le domande che gli affollavano la mente, non si sarebbe mai perdonato se avesse ucciso la madre del suo bambino.

*Dylan.* Il piccolo del *Fascino del Sud.* Un figlio di cui non aveva mai saputo.

Esisteva una discreta probabilità che Dee avesse mentito, ma il periodo della loro relazione sembrava coincidere, come pure l'età del bambino.

La rabbia e la confusione lo consumavano, e un acceso senso di protezione gli bruciava nel cuore. Logan non divideva ciò che era suo. Il piccolo non avrebbe portato il nome di Luttrell per il resto dei suoi giorni. *Dee sta mentendo.* Maledetta. *Dev'essere così.* Ma il seme del dubbio era ormai piantato e lui non sarebbe mai stato capace d'ignorarlo.

Girò intorno all'area che era stata teatro di scontro e rivelazioni. Nessuno. Erano spariti tutti.

Trovò il cavallo di Dee con le redini impigliate in un gruppo di pini, le sciolse e liberò l'animale, quindi continuò a muoversi lungo il perimetro finché non scorse un po' di sangue su un masso, come se qualcuno, o qualcuna, vi avesse strisciato su la spalla. Seguendo quella debole pista, si avviò dietro gli uomini che volevano portargli via tutto.

CLAIRE arrivò in cima e intravide l'ombra di sua madre che zigzagava tra i pini. Ansiosa per il timore di perderla, le tenne dietro, sudando e faticando a calmare il respiro.

D'improvviso, un piccolo edificio si presentò alla vista e lei ricordò che Jimmy lo aveva chiamato cappella. Non sembrava un luogo di preghiera, bensì piuttosto un'abitazione semplice e rettangolare con del legno a coprire l'unica finestra. Vedendo Maggie girare sul retro e infilarsi all'interno, Claire corse verso la porta e l'aprì piano. L'odore di chiuso, tra terra umida e legno ammuffito, la investì. C'erano dei sacchi di tela ruvida, grandi, pieni zeppi e tanti da coprire il pavimento in terra battuta.

Claire sollevò gli occhi e li puntò dritti in quelli di sua madre. Da un angolo oscuro sbucò Dee.

LOGAN seguì le tracce di sangue – difficile per via della notte ma non impossibile – e infine trovò Harry Myers... morto. Qualcuno gli aveva sparato al lato destro del torace lasciandolo a dissanguarsi.

Gli tolse di dosso le armi – la propria pistola e due pugnali – senza però trovare quelle dell'uomo. Controllò che la rivoltella fosse carica e si riavviò, ma ulteriori ricerche nella foresta non portarono a nulla.

«Dov'è Jimmy» chiese Claire con voce sommessa.

«È scappato un'altra volta» rispose Maggie. «Ma lo troveremo. Non mi ero accorta che eri dietro di me.»

Dee e Maggie sembravano a disagio, un silenzio imbarazzante saturava l'atmosfera.

«Che sta succedendo?» volle sapere Claire. «È il tesoro di Luttrell quello?» insistette, con un'occhiata alle sacche.

Maggie fece cenno di sì.

«Dimmi come stanno le cose, mamma.» Il suo tono era deciso.

«Tutto ciò che sapevamo era che Luttrell aveva nascosto un tesoro in una cappella.» Nello sguardo di Maggie guizzò un lampo di determinazione. «Naturalmente, mi aspettavo qualcosa di un po' più… fastoso.» Indicò tutt'intorno, quindi guardò Dee. «E questo è stato il primo imprevisto, non essermi accorta sin da subito che il posto a cui si riferiva era questo.»

«Te lo avevo descritto» disse Dee, con una certa durezza. «La cappella sui monti, l'aveva chiamata.»

«Ma tu ci eri stata solo un'altra volta, Dee» sussurrò Maggie in tono frustrato. «Provaci, a vivere qui da sola per un po'. Io per prima ammetto di aver preso delle decisioni sbagliate durante la ricerca.»

«Come quella dei ragni?» chiese Claire, sforzandosi di assimilare l'idea che sua madre e la sorella di Griffin – nonché ex amante di Logan – fossero in qualche modo alleate.

«Già, ma Jimmy diventò isterico quando iniziai a cercare qui» si difese Maggie. «Il denaro non era nella cappella come aveva detto Dee, e andai altrove. Ti ricordi della Tana del Ragno dove ti portai anni fa?»

Una vaga immagine affiorò nella mente, un pozzo di miniera con travi di legno malferme all'entrata. Claire non aveva avuto che pochi anni, all'epoca, e non le erano piaciuti né il tanfo di umidità né la sensazione di sentirsi in trappola che pervadeva l'ambiente. «Non ricordo nessun ragno.»

«In realtà non ce n'erano poi tanti, credo sia stata

l'immaginazione di Jimmy a lavorare troppo. Era l'ultimo posto in cui avrei pensato di cercare, ma alla fine mi venne in mente che Teddy avrebbe nascosto il denaro in qualche luogo difficile da scovare. E avevo ragione. Accidenti, ero così euforica che in un primo momento non mi resi neanche conto che Jimmy non c'era più, ma iniziai a cercarlo subito dopo aver portato tutti i soldi nella cappella, prima che arrivasse Dee.» Si girò a guardare la donna che aveva di fianco. «E perché diamine ti sei portata dietro Frank?»

«Non è stata una scelta mia.» La rabbia di Dee riempì lo spazio angusto. «Stavo facendo del mio meglio per tenerli lontani da te.»

«A Jimmy avevi parlato di oro» disse Claire soprappensiero, con il timore che le cresceva dentro a proposito delle circostanze della morte di Luttrell.

«L'idea di cercare qualcosa che luccica è più entusiasmante per un bambino.» Maggie concentrò lo sguardo sulla figlia. I suoi occhi brillavano per l'orgoglio. «Prima di farmi la morale, pensaci un attimo, Claire. Possiamo prenderci la nostra parte e lasciarci questo posto alle spalle. Andare a San Francisco. E finalmente puoi studiare per diventare un dottore vero, come hai sempre voluto tu.»

«La nostra parte?» ripeté Claire.

«Io e Dee dividiamo a metà.»

Claire si chiese fino a che punto si fosse spinta quell'alleanza. «La morte di Luttrell... Che cosa hai fatto, mamma?»

«Di qualunque cosa si tratti, l'ho fatto per noi.»

«Mi credevi morta.» La voce di Claire tremava. «Hai permesso che Sandoval mi terrorizzasse, non una volta sola bensì due. E tu?» Si girò a guardare Dee. «A tuo figlio non ci pensi? In che maniera sarebbe di aiuto a Dylan o Jimmy se finiste entrambe in prigione?»

«Ho i miei rimorsi» ribatté quella in tono sommesso vagamente furioso. «Luttrell, però, era un bastardo. Non perdeva mai occasione per picchiarmi.»

«Perché non lo hai lasciato?» chiese Claire, pur conoscendo già la risposta. La ragione era la stessa per cui lei non aveva mai lasciato il *Colomba Bianca*... non prendere una decisone era una decisione in sé.

«Non era così semplice» rispose Dee. «Ero in debito con Frank, si è sempre preso cura di me e... insomma, quando ero più giovane sono successe delle cose di cui non vado fiera e lui disse che o incantavo Teddy oppure non mi avrebbe protetta, e che Logan non era abbastanza ricco.»

«Ma lo è adesso» intervenne Maggie. «L'ironia della sorte.»

«Luttrell meritava di morire» sussurrò Dee. «Era deciso a non darmi niente. Maggie mi ha aiutata a prendermi quanto spetta di diritto a me e a mio figlio.»

«Nessuno si prenderà un bel niente se restiamo qui a parlarne» ribatté Maggie.

«Hai intenzione di trascinarti tutto questo denaro a Las Vegas?» chiese Claire.

«È davvero distrutto il *Colomba*?»

Claire annuì.

«E allora dico che ce ne andiamo dritte dritte a San Francisco. Dee, tu puoi venire con noi.»

«Ho in mente di tornare a Virginia City. Degli amici mi aiuteranno a nascondermi, ma prima devo trovare Dylan.»

«Non sai dov'è?» chiese Claire.

«Frank me l'ha portato via per costringermi ad aiutarlo.»

«Ha fatto la stessa, identica cosa con me» disse Maggie. «Dopo che Sandoval ti aggredì e pensai che fossi morta, ero pronta ad andare dallo sceriffo della contea, visto che il giudice di pace sarebbe stato una totale perdita di tempo, ma Frank minacciò Jimmy... il suo stesso figlio, diamine!»

«Frank e Raul litigarono a Cimarron» s'intromise Dee. «Qualcosa a proposito di un carico di bestiame rubato e il fatto che Frank era stufo di come Sandoval facesse la cresta sui profitti. Dio sa in cos'altro sono invischiati, quei due. Quando Sandoval se ne andò, ebbi paura. È un uomo che serba rancore e, chiaramene, è venuto quassù a pareggiare il conto.»

Claire iniziava a comprendere di fronte a cosa erano venute a trovarsi le due donne. «Dylan è con Belle Mason. Lo tiene al *Fascino del Sud*.»

«Lo hai visto?» Per la prima volta da quando Claire era entrata nella cosiddetta cappella, il viso di Dee mostrò un accenno di emozione. «Come sta?»

«Bene.»

Dee chiuse gli occhi e tirò un sospiro di sollievo.

«Invece di fuggire, perché non lasci che sia Logan a mettere a posto tutto?» disse Claire. «Potrebbe presentare il caso al giudice itinerante. Perché non agire con lealtà?»

«Non capisci» ribatté Maggie. «Frank è un tipo molto influente, e nella morte di Luttrell non c'è stato niente di leale. La verità è che si è trattato di una disgrazia. L'idiota non si sentiva bene e bevve un po' troppa di quella corteccia di ciliegio selvatico che preparavi tu per gli accessi di tosse. E prima di dare la colpa a me, sappi che non siamo state noi due a esagerare la dose. Ma mi gioco la testa che c'entra Frank.»

«Sapendo che ne aveva presa troppa, avresti potuto aiutarlo» disse Claire, sollevata che sua madre non fosse una spietata assassina ma pur sempre indignata che lei e Dee non avessero fatto niente per soccorrerlo. «Avresti potuto dargli dell'ipecacuana» disse, come intontita.

«No, Claire.» Il tono di Maggie non ammetteva repliche e la sua espressione era determinata. «Questa volta devi fidarti di me e basta» dichiarò, quindi cambiò argomento. «Che sapete, voi due, di questo Logan Ryan? È affidabile?»

Claire non aveva risposte, ormai non era più certa di niente.

«Chi ci dice che non avesse già progettato di sposare Claire?» insistette Maggie. «Sapeva dell'atto anche prima del matrimonio?»

Riluttante, Claire rispose di sì.

Possibile che Logan l'avesse usata? Una parte di lei giudicava quell'idea incomprensibile, il che era indubbiamente segno della sua assoluta dabbenaggine. Che stupida romanticona era stata a sperare che lui l'avrebbe amata e le sarebbe rimasto fedele sempre, tutti i giorni della sua vita.

«E allora non abbiamo scelta» disse Maggie. «Prendiamo i soldi e scappiamo. Ho tre muli qui vicino. Dobbiamo caricare questi sacchi.»

Un proiettile perforò il legno della capanna. Claire si coprì le orecchie e si buttò per terra, mentre Dee urlava e faceva altrettanto.

Maggie le gattonò intorno e aprì di un filo la porta.

«No!» Claire afferrò il braccio della madre.

Altri proiettili colpirono l'esterno dell'edificio.

«Sono armata anch'io» rispose Maggie. «Torno presto.» E strisciò fuori.

Gli spari cessarono. Claire esitò un istante, poi si lanciò a rotta di collo dietro a sua madre.

Correva con la paura nelle vene, pregando che non le sparassero. Muovendosi di traverso tra gli alberi, girarono sul fianco della collina e raggiunsero in fretta i muli. Claire prese la rivoltella che sua madre le porgeva. Con mani tremanti, controllò i proiettili: il tamburo era pieno. Maggie si caricò addosso un fucile e guidò due dei muli mentre Claire si occupava del terzo.

«All'erta» disse piano.

Ma nel giro di pochi minuti, Claire la persa di vista. Tirava le redini del mulo che, però, si rifiutava di avanzare. E come dargli torto? Era pura follia tornare alla "cappella" e rischiare di farsi ammazzare, tutto per una montagna di soldi che nessuno pensava avrebbero risolto i loro problemi.

*Dov'è Jimmy?*

Claire si guardò intorno e sentì un'ondata di panico montarle dentro. Da quando aveva riconcorso sua madre gli spari erano cessati, e cosa ancor più strana nessuno le aveva insegui... il *clic* di un cane la fece trasalire.

«D'accordo, *puta*, dov'è il denaro?»

Si fermò di scatto, alle sue spalle Sandoval. Con la pistola nella mano destra, fuori dalla visuale dell'uomo, strinse più forte il calcio e sperò che non avesse notato l'arma.

«Mi stanca dare la caccia ai gatti» la schernì lui. «Mi stanchi tu.»

Claire aveva un'unica possibilità. Il sangue le martellava nelle orecchie. Non avrebbe avuto paura. Non *voleva* più avere paura.

Girò il braccio teso, ma uno scatto veloce arrivato dal nulla la spinse per terra con un violento tonfo. Sua madre urlò, atterrandole addosso, e intense raffiche di spari fendettero l'aria.

Pochi secondi e fu tutto finito. Le orecchie di Claire fischiavano.

«Mamma?» sussurrò. La girò su un fianco e provò a mettersi seduta.

Sandoval giaceva al suolo in una posizione contorta, sul suo viso un'espressione sorpresa per quella morte inaspettata. Logan si avvicinò e gli tolse le armi.

«Claire… non ti ha colpita, vero?» chiese Maggie in un sussurro rauco.

Claire si chinò su di lei, distesa per terra. «No. Perché sei tornata?»

«Per rimediare a tutte le altre volte in cui non ho badato a te come avrei dovuto.»

La presa di fiato che seguì fu talmente brusca da agghiacciare Claire. La guardò da vicino e si rifiutò di credere a ciò che vedeva. «No, no, no» ripeteva, scuotendo la testa.

«E allora? Sono ridotta male, eh?» Con labbra tremanti, Maggie prese più volte fiato. «Coraggio, Claire. Sii forte. Lo sei sempre stata, sai? Tanto forte, tutto quello che avrei voluto essere io.»

«Ssh, non parlare» disse Claire, sforzandosi di comunicare nonostante il panico. «Ti aiuterò. Posso farcela.» Singhiozzò, sopraffatta dal senso d'impotenza.

«Non penso.» Gli occhi di Maggie si fecero vitrei e le labbra emisero un lamento. «Lo so che non ti sei mai arresa. Sei stata un miracolo sin dal giorno in cui sei nata. Pensavo che fossi morta. Ero così giovane e spaventata, non sapevo che cosa fare. E poi respirasti.» Fissò le stelle mentre un sorriso le sfiorava le labbra pallide. Il corpo esalò un sospiro che lo scosse e gli arti affondarono ancor più nella terra. «Respirasti e la stanza si riempì di luce, e io provai una gioia mai conosciuta prima.»

Claire scosse la testa, piangendo. Strinse la mano di sua madre e desiderò con tutte le forze di tornare indietro nel tempo.

Maggie la guardò. «Di' a Jimmy che gli voglio bene.»

Man mano che il tocco della morte le avvolgeva, violenti fremiti scuotevano il corpo di Claire. E la mente gli urlava di smetterla.

Maggie chiuse gli occhi. «Vedo un tramonto di lavanda» bisbigliò. «Proprio come quelli di quand'ero bambina.»

«No» strillò Claire. «Non andare! Non mi lasciare!» Disperata strinse le braccia intorno alle spalle della madre, ma Maggie non si mosse.

Il dolore la colpì con forza. Non poteva essere finita. Non per sua madre. Com'era possibile che la sua vita fosse finita in una mera manciata di secondi?

Aggrappata a quel corpo esanime, si disse che doveva essere solo un enorme errore. Forse poteva estrarre il dannato proiettile dall'addome di sua madre. Con mani tremanti, prese a esaminare la ferita, ma tra l'oscurità e le lacrime che le offuscavano gli occhi non vedeva niente.

Era tutta colpa sua. Avrebbe dovuto essere più svelta nello sparare a Sandoval.

«Claire, lei non c'è più e Griffin è ancora in giro, dobbiamo andare.»

Ma Claire ignorò Logan e le sue mani che la tiravano.

*Quel proiettile era destinato a me. Mamma mi ha salvata.*

*Accidenti a te, mamma.* Iniziò a urlare. Era un sacrificio insopportabile e lei non voleva sentire ragione. Voleva solo riavere sua madre viva. L'angoscia e il senso di perdita scavavano così in profondità che il dolore la soffocava.

Logan la prese tra le braccia, nonostante lei lo respingesse, e la strinse forte a sé. «Dobbiamo andare adesso, Claire. Dobbiamo trovare Jimmy prima che lo faccia Frank.» Quella frase – e l'urgenza nella voce di Logan – fecero breccia nella sofferenza.

Barcollante, si lasciò trascinare via dal corpo privo di vita di sua madre, e disse quelle parole che non aveva più pronunciato da quando era bambina. «Ti voglio bene, mamma.» Ma era troppo tardi.

# CAPITOLO DICIANNOVE

Claire aspettava Logan nella capanna di Tia. La pioggia tamburellava sul tetto con un rumore sordo, l'unico suono che riuscisse a farsi strada tra le sue emozioni intorpidite. Gli ultimi tre giorni erano un ricordo vago: procedeva come se fosse sempre a corto di fiato, come se un treno l'avesse colpita a tutta velocità e a lei non restasse che vacillare da un momento della giornata al successivo.

Impreparata alle ripercussioni della morte di sua madre, Claire era persa in una nube di cordoglio, assediata da ricordi e interrogativi, e la testa doleva per gli echi del passato che l'affliggevano giorno e notte. Lungi dall'offrirle rassegnazione, il funerale di quella mattina aveva semplicemente rigirato il coltello nella piaga già aperta dal senso di colpa, dalla rabbia e dall'enorme perdita. L'espressione distrutta di Shorty McClaren e il pianto incessante di Jimmy, poi, avevano contribuito a spezzarle il cuore.

Dopo gli spari di quella fatidica notte, Claire aveva trovato il fratellino nascosto nella cappella. Era stato lui a colpire l'edificio servendosi della pistola portata via al cadavere di Myers. Per fortuna, nell'arma erano rimasti solo quattro proiettili che Jimmy aveva scaricato in fretta, con somma gratitudine di Claire che non si fosse ferito nello sconsiderato tentativo di aiutarle. Avendo pensato che all'interno della cappella si trovasse Frank, il piccolo era rimasto inorridito nell'apprendere che si era trattato, invece, di sua madre e sua sorella. Col cuore gonfio di tristezza, Claire gli aveva poi detto della perdita di Maggie e lo aveva portato da Tia perché si prendesse cura di lui

In tutto questo, aveva ignorato la muta disperazione di Logan, respingendo suo marito con sdegno e seppellendo qualsiasi sentimento avesse mai nutrito per lui. Era meglio così, si diceva. E lui, riluttante, aveva preso una stanza al *Wagner Hotel*.

Con Harry Myers e Raul Sandoval morti, Frank Griffin sedeva in prigione, grazie all'intervento di Logan che lo aveva acciuffato, mentre provava a intrufolarsi nella cappella, e che adesso non mostrava granché pietà o premure verso il marito di Maggie, un fatto di cui Claire si compiaceva. Gli era importato davvero di sua madre? Se sì, sperava che il dolore della sua perdita lo ossessionasse per il resto dei giorni.

Non aveva in sé un briciolo di compassione per Griffin, tanto che quando fu accusato dell'omicidio di Teddy Luttrell, pregò che venisse condannato. Era probabile che la responsabilità fosse sua, ma provarla in tribunale sarebbe stata tutt'altra storia. Sua madre e Dee avevano alluso alla propria colpevolezza nella morte di Luttrell, ciò nonostante Claire tenne la bocca chiusa circa il loro coinvolgimento. Frank Griffin meritava di prendersi tutta la colpa e lei non provava quasi alcun rimorso. E sebbene non si sentisse incline a proteggere Dee Griffin dal carcere, sguinzagliare la legge dietro alla madre del figlio di Logan l'avrebbe indotta a dubitare dei propri motivi. Quel genere di vendicatività non le apparteneva. Dee era sparita dalle Sangre de Cristo, con un sacco di denaro al seguito, prima ancora che chiunque di loro potesse accorgersene. Spedita, era andata al *Fascino del Sud*, e con una pistola puntata contro Belle si era ripresa il figlio, quindi era svanita senza lasciare tracce. A quanto pareva, il desiderio di proteggere il piccolo aveva soppiantato qualsiasi vincolo fosse esistito tra lei e Maggie. Aveva mai saputo che sua madre era morta?

Logan li avrebbe sicuramente seguiti, e lei si chiese come mai non lo avesse ancora fatto. Ellie e Louisa le avevano raccontato che era stato di aiuto nell'organizzare il funerale di Maggie, presenziando anche al breve elogio funebre di quella mattina nel cimitero ai margini della città. E Tia aveva provato a trascinarla fuori da quel suo stato di stupore, a invogliarla a parlargli, ma Claire sapeva che il destino stava per fare tabula rasa della sua vita. E sebbene prevedesse già l'esito, non lo attendeva certo con impazienza.

Quando il rumore di zoccoli indicò l'arrivo di qualcuno, Claire aprì la porta. La pioggia era cessata e una leggera foschia bianca velava l'aria. Logan smontò da cavallo e si tolse l'impermeabile bagnato che gli copriva la giacca scura, il gilet e la cravatta indossati per il funerale, quindi le andò vicino, con un'espressione severa scolpita sul viso sotto l'ombra del cappello. Un tuono echeggiò in lontananza, procurandole un brivido, e la vibrazione rimbalzò dai monti gettandosi sulle pianure sottostanti.

Nel suo complesso, così lo avrebbe sempre ricordato, nonostante l'amarezza e la delusione, perché Logan era un uomo che avrebbe sempre meritato di essere ricordato.

«Sarebbe ora che parlassimo» disse, guardandola con intensità.

Claire annuì e si fece da parte per lasciarlo entrare, quindi andò verso uno sgabello di legno accanto al fuoco e sedette lisciandosi le pieghe del vestito di cotone blu scuro. Logan si tolse il cappello e occupò a sua volta un posto a pochi piedi da lei.

«Come va?» le chiese.

«Tiro avanti» rispose lei, preparandosi ad affrontare la mortificante conversazione che non sembrava voler iniziare. «Sono contenta che tu sia venuto… dobbiamo discutere le condizioni del divorzio.»

Lo sguardo burrascoso di Logan si concentrò su di lei e Claire avvertì la tensione che emanava dal suo corpo, così intensa da incendiare quasi l'aria nella piccola capanna.

«Ma di che parli?» chiese in tono tagliente.

«Si dice che Frank Griffin stia per tornare libero. Farai meglio a trovare Dee e tuo figlio prima che sia troppo tardi.»

Il viso di Logan s'irrigidì e la mandibola si tese con dura determinazione. «Non intendevo nasconderti il mio passato, solo non c'è mai stata l'occasione giusta per parlarne.»

«Si direbbe che le cose siano andate a tuo favore.»

«Non so che cosa staresti insinuando, ma niente di tutto questo era pianificato.»

«Noi, però, giochiamo la mano con le carte che abbiamo.»

«Possiamo sempre mischiarle» rispose lui.

«Insomma, stai dicendo che non hai intenzione di trovarla e riconoscere tuo figlio?»

Il silenzio di Logan fu una risposta più che sufficiente. «Non ti ho sposata per la terra o il denaro, Claire.»

«Allora non ti dispiacerà se chiedo la metà. Neanch'io ho più intenzione di giocare con le carte che mi capitano. Dividerò in parti uguali con Dee sia terra che soldi.»

«E se io non acconsentissi al divorzio?»

«Dubito sia oggetto di discussione.»

«Così, quello che c'è stato tra noi non ha significato niente?»

Claire lottò contro un'ondata di lacrime. Ne aveva già pianto un fiume, com'era possibile che ce ne fossero ancora? «Certo che ha significato qualcosa» disse. «Ma tu non sei libero di restare con me… non lo sei mai stato. E io non mi accontenterò delle briciole.»

Con quelle parole, la sua prospettiva cambiò del tutto. Claire non aveva mai saputo cosa volesse dire farsi valere, chiedere ciò che desiderava nella vita, ciò di cui aveva *bisogno*. Lo guardò con tristezza e brama, ben consapevole che perderlo avrebbe fatto male da morire. Ma una debole voce la chiamava, talvolta ancora incerta eppure sempre più presente col passare dei giorni. In mezzo al dolore ardeva un sorprendente barlume di speranza, e la risolutezza di poter affrontare il futuro con convinzione. Sì, poteva costruire una vita per Jimmy.

«Accidenti.» Logan si passò una mano sul viso. «Parola mia, Claire, non ho idea di come stiano le cose con Dee. Non so neanche dove sia.»

«Prova Virginia City» rispose lei.

Logan la guardò, assimilando quell'informazione, e a Claire fu chiaro quello che avrebbe fatto. A dire il vero, sembrò chiaro anche a lui.

«Mi ami?» le chiese di colpo.

La domanda la colse alla sprovvista. Se rispondeva di sì l'avrebbe lasciata comunque per andare a cercare la donna che un tempo aveva occupato un posto speciale nel suo cuore.

«No.» Solo grazie alla forza di volontà riuscì a sostenere il suo sguardo mentre gli mentiva.

Un guizzo di dolore attraversò il viso di Logan. «E se fossi incinta?»

Claire esitò. «È troppo presto, non siamo stati insieme abbastanza.» Sperava di non essere in attesa, anche se un bambino – e figlio di Logan, per giunta – sarebbe stato un dono prezioso.

«Insomma, tutto qui?» continuò lui. «Finisce così tra di noi?»

Claire si alzò. «Non provare neanche ad attribuirmi la colpa. Non ho mai preteso che mi sposassi ma di sicuro ti sei trovato nel folto della mischia.»

«Stavo cercando di proteggerti» si difese lui. «E ne avevi un gran bisogno. Non sono il cattivo che dipingi tu.»

Ormai sull'orlo di un abisso emotivo di dolore e infelicità estrema, Claire temeva che una minima spinta sarebbe stata sufficiente a farla precipitare. Ma non voleva che ciò si verificasse sotto gli occhi di Logan, perciò tenne a bada l'improvviso lampo di rabbia. «Lo so» disse. «Non ti ho ancora ringraziato per esserti occupato di Sandoval.»

«Dopo tutto quello che ti aveva fatto, non sarebbe mai sceso vivo da quella montagna» rispose lui in tono fermo e convinto.

Claire guardò quegli occhi che avevano il potere di attrarla e annientarne le difese. Il suo corpo doleva dal desiderio di trovarsi un'ultima volta tra le sue braccia, di sentirne la forza e la risposta. Ma non era amore, e non era abbastanza. Dio, quanto le sarebbe piaciuto essere il tipo di donna che si accontenta solo di soddisfare i bisogni della carne. Il suo egoismo, però, era altrettanto perentorio: mai le avrebbe permesso di dividere Logan con un'altra donna.

«Mi occuperò io del divorzio» disse. «Di sicuro vorrai partire all'alba.»

Improvvisamente bisognosa di restare da sola e nel proprio spazio, aprì la porta, ma Logan si alzò e l'attirò a sé.

«Non è così che immaginavo le cose» disse. «Non è così che sarebbe dovuta finire.»

Claire evitò di guardarlo, sarebbe stato troppo facile scivolargli tra le braccia.

«Tutto finisce» sussurrò. «È solo questione di quando.»

E senza voltarsi, uscì dalla capanna. Con il sole che attraversava le fessure tra i nuvoloni, s'inoltrò nella foresta, quello stesso paradiso che aveva abitato da bambina, quando i sogni erano carichi di promesse per il futuro e tenevano a bada i demoni. Era stato qui che una colomba, bianca e pura, le si era avvicinata, una creatura così preziosa e dolce da farla sentire davvero privilegiata. Ma oggi non ci sarebbero state magiche amiche pennute a raggiungerla. Oggi finiva un sogno.

Dilaniata dal dolore, camminava incurante nella foresta di pini, quando d'improvviso apparvero Tia e Jimmy, e Claire comprese che erano rimasti lì fuori per lasciarle del tempo da sola con Logan, tempo che in parte avevano trascorso sotto la pioggia. Li abbracciò entrambi con il viso inondato di lacrime.

«Non sarà sempre così difficile, *Palomita*» mormorò Tia.

E Claire pregò che avesse ragione.

# CAPITOLO VENTI

*Tre mesi dopo.*

C laire, con Jimmy al suo fianco, sedeva nel salotto della casa
padronale dell'SR. I loro cappelli e le giacche erano stati
affidati a Rosita, una tenace donna messicana che Claire aveva
conosciuto diversi mesi prima durante il suo breve soggiorno presso
il ranch di Jonathan e Susanna Ryan, i genitori di Logan.

Rosita si congedò per andare a cercare la signora Ryan e Claire
ne approfittò per fare un altro profondo respiro, chiedendosi se
avesse fatto male ad andare lì. Nervosa, si sistemò l'abito di lana
scuro che indossava. La fiamma crepitante nel camino era una
vista gradevole dopo la lunga cavalcata da Fort Richardson nel
freddo clima di fine ottobre. Un mandriano, al forte per affari, li
aveva aiutati a seguire la direzione giusta per il ranch dei Ryan, ma
alle domande di carattere generale che Claire gli aveva rivolto su
Logan il giovane aveva risposto con un'alzata di spalle.

«Cosa pensi che succederà?» chiese Jimmy.

«Non lo so» rispose lei.

Jimmy aveva reagito molto male alla morte della loro madre –
così come Claire, del resto, faceva ancora – ma la stava superando

abbastanza bene. Dopo la sepoltura di Maggie e il divorzio di Claire da Logan, non c'era stato di che vivere – il denaro di Luttrell, o quel che ne restava, giaceva sotto custodia temporanea – ma Belle era inaspettatamente andata da Claire con l'offerta di retribuirla per la continua assistenza medica. Non si era trattato di molto ma aveva tenuto lei e Jimmy a galla mentre aspettavano il processo di Frank; l'uomo era pur sempre il padre del piccolo e questi voleva conoscerne il destino.

Con una mossa che Claire aveva deciso essere un tentativo di riscatto da parte della donna, Belle aveva anche offerto loro un posto in cui vivere, tuttavia Claire aveva preferito accettare la generosa proposta di vitto e alloggio a basso costo arrivata altresì dalla famiglia Hyman. Grazie al supporto – tanto a livello emotivo quanto pratico – da parte della gente del posto che li conosceva, Claire aveva provato un senso di *appartenenza*, sentendosi per la prima volta parte di un qualcosa, il che la confortava più di quanto avesse mai immaginato. Lei e Jimmy si erano subito adattati alla gradita routine, ma quando Logan si era infine fatto vivo a proposito del ricavato dalla vendita della terra di Luttrell, Claire aveva sentito ancora una volta il terreno mancarle sotto i piedi: sarebbe stata costretta a rivederlo.

Susanna Ryan apparve sulla soglia. «Che sorpresa.» Attraversò la stanza, con la gonna che sfiorava il pavimento, e le prese una mano tra le sue. Era proprio come la ricordava, pensò Claire: alta, capelli scuri e un viso dai lineamenti forti, ammorbiditi da uno sguardo caloroso.

«Signora Ryan, è un piacere rivedervi» disse alzandosi dal divano.

Susanna sorrise. «Pensavo che non saresti più tornata.»

«Questo è mio fratello Jimmy.»

«Piacere» rispose Susanna.

«Signora.» Jimmy si alzò e prese la mano della donna.

«Non avevo idea che steste arrivando. Prego, sedete.»

«Mi scuso per essere piombata qui senza preavviso» disse

Claire appena ebbero ripreso posto. «Ero indecisa se passare persino durante il viaggio.»

«Come siete arrivati? In calesse?»

«No. Ho acquistato dei cavalli a Fort Richardson. Sono qui fuori.» Claire si pentiva di essersi lasciata dietro Reverend ma il vecchio castrato non sarebbe mai sopravvissuto al lungo e faticoso viaggio. Era con Tia e sperava che fosse felice. «Doug Callahan ci ha dato le indicazioni giuste.»

«I Callahan sono nostri vicini da molto tempo. Chiederò a uno degli aiutanti di occuparsi dei vostri cavalli.»

«Grazie.» Claire premette insieme le labbra. «È qui Molly?»

Susanna scosse la testa. «Lei e Matthew hanno casa a un cinque miglia da noi. Possiamo mandare a chiamarla domattina, anche se di recente è stata poco bene.»

Confusa dal lieve sorriso sul viso della signora Ryan, Claire aspettò una spiegazione.

«È in attesa» disse Susanna.

Claire si mosse a disagio. «È meraviglioso.» Era davvero contenta per Molly ma non riusciva a superare l'apprensione all'idea di rivedere Logan. La sua lettera diceva che era tornato in Texas… e lei poteva solo presumere che Dee e Dylan fossero con lui. Magari, di lì a breve, sarebbero entrati in salotto a completare il suo imbarazzo.

«Vi fermate per la notte, vero?»

Claire sapeva di non avere alternative – era troppo tardi per rientrare al forte in serata – ma non si poteva certo dire che fosse entusiasta di trascorrere del tempo sotto lo stesso tetto di Dee e Logan. Guardò Jimmy, ma suo fratello era intento a girarsi i pollici. «È qui?» udì la sua voce chiedere a Susanna.

«È qui, chi?» rispose l'altra.

«Dee Griffin.»

L'atteggiamento di Susanna cambiò, facendosi più cauto. «No. E azzarderei l'ipotesi che tu non abbia fatto tutta questa strada per venire a trovare me. Mando Dawson a cercare Logan. Trascorre

comunque troppo tempo con Tempesta a inseguire il bestiame.»
Riflettendoci su, aggiunse: «Penso che gli farà bene vederti.»

Dee non era lì? Claire non sapeva che cosa pensare. «A proposito di tutto quanto è accaduto…»

«No.» Susanna sollevò una mano. «Il cuore si irrita facilmente e spesso è cieco come un pipistrello, ma ritrova sempre la strada di casa.» Si alzò. «James, vieni con me. Ti prendo qualcosa da mangiare.»

Jimmy guardò Claire, che silenziosa gli fece cenno di andare.

«Quanti anni hai?» domandò Susanna mentre lasciavano la stanza.

«Otto, signora.»

Concentrandosi sul fuoco, Claire si chiese come avrebbe reagito Logan di fronte alla sua visita improvvisa. Moriva dalla voglia di vederlo e al tempo stesso aveva temuto di doverlo incontrare con Dee al suo fianco. Ma lei non c'era e il cuore di Claire batteva più forte al pensiero.

Sebbene fosse arrivata assolutamente convinta di trovarlo lì con la sua nuova famiglia, una parte di lei non se ne era data pena. Durante gli ultimi tre mesi era giunta al punto di sentire talmente tanto la sua mancanza che rivederlo era diventata una questione di sopravvivenza. Senza di lui era persa.

La lettera che le aveva spedito le offriva la scusa per incontrarlo – anche se non era più certa di niente, ormai, men che meno dei propri motivi – ma dubitava che sarebbe stata davvero capace di fargli visita solo per andar via di nuovo.

Ansiosa, aspettava che lui tornasse a casa e si chiedeva come dirgli la verità.

---

LOGAN CONTROLLÒ il bestiame raggruppato qualche miglio a sud dell'SR. Le code si agitavano nervose e i muggiti e lamenti riempivano l'aria fredda della sera, con il vento che ululava attraverso le pianure. Si avvolse una sciarpa intorno al viso e si abbassò il cappello sulla fronte. L'inverno era ormai alle porte.

Pensò a Claire e si chiese se avesse ricevuto il denaro. Di recente pensava a lei fin troppo spesso, maledizione. Avrebbe dovuto cercarla, provare a vederla. E man mano che i giorni passavano l'idea si avvicinava sempre più alla realtà. Ma lei gli aveva detto che non lo amava. La sua fortuna con le donne era un caso unico. Stava meglio con le vacche, si disse, e infatti ultimamente ci trascorreva gran parte del tempo.

Le sere al ranch con i genitori, e di tanto in tanto con Matt e Molly, avevano trasformato la sua solitudine in dolore fisico, spingendolo a rifugiarsi tra le distese pianeggianti del Texas.

Aveva preso a cavalcare su e giù per l'SR dall'alba al tramonto, servendosi del duro lavoro per stancare il corpo e sfinire la mente. Erano i rimpianti a colpirlo con maggiore forza, svolazzando sopra i pensieri come avvoltoi in attesa di beccare i morsi migliori.

Lo irritava l'essersi sforzato di attribuire a Dee una maggiore profondità di carattere che semplicemente non esisteva. Ancora una volta, lei lo aveva colto di sorpresa rivelandogli – con un'ultima, culminante e tutt'ora cocente confessione – che Dylan, in realtà, *non* era figlio suo. Provando a discolparsi aveva tirato in ballo l'eccessiva devozione di Logan al proprio lavoro di vicesceriffo, quindi gli aveva detto di come si fosse sentita trascurata e di quanto difficile fosse stato resistere alle attenzioni di John Moore, il vero padre di Dylan. Lo aveva tradito con lui e poi li aveva scaricati entrambi quando Frank l'aveva minacciata, costringendola a sposare Luttrell.

Disgustato e ormai disincantato, Logan era balzato di nuovo in sella lasciandosi alle spalle Dee e un passato al quale era rimasto aggrappato troppo a lungo. Lo aveva ferito, lo aveva tradito e poi gli aveva anche mentito, infondendo in lui la speranza che Dylan fosse suo figlio, semplicemente per strappargliela poco dopo nell'arco di una breve conversazione. Moore poteva anche riprendersela, per quel che gli interessava, sempre che il tipo fosse capace di sopportare tutto quanto gli aveva fatto.

In quanto a lui, aveva chiuso del tutto.

Una folata di vento lo investì irritandogli gli occhi e un nitrito gli disse che Tempesta voleva tornare al ranch e a una stalla calda con un secchio colmo di granaglie, così, con troppi pensieri a occupargli la mente man mano che le giornate si facevano più corte e le notti più fredde, si avviò verso gli edifici principali del ranch. Aveva perso ben più di un figlio... aveva perso Claire. Scegliendo Dee al suo posto si era indiscutibilmente giocato qualsiasi possibilità di riacquistarne la fiducia. Avessero avuto più tempo insieme, forse la loro storia avrebbe funzionato; forse sarebbe riuscito a farla innamorare.

Arrivato a destinazione, aveva appena portato Tempesta nel suo stallo, quando Dawson, il caposquadra del ranch, lo raggiunse. «Ti cercavo. Tua madre ti vuole a casa.»

«Ci sto andando adesso. Qualche problema?»

«Hai una visita.» E con questo, Dawson riportò la sua rigida sagoma verso la casa dei mandriani.

Logan attraversò con lunghe falcate lo spiazzo che conduceva alla veranda e salì i gradini due alla volta. Stava per varcare la soglia, quando urtò contro una donna, facendole perdere l'equilibrio e mandandola di sedere per terra.

«Perdonatemi, signorina.» Si chinò per aiutarla e lei girò il viso a guardarlo. «Claire?» Niente parrucche nere o abiti succinti, questa volta, solo ciocche di capelli biondi sfuggite alla treccia e un vestito scuro a coprirla per intero.

Intontito, Logan la fissò come se tutto quel suo pensare l'avesse evocata dal rimbombo del vento che gli fischiava intorno.

Lei rispose con un'occhiata preoccupata e rimettendosi in piedi tolse la mano dalla sua.

«Che ci fai qui?» le chiese lui.

Claire si aggiustò la gonna e fece un profondo respiro. «Sono qui per te. Anzi, stavo uscendo per venire a cercarti.»

Logan la fece rientrare in casa, chiuse la porta e si tolse giacca e cappello, quindi le fece cenno di tornare in salotto, faticando ancora a credere che lei fosse lì in procinto di sedersi sul divano imbottito più del necessario.

«Sono contenta di vederti» disse Claire, ma il suo viso comunicava preoccupazione e Logan si preparò mentalmente a un incontro difficile. Anche se a dire il vero era già difficile il solo guardarla, figurarsi poi il resto.

Notando un lieve rossore diffondersi sulle sue guance, si chiese fino a che punto lei reagisse alla sua presenza.

«Dov'è Jimmy?» chiese, in piedi come una sentinella dall'altro capo della stanza.

«Qui… con tua madre, in cucina, penso.»

«Tutto bene? Non hai ricevuto il denaro che ti ho spedito?»

Claire annuì. «Sì, ed è per questo che sono venuta. Nella lettera dicevi che era tutto il ricavato dalla vendita della terra, e…» Si torse le mani. «È troppo. Volevo che una parte andasse a Dee e Dylan. Non devi darlo tutto a noi.» I suoi occhi verdi gli lanciarono un rapido sguardo.

«No. Per quanto mi riguarda, tu e Jimmy avete diritto a tutto quanto. E comunque, Dee ha mentito a proposito di Dylan.»

«Davvero?»

«Non è mio figlio. Quando l'ho trovata a Virginia City abbiamo, finalmente, avuto modo di fare una lunga chiacchierata.»

«Se Dylan è davvero figlio di Luttrell, allora spetta tutto a lui» disse Claire, sostenendo la propria causa.

«No. Dylan è figlio di un altro uomo, che io conoscevo. Era proprietario di parecchi empori e saloon in città e, appena possibile, Dee gli correva tra le braccia. Non era sicura che l'avrebbe ripresa con sé, ma era chiaro che volesse lui e non me. Dice di aver mentito su Dylan per timore di ciò che Frank avrebbe potuto farci, per provare a salvare me, e te. In qualche strano modo, pensava di aiutare.»

«Mi dispiace… ma non sono ancora sicura che Jimmy abbia diritto alla terra, soprattutto alla luce di tutto questo.»

«Dee mi ha detto che Frank e Luttrell erano determinati ad acquistare la proprietà dalla concessione Maxwell quando, di colpo, i fondi di Frank si esaurirono, nonostante avesse da poco mandato in rovina il marito di Maria Chavez. Luttrell gli offrì un prestito che avrebbe potuto restituirgli quando fosse stato in grado di ricomprare la propria quota ma, tanto per stare tranquilli, Frank costrinse Dee a sposare il tipo. Tutto gli si ritorse contro quando Teddy ritrattò l'accordo con Griffin e Dee volle sciogliere il matrimonio. A peggiorare le cose, Luttrell ereditò una considerevole quantità di denaro da un suo zio deceduto a St. Louis e Frank pensò bene di metterci su le mani servendosi della sorella. Luttrell, però, iniziò a fissarsi e portò tutto il denaro sui monti per nasconderlo. E qui entrò in ballo Maggie che voleva vendicarsi di Frank per averla tradita con Belle Mason. Così, iniziò una storia con Luttrell e lo convinse a intestarle l'atto di proprietà attraverso te. Fu Dee a dirle, poi, del denaro.»

«Le autorità locali non sono mai riuscite a incolpare Frank dell'omicidio di Luttrell» disse Claire. «Pensi che sia stato lui?»

«Probabilmente.»

«Sarà al sicuro da lui Dee?»

«La questione non mi riguarda più. Luttrell diede la terra a Maggie, benché attraverso te, perciò posso soltanto supporre che fosse la sua volontà. Ho controllato e non ha parenti prossimi ancora in vita. Sembra giusto che vada tutto a te e a Jimmy, adesso che vostra madre non c'è più. E poi, voi due avete pagato il prezzo più alto.»

«Non ne sarei così sicura» disse piano Claire.

«Sei qui solo per questo?» Si era sforzato di nascondere il desiderio nella propria voce, ma era lì comunque.

«No» rispose lei, con un lieve cenno del capo e l'espressione pensierosa. «Ho qualcos'altro da dirti e ho pensato di doverlo fare di persona.»

Gli occhi, dal colore intenso della foresta, incontrarono i suoi. Quanto gli era mancata, pensò Logan colpito dalla forza di quella presa di coscienza.

«Aspetto un figlio.»

Un'immagine di Dee gli balenò nella mente, la sua infedeltà e i suoi raggiri ancora vivi nei ricordi.

«Mi staresti dicendo che è mio?» chiese.

Il viso di Claire espresse sorpresa. «Pensavi che sarei venuta fin qui per dirti il contrario?» Si alzò e andò al camino. «Forse è stato un errore. Ero molto indecisa, considerato che mi aspettavo di trovare un bel quadretto familiare con Dee e Dylan. Ma credevo non fosse stato giusto da parte sua tenerti all'oscuro di Dylan, anche se poi si è rivelata una bugia, così ho pensato che meritavi di sapere che avremmo avuto un figlio nostro.»

«Non c'è stato nessun altro?»

Claire si girò di scatto, i suoi occhi lanciavano fiamme. «Nessun altro?» ripeté contrariata. «E come potrebbe se non riesco a smettere di pensare a te? Poco importa se ho creduto che mi avessi sposata per la terra e mi avessi deliberatamente mentito sulla tua storia con Dee perché, in segreto, eri ancora innamorato di lei. Ti voglio a prescindere da ogni cosa, e mi ci è voluta tutta la forza di volontà di cui sono capace per non strisciare ai tuoi piedi e supplicarti di riprendermi con te adesso che so che non l'hai sposata.» I suoi occhi si riempirono di lacrime. «Ho perso mia madre, ma la vita continua. Perdere te, però, è stato come perdere una parte di me stessa. Gli ultimi mesi mi hanno dimostrato fino a che punto si possa essere davvero infelici. Questo bambino è tanto una benedizione quanto una maledizione, perché avere una parte di te è meglio di niente, ma che mi ricordi di non averti con me mi fa provare una disperazione mai provata prima» conclude, soffocando un singhiozzo.

Sbalordito da quelle parole, Logan si sentì come se un cavallo gli avesse appena dato un calcio nello stomaco.

Diceva sul serio? La speranza si aprì un varco in lui, ma Logan rifiutò di darle carta bianca.

«Hai chiesto il divorzio.» Non si sarebbe lasciato trascinare di nuovo nel fango, non poteva permetterselo.

«Pensavo fosse la cosa giusta.»

«Mi hai mentito quando ti ho chiesto se eri incinta?»

Lei scosse la testa. «No, certo che no. Era troppo presto per saperlo. E con tutto quello che era successo... la perdita di mia madre, il tuo tradimento... Me ne sono accorta solo parecchie settimane dopo che te ne eri andato...»

«Il mio tradimento?» ripeté lui, incredulo.

«Non mi hai mai detto di Dee! Che cosa avrei dovuto pensare quando è sbucata dal nulla e tu hai iniziato a proteggerla?»

«Che era la necessaria conclusione di un capitolo della mia vita. Ti avrei detto di lei, in seguito. Per nostra sfortuna, non ce n'è stato uno.»

«Non sono venuta qui per litigare con te.» La voce di Claire era cupa e stanca. «Volevo che sapessi del bambino e non mi andava di scriverlo in una lettera. Ma Jimmy e io ce ne andremo domani mattina.»

«Nient'affatto» ribatté Logan. «Non pensate neanche di lasciare questa casa.»

Attraversò la stanza, le prese il viso tra le mani e la baciò. Claire provò a resistere ma lui non glielo permise.

«Pensi che ti voglia abbindolare» gli disse, labbra contro labbra.

«È così?» La bocca di Logan divorò la sua.

«No... Sì» si arrese Claire. «Voglio che questo bambino abbia un padre, che non cresca come me, e mi manchi e... ti amo.» Le parole vennero fuori di getto.

Gli si aggrappò e Logan sentì un vuoto nella vita svanire, una voragine tanto profonda che non si era neanche accorto fosse lì finché non era rimasto senza Claire, finché non le aveva sentito confessare il bisogno che aveva di lui, l'intensità dei suoi sentimenti.

«Ci sposeremo di nuovo» le disse.

«E se non andassimo d'accordo?» Claire affondò il viso nella sua spalla.

«Promettimi una cosa.»

«Cosa?»

«Non tagliarmi più fuori.»

Claire sollevò lo sguardo, c'era preoccupazione nei suoi occhi ma anche desiderio… e amore. «Non lo farò. Mi sei mancato moltissimo. Temevo di arrivare qui e trovarti sposato con Dee.»

«Ero pronto a farlo per il bene di Dylan. E tu hai reso tutto facile chiedendo il divorzio e dicendomi che non t'importava di me. Mi ero convinto che amarti era stato un errore.»

«Lo pensi ancora?»

«No, ma l'orgoglio mi ha impedito di venire a cercarti e dirtelo. Alla fine, però, so che avrei ritrovato un briciolo di cervello e sarei venuto da te.»

«Spero sia vero, perché io non ho mai smesso di volerti con me, ma dovevi essere libero di scegliere. Come io, del resto.»

«Te l'ho già detto: non credo nel sacrificio.»

«Non è stata questione di sacrificio, Logan» sussurrò lei. «Finalmente ho capito che dovevo seguire i miei sogni, solo che ci ho messo tre mesi ad accorgermene. Ho aspettato tutto questo tempo per trovare il coraggio di venire qui a dirti del bambino, non per legarti a me, ma solo per fartelo sapere.» Sul suo viso un'espressione ansiosa. «Lo pensavi davvero quando hai detto di amarmi?»

«Non dico mai cose che non penso. Credevo di avertelo già detto.» Le labbra di Logan scesero piano sulle sue. «E se ben ricordi, ho detto anche che volevo un figlio. O due.»

«C'è un'altra cosa che dovresti sapere. Ho sentito dire che c'è una scuola di medicina per donne a Filadelfia, e…»

Logan osservò il suo viso roseo e la scintilla di entusiasmo negli occhi. «E ci vuoi andare» finì per lei.

«Sì» rispose Claire con lo sguardo improvvisamente vitreo. «Mi spaventa ma, sì, voglio andarci. O per lo meno provarci, dopo che sarà nato il piccolo.»

L'indole vagabonda di Logan si fece subito avanti. Le sue radici non si erano mai interrate in un unico posto – sebbene al ranch dei suoi si sentisse sicuramente a casa – perciò seguire Claire, per quanto strano, aveva un senso.

«E allora si va» disse.

Lei gli afferrò la mano. «Lo vuoi davvero?»

«Beh, se potessi averti tutta per me te lo mostrerei, quello che voglio davvero.»

Il viso di Claire tornò ad accendersi senza ritegno e le labbra si distesero in un sorriso.

Avvolgendola nel suo abbraccio, Logan si disse che Dio aveva reso difficile e doloroso il suo viaggio verso la donna del proprio cuore, ma nonostante tutto lei era tornata.

E lui non l'avrebbe più lasciata andare.

# CAPITOLO VENTUNO

Tre giorni dopo, Claire sedeva in salotto con Molly. Il fuoco bruciava nel camino e le due godevano di una necessaria pausa dai festeggiamenti del secondo matrimonio di Claire e Logan. Susanna era riuscita a organizzare tutto in tempi brevissimi, raccogliendo una piccola folla di amici e parenti. Già esausta per via della gravidanza, la cerimonia – benché decisamente meglio riuscita della prima – aveva prosciugato in Claire anche la riserva di energie.

«Sei tanto stanca anche tu?» chiese a Molly.

Abbandonando la testa indietro e sospirando, l'altra fece cenno di sì. Con i capelli scuri sfuggiti alle forcine che li trattenevano, era chiaro che non le importasse troppo di apparire sempre composta; uno dei tratti di Molly che Claire preferiva. Oltre al suo innato stoicismo. Il tono con cui le aveva raccontato del periodo con i Comanche, infatti, era umoristico e spesso in contrasto con la tragedia del suo rapimento. Sì, la sua forza interiore era una costante fonte d'ispirazione per Claire.

E la gravidanza le si addiceva, decise guardando il viso luminoso dell'amica e il lieve rigonfiamento sotto l'abito di pizzo che indossava oggi in qualità di sua testimone di nozze. Avrebbe partorito un mese prima di Claire.

«Penso che sarei capace di dormire fino a domani notte» disse Molly.

Claire osservò la donna che era diventata sua sorella. Non solo le aveva salvato la vita dopo che Sandoval l'aveva picchiata la prima volta, ma l'aveva anche portata in Texas… da Logan.

«Ti ho mai ringraziata per avermi trovata?»

Molly sorrise. «Sì.» Si posò una mano sull'addome. «Non l'ho ancora detto a Matt, ma ho la sensazione che avremo un maschio.»

«Davvero? Io, invece, proprio non saprei.» Claire era stata abbastanza male durante le prime settimane e soltanto adesso godeva della necessaria tregua. Dormire accanto a Logan ogni notte era la migliore medicina che potesse immaginare.

I suoi sogni si erano avverati, ma erano lontanissimi dai desideri innocenti della ragazza che era stata. Adesso comprendeva quanto facile fosse sottrarsi alle difficoltà. Lei e Logan non erano perfetti, avevano fatto entrambi degli errori, e avrebbero potuto perdersi per sempre. Ci sarebbe voluto impegno per costruire fiducia, accettare compromessi e plasmare le loro vite in una sola, ma Claire traeva coraggio dalla consapevolezza che tanto Logan quanto lei volevano davvero restare insieme.

Molly le diede una lieve stretta alla mano. «Stai bene?»

«È successo tutto così in fretta. Ho ancora la testa che mi gira.»

«Mi sono sentita anch'io come te. Matt dice che gli ho fatto saltare il mondo in aria, come un candelotto di dinamite.»

Risero.

«Già, non è molto pratico in fatto di paroline dolci» continuò Molly «ma va bene lo stesso, sa compensare in altri modi» concluse, strappando un'altra risatina a entrambe. Poi la sua espressione si fece seria.

«Il dolore per la perdita di tua madre non sarà sempre così acuto.»

Claire sapeva che parlava per esperienza, sua madre era stata assassinata quando lei era una bambina.

«Susanna mi ha aiutata a riempire quel vuoto nella mia vita» proseguì. «Sono sicura che farà lo stesso con te… quando sarai pronta.»

Quanti cambiamenti, quante opportunità future e ancora sconosciute. Claire era preoccupata e al tempo stesso confortata dal fatto che Logan le sarebbe stato accanto. Insieme avrebbero costruito una vita nuova.

Qualcuno bussò alla porta e dalla cucina Rosita andò a vedere chi fosse. Gli uomini erano ancora nel granaio con diversi altri invitati alle nozze e Jimmy era in giro, da qualche parte.

«Chissà cos'è successo» disse Claire sentendo la voce di Susanna. Si alzarono entrambe e videro la donna giungere dall'ingresso in compagnia di una giovane, dall'aria familiare, pensò Claire. Aveva i capelli castani raccolti in una treccia e il viso e le mani scuriti dal sole. Un pesante scialle le copriva una camicetta bianca striata di terra e una lacera gonna di cotone. Sembrava infreddolita e completamente esausta, ma ancor peggio, sotto sotto aveva l'aria sconfitta.

E d'un tratto Claire la riconobbe. Somigliava a Molly.

Fu la giovane a parlare per prima. «Molly? Sei davvero tu?»

Molly annuì piano, visibilmente sbalordita dall'arrivo improvviso della straniera. Ma Claire sapeva che non si trattava di un'estranea. Doveva essere la figlia più giovane degli Hart, Emma, la sorella di Molly. Dieci anni di separazione. Non si vedevano dalla notte in cui i loro genitori erano stati assassinati e Molly era finita nelle mani dei Comanche. Fino alla primavera recente, tutti quanti, Emma inclusa − che negli anni successivi era stata allevata da una zia a San Francisco − avevano pensato che Molly fosse morta.

«Emma?» la chiamò Molly con voce velata, correndo ad abbracciare la sorella. «Quanto mi sei mancata. Pensavo che non ti avrei mai più rivista» disse, col fiato mozzato da un singhiozzo.

«Come sei arrivata qui? Zia Catherine ci scrisse che eri andata nel Gran Canyon.»

«Non riesco a credere che tu sia viva.» Emma affondò il viso contro la spalla di Molly. «L'ho sognato così tante volte, ma quando Nathan me lo ha detto ho faticato a crederci.»

Molly spinse il busto indietro. «Dunque ti ha trovata?»

Emma annuì.

«È con te?»

Gli occhi della sorella si riempirono di lacrime. «No. Ho pensato che potesse essere qui ad aspettarmi, con voi.»

«Ssh, va tutto bene.» Molly allontanò con una carezza i fili di capelli appiccicati alle guance umide di Emma. «Verremo a capo di ogni cosa.» Tirò ancora la sorella a sé, stringendola forte. «Grazie a Dio sei qui, sana e salva.»

Sul viso di Susanna c'era preoccupazione, notò Claire. Logan le aveva detto che Nathan Blackmore, un vecchio amico di Matt, era andato a cercare Emma Hart dopo che i Ryan avevano ricevuto una lettera da Catherine – zia delle sorelle Hart – in cui questa li informava che Emma era fuggita nel Territorio dell'Arizona.

«Il signor Blackmore è un ranger» disse in tono fiducioso. «Di sicuro sa come comportarsi in ogni situazione.»

Molly annuì. «Questa è Claire, la moglie di Logan, e ha ragione. Parlerò a Matt. Lui saprà cosa fare» disse, quindi senza lasciar andare sua sorella, aggiunse con forza: «Sono così contenta di vederti. Da dove arrivi?»

«Sembri stanchissima» intervenne Susanna. «Che ne dici di una ripulita e del cibo? Ci racconterai tutto dopo esserti riposata, tanto non c'è niente che si possa fare stasera.»

Susanna fece strada verso il piano di sopra e Claire stava per seguire le altre, ma si fermò quando vide Matt e Logan varcare la soglia dell'ingresso.

«Che succede?» volle sapere Matt. «Di chi è il cavallo qua fuori?

«Di Emma» rispose Claire. «È arrivata pochi attimi fa.»

«C'è anche Nathan?» chiese Matt.

«A quanto pare, no. Ma Emma ha detto che è riuscito a trovarla.»

«E allora dov'è?» intervenne Logan.

Claire si strinse nelle spalle con un gesto impotente. «Emma non ha una bella cera, ma forse dopo che si sarà riposata riusciremo a sapere cos'è accaduto. Vado a vedere se Susanna ha bisogno di aiuto.»

Baciò Logan e si affrettò a raggiungere le altre su per le scale. Tra le sue medicine aveva un sacchetto di foglie di passiflora essiccate, avrebbe proposto di usarle per preparare una tisana che aiutasse Emma a riposare.

---

IL SILENZIO di Matt era assordante.

«Pensi che Nathan sia nei guai?» Logan si chiedeva la stessa cosa.

«Non avrebbe lasciato che Emma venisse fin qui da sola. Non dall'Arizona.»

«Parliamone con lei prima di saltare alle conclusioni.»

«Certo. Ma se necessario, monto in sella alle prime luci.»

«Vengo anch'io» dichiarò Logan.

«Non devi per forza. Prenderò con me Dawson o Hicks. Sono in debito con Nathan, ha rischiato la vita per me quando sono caduto nelle mani di Cerillo. E poi ti sei appena sposato.»

«Già.» Logan era un uomo contento, e non aveva certo intenzione di mettere inutilmente a repentaglio quella felicità. Claire portava in grembo il loro figlio e il pensiero indusse le sue labbra ad atteggiarsi a un mezzo sorriso. Aveva tanto di cui essere grato. «Ma hai ragione tu, Nathan non avrebbe permesso a Emma di viaggiare da sola in questo periodo dell'anno. Non partire senza di me.»

Il fratello lo guardò riconoscente. «Apprezzerei il supporto.»

«Cerco Pa' e gli racconto quello che sta succedendo.»

Matt annuì. «Io vado a dare un'occhiata alle donne.» Esitò un istante, quindi aggiunse: «Sono contento che Emma sia qui. Ultimamente era diventata un'ossessione per Molly, non faceva che chiedersi quando – o se – l'avrebbe rivista.»

Logan notò il sollievo nello sguardo del fratello e, per la prima volta da quando era tornato, si accorse di quanto preoccupato fosse per la moglie. Andando a cercare suo padre, sperò che tutto si sistemasse.

---

LABBRA CALDE gli stuzzicavano l'orecchio. Logan si svegliò, ancora in salotto dove, aspettando, si era appisolato. Tirò a sé quel corpo sensuale e Claire lo avvolse in un abbraccio. Una veloce occhiata alla stanza gli disse che erano soli.

«Come sta Emma?» chiese, immergendo il viso nei capelli di sua moglie. Dio, che sensazione.

«È ben più che stanca, sembra quasi svuotata dentro. Ti spezza il cuore.» Claire posò la testa nell'incavo della sua spalla. «L'abbiamo sfamata e lavata, e le ho dato una tisana sedativa per aiutarla a dormire.»

«Ha detto che cos'è successo?

«Per qualche ragione si sono divisi, ed era così agitata per non averlo trovato qui.»

«È possibile che domani Matt esca a cercarlo.» Logan intrecciò le dita alle sue. «Vado con lui.»

Claire si fece più vicina. «Me lo aspettavo, e dovresti andarci, ma, ti prego, sta' attento.»

«Sempre, tesoro.»

«Andiamo a letto?» sussurrò lei in un soffio caldo sul collo.

La bocca di Logan cercò bramosa la sua e la baciò, mentre un pensiero gli guizzava nella mente. *Claire Waters non poteva essere davvero lì*. E invece sì. Era proprio al suo fianco, nella sua vita, dentro casa sua, e quella notte gli avrebbe dormito accanto come moglie, per sempre. Le sue labbra si mossero su quelle di Claire con una smania che necessitava di intimità assoluta per essere placata.

La portò in braccio nella sua camera da letto. La loro.

«Per fortuna non è al piano di sopra» scherzò lei.

«Non farebbe nessuna differenza.» Chiuse la porta con un piede. «Non dubito minimamente che anche stanchissimo riuscirei a fare l'amore con te per tutta la notte» disse, adagiandola sul letto. C'era approvazione nei suoi occhi, insieme a un bisogno pari al suo.

In men che non si dica la spogliò e le fu sopra, con la stessa impazienza della loro prima notte di nozze, ricordò. Claire rispose con uguale intensità e l'unione li lasciò entrambi ansimanti e avvinghiati l'uno all'altra. Le passò una mano sulle costole e sentì la cicatrice lasciata dal proiettile che l'aveva ferita a Cimarron.

«Si è rimarginata?» chiese.

«Sì, ma ce ne ha messo di tempo.»

Lui si chinò e posò un bacio sulla pelle danneggiata, assaporando poi ogni parte del suo corpo.

Molto più tardi, dopo averla presa altre due volte, giacquero insieme, con le lenzuola attorcigliate intorno ai corpi e i capelli arruffati di Claire sparsi sul suo petto. Pensò alla creatura nel ventre di sua moglie e si sentì avvolgere da un senso di pace ed entusiasmo.

Ci sarebbero stati altri figli, a Dio piacendo.

Tese il braccio verso il comodino, aprì un cassetto ed estrasse l'oggetto a lungo conservato.

«Ho qualcosa per te» mormorò.

«Cos'è?» La voce assonnata di Claire lo commosse.

Le tese la figurina in legno di una colomba che lei stessa aveva intagliato da bambina. Confusa, Claire sollevò lo sguardo su di lui.

«Dove l'hai presa?»

«Me l'ha data Tia perché la custodissi.» Non era stato capace di separarsene, era un pezzo dell'anima di Claire. «La daremo al piccolo.»

«D'accordo.» Si fece più vicina e unì le labbra alle sue, offrendogli una seducente vista della valle tra i seni.

*Palomita*. La sua colomba era tornata da lui.

---

MI FA MOLTO PIACERE tu abbia scelto di leggere *La Colomba* e spero di cuore la storia ti sia piaciuta. Ti sarei riconoscente se volessi pubblicare una recensione, che mi sarebbe di grande aiuto nell'accrescere il numero di lettori. Grazie infinite. ~ Kristy

---

GIÀ DISPONIBILE:

Lo Scricciolo: Ali del West Libro Uno
La Colomba: Ali del West Libro Due
Il Passero: Ali del West Libro Tre
Il Merlo: Ali del West Libro Quattro
L'uccello Azzurro: Ali del West Libro Cinque
L'Uccello Canoro: Ali del West Libro Sei
Eco delle pianure: Libro Sette (Un racconto breve)

# LO SCRICCIOLO
## Ali del West: Libro Uno

*Texas del Nord*
*1877*

Sono passati dieci anni dal giorno dell'attacco al ranch in cui i suoi genitori furono assassinati e lei rapita. Adesso diciannovenne, Molly Hart torna finalmente a casa nel Texas del Nord dopo aver trascorso il resto dell'infanzia con una tribù di Comanche Quahadi. Ad attenderla ci sono una dimora deserta in balìa della polvere e del tempo, nonché l'agghiacciante scoperta del proprio tumulo e la presenza di un uomo che pensava non avrebbe mai più rivisto.

Un vento smanioso spinge Matt Ryan verso le rovine fatiscenti del ranch degli Hart. Guarito di recente, dopo una prigionia che lo aveva quasi ucciso, non prova ormai che un briciolo della brama di verità e giustizia di un tempo. Dieci anni di devoto servizio all'esercito degli Stati Uniti e ai Texas Rangers, in cerca dei responsabili del feroce assassinio di una bambina, non sono serviti a niente se non a scoprire che la rassegnazione non sarebbe mai arrivata. Diretto verso il posto in cui tutto ebbe inizio, s'imbatte con sorpresa in una donna dagli stessi occhi azzurri della piccola che non riesce a dimenticare.

kmccaffrey.com/lo-scricciolo-the-wren-italian-edition/

IL PASSERO
Ali del West: Libro Tre

1877

In possesso del dono della chiaroveggenza, e tormentata da visioni, Emma Hart arriva nel Grand Canyon — una regione selvaggia, aspra e, fino a poco prima, del tutto inesplorata — in cerca di risposte sulla tragedia del proprio passato, il tradimento del presente e uno sfuggente futuro che echeggia fin dentro l'anima. Accompagnata da Passero, il suo animale guida, si immerge negli abissi del folclore Hopi, costretta ad affrontare un male che ha resistito ai secoli.

Sulle tracce di Emma Hart, il Texas Ranger Nathan Blackmore arriva al fiume Colorado e, sbalordito, la scopre determinata a percorrerne il corso su una barchetta di legno a fondo piatto. Ma in un posto in cui le increspature del tempo sono profonde, la scelta sarà inevitabile. Nathan dovrà accettare il regno invisibile, *il mondo al di là del mondo*, da cui si era allontanato anni prima, o rischiare di perdere la donna che ormai ama più della vita stessa.

Un sensuale western storico ambientato nel Territorio dell'Arizona.

kmccaffrey.com/il-passero-the-sparrow-italian-edition/

# IL MERLO
## Ali del West: Libro Quattro

"Antagonisti malvagi, azione a volontà, un'eroina decisa, intrecci, colpi di scena sorprendenti e un seducente cowboy – il tutto sottolineato da una sensuale storia d'amore – in questo western ce n'è per tutti i gusti." ~ Janna Shay, InD'tale Magazine

Anni prima, J. Howard "Hank" Carlisle era stato mentore del cacciatore di taglie Cale Walker, ma a seguito di un litigio e dell'attacco di un puma che aveva lasciato Cale in fin di vita, le loro strade si erano separate. Una banda di Apache Nednai aveva messo in salvo Cale e, considerando le sue ferite un potente presagio, lo aveva addestrato nelle arti di *di-yin*, o stregone. Adesso, su richiesta di Tess, figlia di Hank Carlisle, Cale arriva a Tucson in cerca dell'uomo, ma per trovarlo dovrà attraversare le Dragoon

Mountains, a cavallo tra due mondi che non collimano più, e − problema ancor più grande − riuscire a far breccia nel cuore di una giovane donna determinata a vivere la vita da spettatrice.

Da due anni, Tess Carlisle prova a sanare le ferite mentali e fisiche di un'aggressione brutale da parte di uno degli uomini del suo *papá*. Mantenere in vita le tradizioni del proprio retaggio messicano la aiuta e affina le sue doti di *cuentista*, ovvero di narratrice e "Custode delle Antiche Usanze". Ma suo padre non si fa sentire dal giorno dell'attacco e lei teme il peggio. Tornare nel mondo di Hank Carlisle è un'impresa pericolosa, Tess lo sa e la sua unica speranza è Cale Walker, un uomo come non ne ha mai incontrati prima. Così, decisa a intraprendere il viaggio che potrebbe condurla dritta sul sentiero del proprio aggressore, rafforza la risolutezza e indurisce il cuore, finché Cale non la spinge a desiderare qualcosa a cui aveva giurato di non cedere mai… amore.

kmccaffrey.com/il-merlo-the-blackbird-italian-edition/

## *A proposito dell'autrice*

Da bambina, Kristy McCaffrey si narrava spesso storie e la sua affinità con la scrittura fu subito chiara. Allevata a pane, fantascienza, fantasy e racconti di Re Artù, trasferì – una volta deciso di prestare, finalmente, attenzione alle proprie inclinazioni naturali – questa passione per la narrazione mitica alla stesura di romanzi di ambientazione western. La scelta di essere una mamma tutta casa nonché aspirante autrice, la portò subito a mettere da parte la laurea in ingegneria. Vive con suo marito nel deserto dell'Arizona, dove i loro quattro figli si preparano, chi prima chi dopo, a lasciare il nido. Kristy crede che la vita vada vissuta con curiosità, compassione e gratitudine, e mai troppo distante da un cane entusiasta. Le piace anche restare a letto fino a tardi, mangiare cibo messicano e praticare yoga casalingo in pigiama.

Website: kmccaffrey.com
Facebook: facebook.com/AuthorKristyMcCaffrey/
Instagram: instagram.com/kristymccaffreybooks/
TikTok: tiktok.com/@kristymccaffrey